W9-CPG-026

Bajo la luna del Amazonas

Bajo la luna del Amazonas

Lydia Alfaro

tombooktu.com

www.facebook.com/tombooktu
www.tombooktu.blogspot.com
www.twitter.com/tombooktu
#BajoLaLunaDelAmazonas

Colección: Tombooktu Romance
www.erotica.tombooktu.com
www.tombooktu.com

Tombooktu es una marca de Ediciones Nowtilus:
www.nowtilus.com
Si eres escritor contacta con Tombooktu:
www.facebook.com/editortombooktu

Titulo: Bajo la luna del Amazonas
Autor: © Lydia Alfaro

Elaboración de textos: Santos Rodríguez
Revisión y adaptación literaria: Teresa Escarpenter

Responsable editorial: Isabel López-Ayllón Martínez
Maquetación: Patricia T. Sánchez Cid
Diseño de cubierta: Estelle Talavera

ISBN Papel: 978-84-15747-55-0
ISBN Impresión bajo demanda: 978-84-9967-718-7
ISBN Digital: 978-84-9967-719-4
Fecha de publicación: Febrero 2015

Impreso en España
Imprime: Servicepoint
Depósito legal: M-640-2015

A Vanesa.
Él también nos mira desde la luna.

Índice

Prólogo

La vida es este mismo instante. El momento en que eres consciente de todo cuanto te rodea y de ti mismo. Efímero y convertido en recuerdo tras un parpadeo.

Y, después de eso, la vida son los recuerdos que uno mismo construye para salvar su propia mente de las derrotas del instante, para obtener consuelo o, simplemente, para esbozar una sonrisa.

Melinda Moon observaba el paisaje matizado de verde y marrón oscuro. Las montañas que rodeaban la autovía del Mediterráneo se alzaban majestuosas, envueltas por el cielo púrpura moteado de naranja. El amanecer se acercaba y viajaban solitarios, huyendo de los atascos estivales. Sonreía absorta contemplando las agradables imágenes de un horizonte familiar. Como cada verano, viajaban a Alicante, donde sus padres tenían un apartamento.

Este año, junto a ellos, su hermano y ella misma; viajaba su novio Luis, un atractivo añadido a las vacaciones. Llevaban juntos cerca de dos años y habían sido compañeros en la universidad de Magisterio. Aquel verano les serviría para celebrar que habían terminado la carrera. Melinda buscó a tientas la mano de él, apoyada en su costado izquierdo, y la apretó. Él correspondió al gesto y se miraron de soslayo. Luis susurró un «te quiero» y ella sonrió todavía más, momento que él aprovechó para darle un beso fugaz en la boca.

Su padre tarareaba una canción pachanguera que sonaba en la radio. Su madre, a juzgar por su quietud, seguramente dormitaba como solía hacer en los viajes largos. Su hermano Damián, de trece años, escuchaba, a todo volumen, música en su Ipod.

Aquel instante podría definirse como perfecto: su familia en armonía, cada uno a sus cosas, y ella acariciando la mano de Luis.

—Estas van a ser una vacaciones geniales –le dijo él al oído.

Y, de pronto, una sacudida. Un grito de alarma.

—¿Pero qué cojones…? –aquello fue lo último que oyó decir a su padre. Sólo que en aquel instante; otro distinto ya, en cuestión de segundos, Melinda Moon no sabía que su vida iba a terminar para dar comienzo a otra nueva.

Asomó la cabeza y vio un todoterreno de alta gama dirigirse a toda velocidad hacia ellos. Gritó. La bilis subió por su garganta y la mano que había acariciado con suavidad a Luis se agarró fuerte, tanto que le clavó las uñas. Cerró los ojos y siguió gritando hasta que llegaron el silencio y la oscuridad más absoluta.

Melinda Moon abrió los ojos y sintió que despertaba de un sueño pesado. Le dolía todo el cuerpo y le costaba mantener los párpados abiertos, como si Morfeo se negase a dejarla salir de su reino. La confusión llegó cuando se dio cuenta de que, en lugar de en su cama, se encontraba en el coche de su padre. El desasosiego explotó en su garganta, como una molesta bola de pus, al recordar aquel último instante: un impacto. Con los ojos cerrados y gritando había notado un fuerte tirón en el cuello antes de caer en la inconsciencia. Miró a Luis, apoyado contra su hombro, descargando todo su peso. Pronunció su nombre sin obtener respuesta. Su cuello colgaba apretando su rostro contra la axila. Intentó despertarle sin éxito.

El panorama al otro lado era peor: su hermano Damián yacía inerte con la cabeza incrustada en el cristal de la ventana. La sangre chorreaba alrededor de su cabeza y goteaba por su camiseta amarilla. El llanto emergió de manera compulsiva.

—¡Papá! ¡Mamá! —consiguió decir. Pero tampoco obtuvo respuesta.

Un sonido le llevó a mirar hacia el asiento de su madre y pudo ver como asomaba una mano que, temblorosa, buscaba a tientas algo. Melinda Moon logró alcanzar esa mano, la de su madre, y la agarró como si fuese un salvavidas.

—Mamá... —sollozó— ¿Estás bien?

Pero no contestó. En su lugar, le dio un trabajoso apretón y aflojó el agarre para caer inerte contra el lateral del asiento.

No supo cuánto rato gritó, presa en aquella cárcel de hierro. Sabiendo que nadie más iba a despertar, se sentía sola y su familia había escapado dejando sólo unos recipientes sanguinolentos y rotos.

Y aquel fue otro instante. El instante en que gritó hasta que le sangró la garganta y la cabeza amenazó con explotar. Quería cerrar los ojos y despertar de nuevo, sin que aquello fuese real. No podía terminar así todo, no podía ser. Era demasiado pronto. Era demasiado injusto. Apretó los párpados con fuerza y esperó.

Un año después

La alarma la despertó de pronto y, como de costumbre, Melinda se incorporó sobresaltada. Su corazón latía a un ritmo desenfrenado.

Dio las gracias por haberlo hecho... Hacía tiempo que odiaba dormir, lo odiaba... Pero debía hacerlo por prescripción médica. Recordó las veces que su psiquiatra, el doctor Lázaro, la amonestaba por ello. Si no dormía, terminaría empeorando su situación. La falta de sueño llevada a límites extremos acabaría por provocar graves consecuencias.

Ella insistía en que no quería dormir, que las pesadillas la asediaban. Pero él insistía en que tomase los malditos somníferos.

Odiaba tener que tomarlos porque eso significaba caer en un sueño profundo, a merced de los malos sueños. Cuando los tomaba se sentía demasiado vulnerable, como si ella misma se metiese en la boca del lobo.

Al principio, ni siquiera tenía que luchar para no dormir, su organismo, simplemente se mantenía alerta. La vigilia, su mejor aliada, era un lugar donde mantenerse ocupada con cualquier cosa que no fuese pensar en aquello.

Una vez comenzó a notar los efectos de la falta de sueño, las pesadillas invadieron el espacio real, convertidas en alucinaciones. Y, entonces, llegó el momento en que su psiquiatra le obligó a dormir con aquellas pastillas. Aunque lo odiaba, en parte se había resignado a relegar las pesadillas al mundo onírico. Sin la cordura en la vida real, jamás saldría adelante.

Salir adelante. Un pensamiento o deseo implantado por su terapeuta, presionado por la familia que le quedaba. No surgió de ella. Melinda Moon no deseaba vivir. Esta nueva vida no le gustaba. La rabia por verse obligada a vivirla le consumía y, aunque había llegado a adoptar un comportamiento rutinario, era una simple autómata. Trabajar para vivir y mantener la cabeza ocupada. Relacionarse con la gente. Comer. Ducharse. Dormir. Un bucle interminable y sin un objetivo futuro.

Sentada en la cama y viendo cómo los primeros rayos de sol se colaban entre los agujeros de la persiana, pudo vislumbrar durante un segundo una mano que buscaba a tientas la suya... Se frotó los ojos con fuerza y volvió a abrirlos. Ya no había nada.

Se levantó y, tras desayunar y tomar el antidepresivo, se fue a la cafetería en la que trabajaba de camarera.

1

—¡Te veo mejor cara hoy, Melinda! —exclamó Sergio desde la barra.

—Gracias —Dejó los cafés en la bandeja que sujetaba Sergio sobre la barra y se acercó a él temiendo ser escuchada por alguien—. Hace semanas que duermo mejor o, al menos, duermo de un tirón. Ya sabes... Las pastillas.

Sergio, lejos de esbozar una sonrisa, sujetó a su amiga suavemente por la nuca y la acercó un poco más hasta tener su oído pegado a la boca.

—Sueño con el día en que me digas que no se debe a los fármacos. —Su voz sonaba suave e incluso tuvo un punto seductor, pero Melinda no quiso pensar en ello; él era su amigo y no había espacio en su interior para nada más. Se apartó rápidamente. A veces, la actitud de Sergio le incomodaba. Le venía bien mantener una amistad con alguien en aquellos momentos en que no estaba nada bien. Pero pensar en algo más allá de aquello le daba náuseas.

—Mi cuerpo está atiborrado de antidepresivos como de costumbre y ahora puedo dormir porque el doctor Lázaro me ha recetado pastillas para hacerlo. Supongo que algún día podremos celebrar que no los necesito. —Se rascó la mejilla con aire casual y comenzó a darse la vuelta para seguir con su trabajo. Los pocos momentos en los que su mente esbozaba pensamientos medianamente positivos, también se debían a los fármacos y ella lo tenía claro. Su lucidez, su tristeza, su yo actual, al fin y al cabo, se lo recordaba a diario en su subconsciente. Sergio, insistió reclamando su atención:

—¿Quieres que quedemos esta noche para cenar y hablamos?

—No… Gracias Sergio, pero hoy me apetece estar sola. —Y se fue a continuar con su trabajo.

Sergio la observó alejarse con tristeza en la mirada. Era muy difícil llegar hasta el corazón de Melinda Moon. Pero él lo daba todo por sus amistades y no cesaría en su intento de ayudarla. Además, también deseaba obtener un lugar más especial en su vida, ser algo más que un compañero de trabajo y amigo.

El joven la había conocido hacía apenas seis meses, cuando Melinda comenzó a trabajar en la cafetería. Recordaba aquel día como si fuese ayer: una chica menuda de pelo negro y ojos verdes entró discretamente con la mirada centrada en sus pies; de tal modo que él pensó que terminaría tropezando con alguien si no comenzaba a mirar al frente. Se comportaba con la inseguridad típica de alguien que acude a una cita a ciegas, pero en cuanto la vio acercarse a la barra para pedirle trabajo a su jefe una sonrisa se dibujó en sus ojos marrones.

No era una chica de piernas largas y perfectas, tampoco tenía un rostro de facciones armónicas, ni una figura perfecta. De hecho, estaba demasiado delgada. El pelo negro le caía lacio y sin brillo por los hombros y parecía como si se hubiese vestido con lo primero que había encontrado: unos vaqueros desgastados, que le quedaban demasiado anchos, y una camisa blanca algo arrugada, que realzaba sus generosos pechos. Sin embargo, Sergio no era capaz de averiguar qué era lo que le obligaba a mirarla como un obseso desde el momento en que la había visto entrar.

Quizás ese misterio en sus preciosos ojos... Esa mirada expresaba sentimientos intensos y rápidamente sintió unos terribles deseos de saber más sobre aquella chica.

Pero pronto comprendió, unos días después de empezar a trabajar con Melinda, que no resultaría tan fácil averiguar sus secretos, pues era muy reservada.

Cuando se había presentado, le había dicho que su nombre era Melinda Moon. ¡Y se quedó tan ancha! Al principio, el chico pensó que le estaba vacilando, pero ella no sonrió ni le guiñó el ojo. De hecho, ni siquiera le explicó de dónde venía aquel curioso nombre —o sobrenombre— cuando se lo preguntó.

Con el paso del tiempo, Sergio terminó por entender muchas cosas sobre Melinda Moon, muchas más de las que hubiese imaginado y de las que desearía que fuesen verdad. No merecía la vida que le había tocado, pero él aprovecharía el regalo que ella le había hecho confiando en él. La apoyaría siempre y si tenía que presentarse en su casa a las tantas de la mañana para consolarla, lo haría bien decidido.

Aquella noche, tras cerrar el local, Melinda y Sergio se despidieron hasta el día siguiente:

—¿Seguro que no quieres que te acompañe?

—No, de verdad... —Ella le rozó el hombro con sus dedos—. No te preocupes tanto por mí, estaré bien. —Le dio un beso en la mejilla y se fue.

¡Qué mentirosa! Claro que no estaba bien. ¿Cuándo lo había estado? Hacía mucho de eso. Aquellos recuerdos felices sonaban tan lejanos en su cabeza que casi parecían un sueño.

En realidad lo que Melinda quería era volver a aquel punto en el camino... A aquel instante en que viajaba con su familia y ella agarraba la mano de Luis. Sigilosamente, deslizaría la otra para soltar el cinturón de seguridad y así podría morir junto a ellos. Una fantasía íntima que no compartía con nadie excepto con su psiquiatra.

Mi querida Melinda… Cuando miro la luna te veo a ti, ¿sabes? Tienes una energía especial, el don para ayudar a la gente, para enseñar… Aprovéchalo.

Mi niña… no temas por nosotros… Cuida de ti ahora y no olvides que te estaremos observando desde la luna.

Las palabras de su madre resonaban en su cabeza. Palabras sacadas de recuerdos reales pero que se mezclaban con las que ella querría escuchar de verdad. Su madre hablándole desde la luna, con la compañía de quienes habían partido junto a ella aquella mañana.

La voz de su madre le confortaba. Desgraciadamente, Melinda no hacía caso a sus palabras. Su cuerpo realizaba los mismos rituales que alguien normal. Pero su mente no estaba allí. «No olvides que te estaremos observando desde la luna», volvía a escuchar en su cabeza.

Desde niña, la luna le había fascinado. Podía quedarse horas y horas observándola desde su ventana en el ático donde vivía hasta que se quedaba dormida apoyada en el alféizar.

Su madre la llamaba «Moon» cariñosamente y ella se había prometido que jamás se presentaría de otro modo. Ese era su nombre, su identidad.

Esa noche había luna llena. Con los pensamientos puestos en el deseo de que su madre, su padre, Damián y Luis estuviesen esperándola allí arriba, entró en el portal de su edificio y, en cuanto subió al piso, se duchó y se calentó un plato de pollo de la noche anterior.

Hoy no tomaría los somníferos, tenía una cita con la luna. Porque allí habitaban los suyos.

Se sentó en el suelo de la terraza y disfrutó de la suave brisa veraniega que acariciaba su piel recién lavada, mientras cenaba y observaba el astro. Los recuerdos llegaban a su cabeza de manera abrupta. Se vio de nuevo en el hospital, confusa y aterrada.

Se vio a sí misma abriendo los ojos y aquel simple e insignificante movimiento, le había costado la misma vida.

—¡Ha despertado! —Escuchó una voz extraña que provenía de cerca y no pudo identificar en aquel momento—. ¡Rápido, avisad a la doctora Sánchez!

¿Dónde estaba? Sus ojos no conseguían enfocar el lugar... Unas horribles sábanas verdes la envolvían... Infinidad de tubos salían de sus brazos doloridos... Intentaba hablar pero algo en su garganta se lo impedía. Le escocía como si le hubiesen metido algo dentro. Tosía.

Una mujer intentaba tranquilizarla. Entonces, su campo de visión captó a alguien vestido de verde, pero estaba borroso, no podía ver sus facciones. La mujer se presentó como la doctora Sánchez y le explicó que estaba en la UCI del Hospital Clínico de Valencia.

Le preguntó si recordaba su nombre. Ella respondió que sí y, aunque le costó horrores sacar a flote su voz, lo pronunció en voz alta.

La doctora le decía que no hablase más y recordaba fugazmente cómo le explicaba que había sufrido un accidente, que tenían que hacerle pruebas. Lo peor fue recordar el silencio de la mujer cuando ella preguntó por su familia.

Melinda echó la cabeza hacia atrás reprimiendo un gemido. Revivir todo aquello le dolía demasiado. Tiró el plato vacío al suelo y se hizo añicos junto a sus pies descalzos, pero no le importó.

Con el único sonido de su respiración, observó el lugar donde quería estar junto a ellos. Tras el amargo torrente que manaba de sus ojos, contemplaba aquella redonda y plateada esfera, que se expandía majestuosa y burlona entre las estrellas. Siendo inalcanzable una noche más para Melinda Moon.

2

—Bien, Melinda. ¿Cómo te van las pastillas que te receté para dormir? —El psiquiatra, apoyó los codos en su escritorio abarrotado de papeles en un gesto de familiaridad.

Melinda no contestó enseguida. Se recreó pensando en la noche anterior, cuando había decidido no tomarlas tras una semana haciéndolo, y todo, para contemplar la luna. Toda la noche la había pasado en la terraza, hasta que el alba llegó y decidió bajar a desayunar. Por suerte, ese día libraba en el trabajo y no había tenido que disimular sus marcadas ojeras con dos capas de maquillaje.

Sin embargo, se le olvidó pensar en disimular su desliz ante el médico que la miraba atentamente esperando una respuesta.

—Funcionan bien… —contestó sin mirarle a los ojos mientras se rascaba distraídamente la mejilla derecha—. El fin es dormir, ¿no? Pues funcionan fenomenal.

—Por tus marcadas ojeras diría que has vuelto a saltarte la medicación —No había modo de engañar al doctor—. ¿Qué ocurrió anoche, Melinda?

Decidió no escondérselo. Al fin y al cabo aquel hombre de pelo canoso y barba de chivo, era su único vínculo con la supervivencia. ¡Qué palabra tan graciosa! Cuando ella lo único que necesitaría era no haber despertado aquel día, y ahora intentaba seguir en pie por prescripción médica.

—Anoche había luna llena.

Y no necesitó decir más. El psiquiatra sabía lo que aquello significaba.

De forma inevitable, los recuerdos volvieron a invadir el presente.

—Melinda, ha pasado un mes y medio desde el accidente –había dicho la doctora Sánchez ligeramente sonriente–. Tu estado de salud es perfecto, ya sabes que no tienes daños cerebrales y que tus costillas están soldando muy bien.

Los tíos de Melinda, sentados cada uno a un lado de ella, posaron las manos en sus hombros, en señal de apoyo.

—Nosotros cuidaremos de ella, doctora –anunció su tía Blanca, hermana de la madre de Melinda–. Ya lo hemos hablado y Mel se vendrá con nosotros.

—Eso está muy bien –recordó que había contestado la doctora–, Melinda va a necesitar todo su apoyo.

La voz del doctor Lázaro la devolvió a la realidad.

—¿Las pesadillas persisten? –inquirió.

—Si le dijese que sí, ¿me quitaría las malditas pastillas?

El psiquiatra sonrió.

—Sabes que no, si lo hiciese, contemplarías la luna en todas sus fases, Mel. Por no hablar de que sabes perfectamente que las pesadillas, en ese caso, te perseguirían de nuevo estando despierta. ¿De verdad quieres eso?

Melinda no contestó. Sabía que él tenía razón y aquello la aterraba más todavía. Estaba atrapada. No tenía más remedio que seguir con el tratamiento.

—Lo sé, lo sé… –se lamentó–. Es todo muy contradictorio pero es que ni yo misma sé qué hacer con todo lo que tengo en la cabeza. Sólo tengo claro que necesito estar lúcida para recordar. Los recuerdos son la única compañía que deseo de verdad, la única que me reconforta. Nada del presente me gusta. Me da mucha rabia tener que acostumbrarme a esto, a estar sola.

—No lo estás, Melinda —atajó el doctor—. Tienes a tus tíos, a tus primos y me consta que tienes buenos amigos...

—¡Sí, pero no es suficiente! —Rompió a llorar pero no de tristeza, sino de furia, la que llevaba incrustada en su pecho tanto tiempo como un veneno que la estaba consumiendo desde adentro hacia afuera—: ¡Yo les quiero a ellos! ¿No lo entiende? Sin ellos, mi vida es una mierda. No tiene sentido. Y lo peor de todo es que me veo obligada a vivir así y no quiero, ¡no quiero!

—Lo que sientes es normal, Melinda. Forma parte del proceso de duelo por el que estás pasando. La rabia y la impotencia te consumen, te gobiernan; pero debes darte cuenta de que quien lleva el mando eres tú. Tu mente intenta entender lo que te ha pasado y los recuerdos te ayudan a mantener la poca lucidez que sientes ahora mismo. Digamos que son el salvavidas al que tu mente se agarra para no ahogarse en el dolor.

»Pero llegará un momento en el que deberás entender que esto tiene que pasar... La vida sigue, las horas siguen corriendo y las hojas del calendario van cambiando. El tiempo pasa y tú debes ir en su dirección. La rabia no te deja seguir el camino pero debes ser constante, ignorar los pensamientos negativos porque sólo son atajos, engaños de tu subconsciente para dejar de sufrir... Pero el sufrimiento te acabará llevando hacia el final de esa fase... Y entonces, llegarás a un punto de más calma, un punto en el que comprenderás y aceptarás que ellos ya no están y tú sí. Los recuerdos se convertirán en imágenes agradables que te confortarán cuando pienses en tu familia, pero tendrás claro que no son tu medio de vida. Tu vida está aquí y ahora, será lo que ocurra mañana y pasado.

—No sé si estoy preparada para dejar de vivir de los recuerdos. Me duele tanto pensar en todo lo que se van a perder... En todo lo que me voy a perder yo...

—Es evidente que tu vida ha cambiado radicalmente. Ahora tienes una vida distinta y, seguramente, no es la que hubieses elegido jamás, pero esta es la realidad, Melinda. Y tu tarea consiste en convertirla en una realidad atractiva para ti. La mayoría de mis palabras sé que caerán en saco roto de momento, pero espero que creen una semilla en tu conciencia porque todos, en el fondo, queremos salvarnos. Poco a poco, entenderás todo lo que te he dicho y verás cómo eres capaz de volver a ser feliz. El tiempo te dará las respuestas. Sólo te pido que no te rindas. Sigue el tratamiento, escucha mis palabras y, poco a poco, intenta gobernar tu mente hacia lo positivo. Tú tienes la última palabra.

Mientras las lágrimas resbalaban sin cesar por sus mejillas, Melinda Moon pensó en su tía Blanca. Era una mujer cariñosa y la quería como si fuese su propia hija. Desde el fatídico accidente, no se había separado de ella ni un momento y se sintió fatal al recordar las veces que había rechazado su compañía, le había hablado mal o, peor todavía, la vez que intentó suicidarse al poco de salir del hospital.

Ella sabía que no era la única que sufría, su tía había perdido a su hermana, a su cuñado y a su sobrino. También estaría viviendo su duelo, también habría pasado por la fase de rabia. ¿Habría conseguido llegar a la fase de aceptación? Jamás se lo había preguntado. De hecho, sólo pensaba en sí misma. Estaba demasiado ocupada con sus fantasmas.

Cuando uno está deprimido se convierte en alguien muy distinto. El fuego que todos tenemos en nuestro interior va perdiendo intensidad e, incluso, llega a apagarse. La alegría da paso a una amargura que te carcome por dentro y te convierte en una persona huraña y egoísta.

Melinda entonces recordó la primera semana, tras salir del hospital, fueron unos días muy oscuros… de un negro atroz.

Sentados a la mesa para cenar, su tía Blanca la observaba mientras movía el tenedor de un lado a otro del plato de manera distraída. Su mirada apuntaba hacia algún lugar perdido entre el mantel y el suelo. Blanca le llamó la atención por no probar bocado. Aunque lo hizo con tacto y con aquella compasión que tanto la enfermaban. Ella respondió que no tenía hambre sin mirarla a la cara. Su tío Germán intervino algo más severo, echándole en cara que no comía nada y que eso no podía continuar así.

Melinda no contestó. ¿Qué había comido desde hacía una semana? Realmente se podía contar con los dedos de la mano lo que se había llevado a la boca. En el hospital la obligaban a hacerlo pero ahora… Ahora era dueña de su cuerpo de nuevo y no tenía hambre, así que no comería. Le importaba bien poco convertirse en un saco de huesos y consumirse. Si ese era un modo de volver a verles, bendito fuera.

Tiró el cubierto en el plato y anunció levantándose que se iba a la cama.

—¡Espera! —Su tía Blanca la sujetó del brazo y le dijo que tenían que hablar.

—¿Qué? —contestó agriamente.

—¿Te apetece que mañana hagamos algo juntas como ir de compras?

—No, no me apetece. —Intentó soltarse pero su tía mantuvo el agarre firme.

—¿Te acuerdas de que querías apuntarte a una ONG? Mel, podríamos ir a informarnos sobre ello y, quizás…

—¡No! —la interrumpió gritando y pegando un tirón de brazo con el que consiguió, esta vez, escapar—. ¡No quiero informarme de nada! ¿De acuerdo? Sólo quiero irme a la cama.

Toda la vida, casi desde que tenía uso de razón, Melinda había soñado con que de mayor se dedicaría a ayudar a los demás. Cuando un amigo se caía jugando y se hacía daño, ella se esmeraba en curarle. Melinda Moon era siempre quien se encargaba de todas esas cosas. Con el tiempo, comenzó a interesarse por ayudar a sus compañeros de clase cuando tenían dificultades con alguna asignatura. Siempre había sido una chica muy estudiosa y responsable; además, saber que podía ayudar con ello a los demás le hacía sentir bien. Tras acabar el bachillerato, se dedicaba a dar clases de repaso a niños de primaria y a alguno de secundaria.

Acababa de sacarse la licenciatura en Magisterio justo aquel año. Aquel verano las primeras vacaciones familiares servían también para celebrar su fin de carrera. Y el sueño de Melinda era poder enseñar a los niños más desfavorecidos. Para ello se disponía a informarse, en cuanto acabase el verano, para ingresar en alguna ONG dedicada a ello. Pero, tras el accidente, muchos sueños se habían visto nublados por la depresión. No recordaba tener una ilusión, puesto que sus ilusiones murieron aquel día con su familia y su novio.

Le vino a la cabeza de nuevo lo que ocurrió aquella noche, cuando subió a su habitación dejando la mesa donde cenaba con sus tíos. Ya hacía un año.

Contemplaba el cielo oscuro desde la ventana de su dormitorio. Esa noche no había luna ni estrellas, sólo una espesa capa de nubes que oscurecían todo aún más. Las lágrimas bañaron su rostro pálido y sus labios temblaron.

¿Ayudar a los demás? ¿Y a mí quién me ayuda? —pensaba—. La tía Blanca, el tío Germán… Sí… ¿Es que no entienden que no quiero nada? No quiero nada. ¡Nada! Quiero morir, quiero desaparecer. Sin ellos no quiero ser nadie. Sin él no me queda ilusión. ¡Luis! No quiero ninguna ONG, no quiero comer, no quiero dormir y no quiero ver más la luna… ¡Quiero estar en ella! ¡Con vosotros!

Aquella fatídica noche abrió bien la ventana, impulsada por la cólera que bullía en su interior. Cualquier pensamiento lúcido hacía tiempo que había abandonado su cabeza. Sólo pensó en saltar, era su única salida. Lo deseaba de manera ferviente.

Ahora, de vuelta al presente, los remordimientos por el sufrimiento que había causado a sus tíos le golpeaban con fuerza en la boca del estómago.

Se dio cuenta de que ese es el egoísmo que te provoca el dolor, la indiferencia hacia todo lo que no se encuentra en el interior de tu cabeza. Nada más allá de tus propios pensamientos y mundo interior tiene importancia. Y ahora veía lo mal que se había comportado. Ella llevaba la pesada carga de la pérdida de su familia a sus espaldas pero a ellos les había provocado un daño adicional e innecesario. Jamás se había disculpado. Jamás le había preguntado a su tía cómo estaba. Se había limitado a autocompadecerse, a lamentarse... Se había metido dentro de una burbuja que le impedía comunicarse con el exterior.

El doctor Lázaro, quien seguía atento sus silencios, interrumpió sus divagaciones:

—Tengo algo para ti, Melinda. —El psiquiatra revolvió los papeles de su escritorio y sacó un pequeño folleto de entre ellos— A ver, ¡sí, este es! —Se lo tendió con una mirada esperanzada—. Creo que te puede interesar.

Melinda aceptó lo que él le entregaba y lo hojeó. Era un folleto informativo sobre una ONG. No llegó ni a leer sobre qué trataba. Lo dejó encima de la mesa y miró hacia la ventana del despacho, no trataba de encontrar nada, sólo era que no quería afrontar la mirada decepcionada del doctor.

—No estoy preparada —dijo simplemente.

—Melinda, tú decides si lo estás o no. Sabes que es muy importante que no te autocensures. Esto era tu sueño.

—Usted lo ha dicho: lo era. Ahora mismo no tengo claro que quiera volver a pensar en todo eso... Ya no tengo sueños. «Sólo tengo pesadillas», pensó para sí misma.

El psiquiatra miró su reloj.

—Bueno, por hoy ya es bastante. Nos vemos la semana que viene, ¿de acuerdo? Piensa en lo que hemos hablado.

Melinda se levantó y cogió con rapidez su bolso. Deseaba marcharse a casa y echarse en el sofá. Los efectos de la noche en vela se dejaban notar.

—¡Espera! –El psiquiatra le volvió a tender el folleto, insistiendo–: No te olvides de esto, quizás cuando decidas estar preparada, te sea de ayuda.

Melinda no dijo nada, sólo sonrió tanto como su rígida cara le permitió y lo cogió para dejarlo caer en el fondo de su enorme bolso de calle.

3

—Melinda, hoy no acepto un no por respuesta. Esta noche paso a recogerte cuando salgas del trabajo.

Melinda suspiró con el auricular del móvil pegado a la oreja.

—De acuerdo… Oye, siento haberte dado largas estos meses, pero es que no quería agobiarte más con mis problemas.

—¡Calla! –le interrumpió su interlocutora–. Sabes que yo siempre he estado ahí para todo, Mel… Y no sólo por ser tu amiga, sino porque me da la gana ¿entendido?

Le vino a la mente el patio del colegio repleto de niños y niñas jugando a todo tipo de juegos. Aquel día, había comenzado el nuevo curso y Melinda se comía su bocadillo de mortadela mientras observaba a los demás corretear y chillar a su alrededor. Aquel año comenzaba primaria y aún no conocía a nadie.

Vio de reojo cómo una de las niñas de su clase se acercaba hacia ella. La niña, de pelo castaño y largo, nariz respingona y mejillas coloradas, le sonrió mostrando orgullosa una desdentada boca.

—¡Hola! Me llamo Lidia. ¿Y tú? —recordó cómo se presentó su amiga.

—Yo me llamo Melinda Moon.

—¡Vaya nombre más raro! —Recordaba cómo Lidia se había acercado más hasta sentarse a su lado—. ¿Qué significa Moon?

—«Moon» es 'luna' en inglés...—Melinda sonrió mostrándole los huecos que también iban dejando en su boca los dientes de leche—. Mi mamá me lo puso porque me gusta mirarla cuando me voy a dormir.

—¿A ti también te visitó el ratoncito Pérez? —preguntó eufórica Lidia, señalando su boca.

—¡Sí! —exclamó contenta Melinda.

Aquel día había comenzado su amistad. Con los años, habían compartido toda clase de confidencias sobre sus descubrimientos infantiles, las inquietudes adolescentes, los amores y... En el último año habían hablado del accidente... Y finalmente, de nada.

Melinda había decidido que mientras no se sintiese lo suficientemente bien como para mantener una conversación siendo ella misma y, al mismo tiempo, sin caer en sus dolorosos recuerdos, no vería más a su mejor amiga Lidia.

La echaba de menos terriblemente y era cierto que contaba con Sergio, el cual, pese a los pocos meses que hacía que lo conocía, había conseguido ganarse su confianza. Pero no era lo mismo. Lidia la conocía como la palma de su mano y la entendía sin ni siquiera tener que abrir la boca.

Así que hoy por fin se veía con ella pues, tras unos meses eludiéndola, ya comenzaba a temer que su amistad se fuese por la borda. En realidad, podía vivir sin verla unos meses, la sensación de saber que estaba ahí le tranquilizaba... Pero no quería que su parte egoísta ganase la batalla, no otra vez.

Aquella tarde, mientras comía algo en su rato de descanso, sintió de pronto la necesidad de sacar aquel folleto del bolso. Tomó un sorbo de zumo de piña y apoyó los codos en la mesa mientras observaba la frase que ocupaba la portada: «Fundación Armando Carreira. Porque la educación es un derecho universal».

—¡Eh! ¿Qué miras con tanta emoción? —Melinda dio un pequeño respingo ante la inesperada intervención de Sergio. Como siempre, se unía a sus últimos cinco minutos de descanso. Ella sonrió e intentó disimular mientras escondía el folleto de nuevo en el bolso.

—No es nada.

—¿Cómo que no es nada? ¿Y esa sonrisita de tonta? —Se sentó frente a ella y le mostró la mirada más persuasiva de la que era capaz. Melinda volvió a sonreír sin poder evitarlo, Sergio era un auténtico encanto. Al fin, decidió enseñárselo.

—Mira. —Sergio cogió rápidamente de su mano el folleto que le había plantado delante de sus narices.

—Fundación Arm... ¿Eh? ¿Estás pensando en alistarte en una ONG?

—No sé... La verdad es que no había vuelto a acordarme de esto hasta ahora. Es un antiguo sueño. El doctor Lázaro me dio el folleto ayer y quiere que piense en ello.

Sergio lo dejó sobre la mesa y aprovechó para coger la mano a Melinda.

—Mel, sabes que te apoyaré decidas lo que decidas. Y si esto es lo que realmente va a hacer que estés mejor, me alegraré más todavía.

—Ya lo sé... —Ella le devolvió el apretón—. Pero tengo que reflexionar.

—Tú no te agobies, no hay prisa ¿vale? La vida es muy larga Mel...

La vida. Aquella frase hizo clic en su interior y un nuevo recuerdo la acosó:

—¡Dense prisa por Dios! ¡Se le va la vida a mi Mel también! ¡Se le va la vida! —Melinda podía recordar la lejana voz de su tía Blanca. En aquellos momentos tan extraños, en los que ella perdía la consciencia y la recobraba a ratos, la voz desesperada de su tía se le había quedado grabada a fuego. Chillaba fuera de sí, desgarrada, atormentada.

Intentó dejar de lado ese doloroso recuerdo, ya tenía otro sentimiento de culpa más para la colección. Sonrió a Sergio y él le devolvió la sonrisa sin saber de la batalla interior que Melinda Moon libraba consigo misma en aquellos momentos.

Horas más tarde, Melinda y su amiga Lidia observaban el cielo estrellado mientras se terminaban unas hamburguesas, sentadas en un banco de un parque a las afueras de la ciudad.

—No quiero que vuelvas a pensar así, Mel. No quiero que me excluyas de tu vida −Sus ojos se habían humedecido de pronto.

—Lo siento −se adelantó ella angustiada por haberle hecho daño−, he sido una egoísta. Pero te prometo que no volverá a pasar... ¡No quiero ser una carga! −Se echó a llorar de pronto, los arrebatos eran muy comunes en ella desde hacía meses−. Cuando estoy contigo soy yo misma de verdad y... actualmente ser yo misma es lo peor. Soy una compañía deprimente. −Su mirada se desvió hacia arriba, la luna que ya menguaba, aún se mostraba lo suficientemente grande como para hipnotizarla. Una luz cegadora invadió su campo visual y de nuevo los recuerdos la poseyeron:

La potente luz esférica le obligaba a cerrar los ojos doloridos. No entendía dónde estaba... «¿Estoy muerta ya?», recordó haber pensado. Lo último que le venía a la mente era que había saltado al vacío esperando encontrarse con su familia y su novio al despertar, pero no. Estaba en un hospital de nuevo. Le habían operado la rodilla y le dijeron que se había hecho un traumatismo en la cabeza, pero no era grave.

Durante tres meses estuvo internada en una clínica donde recibía rehabilitación para su rodilla y seguía una terapia psiquiátrica con el doctor Lázaro.

Se recordaba a sí misma implorando a una enfermera que le soltase las muñecas. La habían atado a la cama porque decían que en aquellos momentos era un peligro para sí misma.

Y lo cierto era que tenían razón. Ella hubiera querido que la soltaran para volver a tirarse por alguna ventana o, mejor aún, encontrar algún objeto punzante para cortarse las venas.

—Por favor… suélteme… —suplicaba mientras las lágrimas caían por sus mejillas sonrosadas debido a la ansiedad—. No haré nada, lo prometo…

Pero nadie escuchaba a Melinda. Se limitaban a mirarla con pena. ¡Cómo odiaba esas miradas! y le repetían una y otra vez que era por su bien.

Melinda se frotó las muñecas distraídamente volviendo al presente. Las ataduras todavía parecían estar ahí.

—Yo te quiero, Mel —seguía hablando su amiga Lidia—, y estoy aquí para lo bueno y para lo malo. Tú harías lo mismo por mí —Cogió a Melinda por los hombros y mientras sus ojos terminaban por derramar las lágrimas contenidas, dijo—: Saldremos juntas de esto, ¿vale? ¡Vas a salir, Mel!

Y ambas se fundieron en un abrazo cálido y ansiado…

Todo lo malo del mundo podía disiparse aunque fuese por unos segundos, con tan sólo el abrazo de un amigo.

4

Un año atrás…

—¡Melinda, qué bien que estés de vuelta!

La tía Blanca se abrazó a ella en cuanto abrió la puerta. Habían pasado tres meses desde que Melinda Moon intentó suicidarse. Observó a su tía, una mujer que sobrepasaba los cuarenta y cinco, y conservaba una belleza juvenil, ahora, algo resentida por los disgustos de los últimos meses. Su pelo rubio y liso estaba recogido en un fino moño, en lo alto de la coronilla.

—¡Pasa, pasa, por Dios! —Observó con tristeza las muletas que aún tenía que utilizar para poder sostenerse–. ¿Por qué no has querido que fuésemos a buscarte?

Melinda se sentó con cuidado, aún no podía doblar bien la pierna.

—Tía, no empieces, por favor. Ayer en el hospital ya lo discutimos.

—Tienes que aceptar que nos preocupamos por ti, Mel, yo…

—¡Y vosotros tenéis que aceptar que ya no soy una niña y que quería hacer esto por mí misma! –le cortó alzando la voz.

Blanca se quedó pálida como el papel. Durante unos segundos muy tensos, el silencio reinó entre tía y sobrina. La atmósfera comenzaba a hacerse más pesada cuando la mujer rompió a llorar:

—¡No puedes pasarte el resto de tu vida autocompadeciéndote! ¡Yo he perdido a mi hermana y a mi sobrino! —Suspiró hondo, su rostro había pasado del blanco al rojo en cuestión de segundos.

—No he venido a discutir, ¿de acuerdo?

A veces, sí que se sentía culpable cuando era fría e indiferente con los sentimientos de su tía, incluso en aquellos momentos tan oscuros… Pero era difícil pensar en algo más que no fuese ella misma y su desgracia. Lo era tanto como el hecho de que ni siquiera quería mirarse a la cara. Durante aquellos meses, había estado asistiendo a terapia con el doctor Lázaro, también había asistido a terapias de grupo: gente con distintos problemas, pero todos avocados a un mismo deseo, el suicidio.

Las ganas de morir no habían desaparecido, sin embargo, se encontraba algo más serena… Relacionarse con gente con sus mismas ideas oscuras le había hecho verlo desde fuera. Cuando alguien narraba el porqué había intentado quitarse la vida, Melinda se daba cuenta de que esa persona tenía muchas opciones antes de llegar a ese punto tan extremo. Curiosamente, cuando una misma narraba sus razones para querer acabar con todo, la misma lógica no se aplicaba y todo era debido al miedo a enfrentarse a los cambios que tenía que hacer en su vida, a la realidad, al fin y al cabo. Pero entendía que tenía que hacer el esfuerzo y había acordado con el doctor que iniciaría esos cambios para comenzar a recuperarse, un giro que tenía que dar ella sola. Y todo comenzaba por irse de casa de sus tíos.

—Vengo a decirte que voy a independizarme.

—¿Independizarte? —Blanca se sentó a su lado en el sofá, algo más calmada, pero preocupada ante lo que estaba oyendo—: Oye, Mel… Reflexionemos, ¿vale? Es muy pronto para eso, acabas de salir de la clínica y no creo que lo mejor para ti sea estar sola.

—El doctor Lázaro me apoya, de hecho, la idea fue suya. Escucha tía —y cogió su mano con cariño—, la mejor terapia es la de afrontar las cosas como vienen… Me quedé sola y sola debo empezar esto…

—¡Pero no estás sola! Nosotros…

—¡No me interrumpas, por favor!

—Vale, vale… —Su tía miró hacia otro lado, quizá para que no viese las lágrimas que amenazaban con volver a aflorar.

—No viviré en la casa de mis padres.

—¿Qué harás con ella?

—De momento, nada. —Evocó por unos instantes la imagen del hogar… con sus olores y sonidos. Ahora no era más que un inmueble frío y vacío—. Con el dinero que hay en el banco, voy a mirar un piso de alquiler y buscaré trabajo.

—¿De profesora? —Al menos, en este punto Blanca recobró la ilusión. Quizá no estaba todo perdido…

—No. Ahora mismo no puedo enseñar a nadie. No soy un ejemplo, ni me apetece.

—¿Entonces?

—Comenzaré de cero… y veremos qué pasa.

La rutina en casa de sus tíos le traía demasiados recuerdos de lo que era tener una familia, pero la suya ya no estaba. Formaba parte de una familia resquebrajada. Vivir teniendo tan presente aquello le consumía y, pese a los intentos de sus tíos por hacerla sentir bien, por arroparla y cuidarla, necesitaba salir de allí.

En la actualidad…

Ya hacía un año que se había independizado y Melinda volvía a llamar al timbre de casa de su tía, pero ahora todo era diferente. Recordar los peores momentos siempre era horrible. Recordar las conversaciones con su tía, en las que esbozaba el principio de un nuevo rumbo en su vida, en cambio, le resultaba ahora revelador. Había ido siguiendo un camino, el camino que marcaban las agujas del reloj, el cambio de las hojas del calendario al pasar… Y casi sin darse cuenta, pese a que todavía no había llegado hasta el final del tortuoso camino, tenía la sensación de que ya comenzaba a vislumbrar los resultados de su esfuerzo. Después de todo, las recientes palabras del doctor Lázaro, comenzaban a hacer mella en su interior, abriéndole los ojos un poco para enfocar un presente en el que ya llevaba trabajando un año sin percatarse. Pensó en lo que iba a anunciarle a su tía Blanca y en todo lo que quería decirle. Demasiadas cosas en el tintero que no podían esperar más para ser dichas.

—¡Mel! –Blanca abrió la puerta y su cara se iluminó al ver a su sobrina al otro lado. La atrajo a sus brazos y la estrujó tanto como pudo. Melinda sonrió y le devolvió el apretón.

—Bueno, dime hija. ¿Cómo va todo? –Su mirada se intensificó mientras se sentaba frente a ella en el sofá. Melinda se sentó, no sin antes, emitir un pequeño quejido.

—Aún me duele a veces… –explicó a su tía al mismo tiempo que se frotaba la rodilla derecha.

—¿Y lo demás? –inquirió.

Melinda se rascó la mejilla distraídamente y contestó:

—Va bien…

«Aún sigo tomando pastillas para sonreír, para dormir… trabajo, como… Pero, ¿qué quieres que te diga? Vivo sin vivir», pensó. Que fuese consciente del paso del tiempo y sus avances, no significaba que se sintiese bien. Las pastillas que tomaba ayudaban a que su ánimo no estuviese bajo mínimos y a controlar los pensamientos dañinos, pero el dolor persistía de todos modos. Era una triste caricatura de sí misma. ¿Quería andar el camino y alcanzar la meta? Sí. Pero la felicidad todavía era un espejismo.

—Todo bien, de verdad. —No quería preocuparla más con sus problemas. Y decidió enseñarle lo que había traído consigo. Sacó el folleto del bolso y se lo tendió.

Blanca lo cogió frunciendo el ceño y leyó. Tras un minuto, su sonrisa se había extendido, iluminando su rostro y sus ojos verdes.

—¿De verdad? ¿Lo vas a hacer? —Comenzó a ponerse roja de la emoción. Melinda no pudo evitar sonreír de nuevo. Al menos, algunas sonrisas le salían sinceras y quizá, por ello, la razón de aquella pequeña alegría la motivaba tanto como para haberlo estado meditando desde que el doctor le dio aquella publicidad. Y para querer compartirlo con quienes la conocían de verdad.

—Estoy pensándomelo —Desvió la mirada hacia sus pies retorcidos—. ¿Tú qué opinas?

—¿Que qué opino? —Se levantó de un salto y comenzó a agitar el folleto con aspavientos— ¡Opino que es tu oportunidad! ¡Tu sueño! —Y se arrodilló frente a su sobrina para cogerle la mano—. Moon, tú sabes que no has venido aquí para que te dé mi aprobación, ¿verdad?

Y el abrazo que obtuvo por respuesta, confirmó lo que sospechaba: ella tan sólo necesitaba un empujón para tirarse a la piscina.

—¿Llamas tú o lo hago yo? —insinuó ella tendiéndole el teléfono a su sobrina.

—Espera, tía, yo… —tenía que decirle todo lo que llevaba dentro. No podía esperar más para expiar sus actos— …necesito hablar contigo.

Y entonces todo salió a flote. Sentimientos que llevaban tiempo ahí y que necesitaban de consuelo. Disculpas atrasadas pero que nunca resultan tardías cuando se quiere de verdad. Melinda entendió aquella tarde todo por lo que su tía Blanca había pasado. Estuvieron horas hablando y ella dejó, por una vez, de ser la protagonista, para cederle el puesto a aquella mujer tan importante en su vida. La escuchó, la abrazó y lloraron juntas.

—Quiero que sepas que no tengo nada que perdonarte, Mel —le dijo—, sé que no estabas bien y todavía no lo estás del todo. Pero me siento muy orgullosa de ti porque has luchado y ya veo con claridad que vas a conseguir salir de esta. Esto —agitó el folleto delante de su cara— va a ser tu pasaporte directo hacia tu meta, reconciliarte contigo misma por fin.

Melinda sollozó de emoción ante lo que su tía le decía. ¿Cómo podía haber estado tan ciega? Aquella mujer no era su madre, pero la conocía tan bien como ella y ahora sabía que tenía que estar agradecida por tenerle a su lado.

—Toma —Blanca le tendió la hoja informativa de la ONG—, léelo en voz alta.

Melinda cogió la hoja y, tras unos instantes observando el papel, comenzó a leer:

—«Fundación Armando Carreira, porque la educación es un derecho universal». —Levantó la vista y ambas se sonrieron. Blanca la instó a continuar, moviendo las cejas. Melinda soltó una breve carcajada y prosiguió—: «Creada por el profesor gallego Armando Carreira, la fundación sin ánimo de lucro se dedica, desde 1990 a proporcionar equipamiento básico en lugares sin recursos, a aportar apoyo docente y a construir colegios en zonas pobres».

—Me encanta —dijo Blanca. Había apoyado los codos sobre sus rodillas y escuchaba entusiasmada a su sobrina.

—Sigo, ¿de acuerdo? —Blanca asintió y Melinda se aclaró la garganta antes de continuar—: Dice que ahora mismo están construyendo un colegio en el poblado de Jayllihuaya, en Puno (Perú). Allí, por lo visto, hay un setenta y cinco por ciento de la población que vive en zonas rurales con pocos recursos. Los niños tienen que andar mucho para acceder al colegio más cercano y en invierno, con las duras condiciones climáticas es peligroso… Dice que incluso, en ocasiones, tienen que dormir en el propio colegio.

—Qué duro… —Blanca se había quedado con el corazón encogido—, pero qué importante que haya gente siempre dispuesta a arrimar el hombro para ayudar a mejorar o cambiar las cosas.

—Sí —convino Melinda—, no quiero ni imaginar la angustia de esos padres esperando a sus hijos o sabiendo que han tenido que hacer noche fuera de casa. —Terminó de leer el folleto en voz baja y comentó—: Por todo esto, pone que muchos niños no llegan a estar escolarizados. —Miró a su tía con emoción— ¡Gracias a la construcción de este colegio en el poblado, no tendrán que pasarlo tan mal para acudir a clases! Y lo mejor es que los padres ya no dudarán sobre escolarizar a sus hijos.

—¿Y bien? ¿Te vas a animar a unirte? —inquirió Blanca.

Melinda sonrió. Le apetecía de verdad. La sensación era como tener unas cuantas mariposas en el estómago haciéndole cosquillas. Esa era la motivación, aquella que había estado dormida tanto tiempo.

Al final, era cierto que cuando la vida te quitaba por un lado, también te daba por otro.

Miró el teléfono y titubeó un poco antes de alargar la mano. Devolvió la mirada a su tía y ella le hizo un gesto de asentimiento. Iba a dar el paso definitivo: retomar su sueño.

5

La ropa estaba esparcida a lo largo de la cama de Melinda Moon. Rebuscaba a toda prisa entre el montón de prendas y las iba arreglando en la maleta que le había regalado su tía Blanca.

Llevaba dos noches sin dormir desde que había hablado con la organización de Armando Carreira y se había hecho miembro.

El 6 de mayo tenía que aterrizar en el aeropuerto de Juliaca en Perú y, desde allí, tenía que coger un autobús hasta la ciudad de Puno, donde le esperarían algunos miembros de la organización para llevarla con ellos al poblado de Jayllihuaya y enseñarle el lugar donde estaban trabajando.

Sus emociones en aquellos momentos eran un hervidero de contradicciones: por un lado, una sensación de extraña alegría hormigueaba en su estómago; por otro, el pánico atroz de verse con la responsabilidad de ser ejemplo para alguien, de ayudar cuando ella era la menos indicada, consumía las pequeñas mariposas en su estómago.

Dirigió su vista hacia la mesita de noche y contempló la foto familiar. En aquella foto, estaban sus padres con su hermano y ella. Hacía una eternidad de aquello... Melinda debía de tener unos quince años y su hermano cinco. Sus sonrisas ingenuas y alegres le hicieron recordar aquellos tiempos, borrados en parte por el paso del tiempo y las adversidades, pero que podían surgir a flote con tan sólo una imagen como esa.

Cogió la foto y la colocó dentro de la maleta. Podría irse a la otra punta del mundo, intentar olvidar el dolor y labrarse una vida nueva. Pero jamás podría hacerlo sin, por lo menos, ver sus rostros. Después de todo, las fotos eran lo único que le quedaba de ellos, la única manera de que sus caras no llegaran a difuminarse en su mente a lo largo de los años.

De pronto, llamaron al timbre. Ese sería Sergio. Cuando abrió la puerta, él la esperaba al otro lado con una sonrisa radiante en su atractivo rostro. Llevaba el pelo negro engominado de punta, sus ojos marrón oscuro la observaban con un brillo triste que contradecía lo que su boca expresaba. No tardó en cruzar el umbral y abrazarla efusivamente.

—¡Oh! –Le dio un fuerte beso en la mejilla mientras ella sonreía ante el afecto de su amigo–. Perdona por haber tardado, ¿ya has empezado con el equipaje?

—Bueno, digamos que casi ya he terminado... –dijo ella fingiendo estar mosqueada.

Ambos rieron y se dirigieron a la habitación.

—¿Crees que has tomado la decisión correcta, Mel? –inquirió Sergio.

—Me he dejado llevar por un impulso. Por una idea que tenía en mente hace mucho y dejé de lado desde...

—Sí –la interrumpió él–, eso ya lo sé, Mel. Pero, ¿realmente estás preparada para lo que se te viene encima? Piensa que allí donde vas, la vida es radicalmente distinta y vas a tener que ser muy fuerte.

—Lo sé, pero no me preocupa. La vida me ha arrebatado todo lo que tenía y, ahora, créeme: no le tengo miedo a nada. –No era cierto, en parte. Recordó el nudo

Apreciaba a Sergio mucho. Jamás podría pagarle todo lo que había hecho por ella en esos meses; todas las veces que la había escuchado desinteresadamente, los consejos que le había dado… Pero, quizá, en estos momentos de su vida, el dolor estaba tan presente, la decadencia era tan abrumadora, que se había vuelto un poco egoísta hacia los demás. O quizás era que temía querer demasiado a las pocas personas que le quedaban en la vida... El dolor por la pérdida de su familia era tal que no se sentía capaz de revivirlo de nuevo. ¡Si ni siquiera lo había superado! Por eso, dejarse llevar por los sentimientos y crear lazos demasiado estrechos con los demás, era muy arriesgado para ella. Eso era lo que solía pensar en ocasiones cuando se daba cuenta de que, pese a conservar algún amigo y haber hecho una nueva amistad, como la de Sergio, en los últimos meses no estaba receptiva a conocer nuevas personas. Lo de Sergio había surgido por compartir muchas horas de trabajo a diario juntos y, sin poder evitarlo, había terminado bajando la guardia. Con él podía desahogarse, contarle sin problemas sus miserias y no esconder que tomaba psicotrópicos a diario… Pero siempre se guardaba una pequeña parcela de sí misma a buen recaudo. Y esa era la parcela de amar sin medida. No sabía cómo lo había conseguido pero había alzado una especie de barrera entre ella y el resto del mundo, una barrera que le impedía darse al cien por cien con nadie. De ese modo, los demás no siempre tenían porqué esperar nada de ella y ella no se sentía con la obligación de estar ahí. Antes era muy diferente. Si un amigo le necesitaba, ella estaba ahí a cualquier hora. Y ahora… ahora deseaba volver a ser esa persona. Quería poder demostrar a la familia que le quedaba sus sentimientos sin tener miedo de perderles. Quería relajarse y disfrutar de sus amistades… Quería dejar de ser fría cuando antes nunca había sido así. El miedo era una terrible carga… Y ya estaba harta de soportar aquel peso. Por eso se iba a Perú a comenzar de cero y quería tener la certeza de que todo aquello serviría de algo. Aunque había algo que le compensaba ya de entrada: si ella no conseguía llenar el vacío en su interior, al menos, seguro que conseguiría ayudar de un modo u otro a los demás.

Sonrió ante ese pensamiento.

—Me volverás a ver, te lo prometo. —Los dos se abrazaron con fuerza.

Melinda cerró los ojos mientras sentía aquel calor que tanto necesitaba a veces. Sergio inspiró el aire para atrapar la tenue fragancia que manaba del cuello de su mejor amiga. La mujer que le había cambiado la vida desde que entró aquella tarde en la cafetería buscando trabajo. La mujer que jamás podría darle lo que él de verdad anhelaba porque estaba en el peor momento de su vida. La mujer que partiría en cuestión de horas a un destino completamente distinto a cuanto conocían.

Atesoró aquel abrazo y la apretó fuerte para que se quedara grabado en su mente como un recuerdo valioso.

16:00 horas. Aeropuerto de Manises, Valencia

Blanca comprobaba ansiosa que todo estaba en orden con su sobrina. Revisó su equipaje, se aseguró de que dentro llevaba todo lo necesario, comprobó hasta la ropa que llevaba puesta.

—Tía, está todo bien, de verdad —dijo Melinda exasperada—: ¡Déjalo ya, que me vas a poner más nerviosa!

—De acuerdo. —Y sin poder evitarlo hizo un puchero—: ¡Ay, es que no puedo evitar estar de los nervios! No vas a un viaje de placer, allí vas a ver cosas muy duras y tu vida será muy dura también y...

—¡Chsss! —la acalló su marido—, venga, Blanca, deja de decir esas cosas, que la niña ya lo sabe y lo único que consigues es alterarla más y angustiarte tú también.

—Sí, sí. De acuerdo, me callo ya.

Melinda atrajo a su tía hacia sus brazos y la estrechó fuertemente. Pero antes de separarse, le dijo algo al oído:

—Tía, volveré antes de lo que piensas y te prometo que me cuidaré mucho. Espero poder ayudar a mucha gente y sentirme útil.

—Lo harás –respondió Blanca en voz baja también–: Estoy segura de que serás de gran ayuda, tienes mucho que ofrecer, Mel.

—Te quiero.

—Y yo, mi niña.

En aquel momento, su tío se unió a ellas en su abrazo y las estrujó a ambas, provocando que las sonrisas afloraran y los nervios se relajaran un poco.

—Estamos muy orgullosos de ti, Mel –dijo él–. Y pienso que esto te ayudará a salir adelante. Aprovéchalo.

Finalmente, su amiga Lidia la cogió del brazo y se despidió de ella entre lágrimas.

—Te echaré mucho de menos. Cuídate y llámanos, escríbenos… ¡Lo que sea!

La megafonía anunció la inminente salida de su vuelo. Debía embarcar.

—Os llamaré en cuanto haga escala en Barajas. ¡Os quiero!

Y mientras entregaba su billete a la empleada y pasaba por el control de seguridad, se giró para observar por última vez hasta que los volviese a ver, a sus amigos, a su poca familia. Un beso flotó en el aire desde su mano y se alejó sin volver a mirar atrás.

Una nueva vida le esperaba al otro lado del océano y con todas sus fuerzas deseó que esto fuese lo correcto y pudiese recobrar la ilusión que una vez tuvo.

6

Cuando por fin embarcó en el avión, tras esperar un rato en el aeropuerto de Barajas, se acomodó en su asiento y la realidad de la importante decisión que acababa de tomar le golpeó con fuerza.

No había vuelta atrás. Aunque se arrepintiese y al llegar allí tomara otro avión de vuelta a su casa, a todo lo conocido, a su gente… sabía que no sería lo mismo. Ni siquiera era lo que deseaba, pues aunque quería a sus amigos y a sus tíos, ya nada era igual y jamás se sentiría satisfecha del todo si no daba ese paso e intentaba darle un giro a su vida.

Por eso, en verdad sabía, que jamás se arrepentiría de lo que estaba haciendo. Es más, ahora mismo, mientras el avión despegaba a gran velocidad, una sensación de gran alegría emergió a la superficie de pronto. ¡Hacía tanto tiempo que no era capaz de sentirse así! Por fin cumpliría su sueño y además perdería de vista su rutina.

Sonrió tan ampliamente que casi sintió que la piel le tiraba. Había perdido una costumbre muy saludable para el alma.

Pero conforme observaba desde la ventana cómo se iban alejando las ciudades de su país natal, la rapidez con que se difuminaban a medida que el avión atravesaba los vientos; recordó la verdadera razón de su partida. Entonces se congeló su sonrisa y España se difuminó mucho más a través del velo de sus lágrimas.

Sollozó en silencio durante un rato, intentando que su compañero de asiento no se percatase de ello. Y, sin darse cuenta, sus ojos húmedos se cerraron con gran facilidad. No había dormido nada en las últimas horas previas al viaje. Una voz se coló en su mente soñadora, una voz dulce y grave que le decía:

—*Mi amor, estoy muy orgulloso de ti… todos lo estamos.*

—*¡Luis!* —*Las lágrimas se volvieron incontrolables, los nervios surgieron a flote hasta el punto de ser incapaz de hablar sin un claro temblor en su voz*—: *¿Dónde estás? ¡Quiero verte! ¡Quiero verte!*

—*Estoy aquí, cariño.*

Y lo vio. Estaban en el parque que les gustaba frecuentar muchas tardes de domingo. Él apareció frente a ella, vestido con unos vaqueros claros y una camiseta color gris. Su pelo castaño oscuro y levemente rizado se movió al compás del suave viento. Sus ojos oscuros brillaban cada vez más a medida que se acercaba a ella, y su sonrisa se hizo inmensa. ¡Era tan guapo! Nunca podría olvidar aquella cara tan perfecta, aquel cuerpo atlético, aquella voz La cantidad de confidencias que habían compartido a lo largo de su noviazgo, sus sueños, sus metas, su gran sentido del humor Sus caricias y la manera en que hacían el amor.

Melinda se preguntaba si el amor se idealizaba al perderlo. ¿Esa persona se convertía en alguien mejor al morir? No lo creía Luis siempre había sido grande, el mejor chico al cual había podido entregar su corazón adolescente. Se había repetido tantas veces a sí misma la suerte que tenía por estar a su lado Y ahora se sentía tan sola, tan triste No quería a nadie más que a él. No concebía la idea de rehacer algún día su vida. Sí, era muy joven, pero le amaba.

Le amaba y Luis le había dado tanto, que no sabía si otro hombre podría estar a la altura.

—¡Cariño! —*Luis se acercó y Melinda no pudo evitar abalanzarse sobre él. Se colgó de su cuello con tal fuerza que él dio unos pasos hacia atrás riendo mientras la apretaba contra su pecho.*

—¿Por qué teníais que iros todos? —*solloz*ó ella fuera de sí— ¡No puedo vivir sin ti! ¡Te necesito! Mi vida es un infierno

Él acarició su pelo y habló para intentar tranquilizarla:

—Moon, la vida, en ocasiones, es muy cruel. Yo mismo me sentí como tú cuando me di cuenta de que estaba muerto. Quería quedarme contigo aquel día, ayudarte a salir del coche pero no podía, tenía que irme. Todos teníamos que hacerlo. Pero estamos contigo, Mel, jamás te abandonaremos. —*La apartó un poco para poder mirarla a los ojos. Ella parpadeaba demasiado, debido a las lágrimas*—. Estoy muy orgulloso de ti y sé que vas a hacer grandes cosas en la vida. Tienes que prometerme algo.

—¿Qué?

—Debes perder el miedo y dejar de hacerte daño a ti misma.

Melinda pensó en las noches sin dormir, en su intento de suicidio

—¡Prométemelo!

—Lo prometo.

Y sus bocas se buscaron, sus labios se unieron con una necesidad fiera. Sus lenguas hambrientas chocaron y danzaron desesperadamente en un beso que fue intenso y muy necesitado.

Cuando Melinda abrió los ojos, aún podía sentir el sabor de Luis en su saliva. Saboreó su propia boca y se secó las lágrimas con las manos temblorosas. Era tan real el sueño que acababa de tener... Y ahora de nuevo su ausencia era muy amarga.

—Ya estamos llegando a Perú, muchacha —le dijo su compañero de asiento, un hombre de mediana edad que parecía ser de allí. Unos se iban de casa, otros volvían.

Melinda miró por la ventana y la belleza de lo que encontró allí abajo le secó la garganta:

La inmensa cubierta de nubes oscuras dejaba ver, a medida que se acercaban, los kilómetros de selva que se extendían en la oscuridad. Debían de ser las nueve o las diez de la noche. En Perú era otoño. Las siete horas de diferencia horaria con España no habían hecho mella en ella, pues prácticamente había dormido las doce horas de viaje.

¡Era increíble! ¡Ni siquiera antes de aquello había dormido tanto de un tirón!

—Eso es el Amazonas –le dijo su improvisado guía del asiento de al lado. Melinda le sonrió por cortesía, aunque en verdad no le apetecía entablar conversación con nadie.

Había millones de copas de árboles poblando aquellas hermosas tierras. A pesar de lo oscuro que estaba, vislumbró el río más caudaloso de América, que dibujaba curvas kilométricas entre la arboleda. Se imaginó allí abajo, sola en aquella enorme selva, escuchando los sonidos de los animales de la noche. Era lo más maravilloso que había visto en su vida.

Un rato después, se anunciaba la llegada al Aeropuerto Internacional Inca Manco Cápac de Juliaca. Eran las once de la noche ya. Bajó del avión y salió del aeropuerto en busca del minibús que la acercaría hasta la ciudad de Puno. Allí la esperaban sus compañeros para llevarla con ellos al poblado de Jayllihuaya.

Con su maleta a los pies, Melinda esperó la salida del vehículo, todavía faltaban unos minutos. Suspiró y recordó las palabras de Luis: estaba orgulloso de ella; todos lo estaban.

Y recordó el beso y sus fuertes brazos rodeándola. Había sido tan real… Ojalá pudiese alejar de sus entrañas la sensación de vacío y soledad que le perseguía a todos lados.

Una fina llovizna comenzó a caer y el frío viento se caló en sus huesos; pronto comenzaría el invierno.

Observó todo su alrededor dando buena cuenta del nuevo paisaje que la rodeaba: el aeropuerto era un edificio extenso de color blanco y con su nombre en letras negras grandes grabado en la parte frontal. Una serie de arcos pintados de verde dividían las entradas y salidas del edificio y una estatua enorme del dios del Sol se alzaba frente al lugar saludando a los viajeros. Era de color gris, pero lucía colores como el dorado en las joyas que portaba, en el cetro que sujetaba en una de sus manos con la figura del sol (al igual que lucía dicho astro en el pecho) y el rojo y verde en los motivos de su atuendo. La parte baja de la fachada del aeropuerto era de color rosa palo, sólo roto por las ventanas pintadas de verde que la decoraban. Sabía que acababa de llegar a uno de esos países en que los colores vivos primaban en las construcciones, en las ropas de los lugareños... Y aquello le resultaba bonito y curioso a la vez. La inmensidad se extendía frente a sus ojos. Se encontraba en campo abierto y estaba oscuro. Oscuro como su incierto futuro allí... Estaba muy lejos de casa, de todo lo conocido; sin embargo, la determinación volvió a asentarse en su mente. Tenía muchas ganas de descubrirlo todo sobre aquel lugar. Y, sobre todo, tenía muchas ganas de encontrar su verdadero lugar en el mundo.

7

El minibús no tardó en arrancar hacia su destino: la ciudad de Puno. Melinda se sentía algo nerviosa mientras observaba el paisaje nocturno al otro lado del cristal. Unos kilómetros después de abandonar la zona del aeropuerto, la carretera había dejado de estar asfaltada. Los baches del camino montañoso provocaban un rítmico vaivén en los ocupantes del vehículo.

Y este iba lleno hasta los topes. Melinda podía afirmar sin miedo a equivocarse que el noventa y nueve por ciento de sus ocupantes eran turistas que venían a disfrutar de la cara bonita del lugar: sus paisajes, sus ruinas incas, el lago Titicaca, el Machu Picchu…

Ella, sin embargo, se dirigía hacia la cara más desfavorecida de Puno. Su objetivo era mejorar la vida de unos niños con unas ilusiones y unas aspiraciones como las de cualquier persona, a repartir las sonrisas que ella misma necesitaba. Iba a ser un trabajo duro, pero su corazón se llenó de más determinación, si cabe, en aquel momento: quería darle un sentido a su vida, quería ser útil y olvidar por un momento sus problemas y desgracias.

Quería empezar de nuevo.

Por fin llegaron a la ciudad de Puno y la gente fue bajando poco a poco del minibús. Melinda esperó a que se fuese vaciando el vehículo para salir, le agobiaban demasiado las aglomeraciones.

Cuando decidió bajar, recogió su maleta y dirigió su mirada insegura hacia el frente, intentando encontrar al grupo de personas que estarían allí para recogerla.

En su recorrido visual pudo ver la apariencia de las casas de la extensa calle en que se encontraba: algunas fachadas estaban sin lucir, el urbanismo se adivinaba caótico y contrastaba con el suelo sin asfaltar de esa calle en concreto. La ciudad se asentaba en medio de un extenso valle, rodeado por una cadena de montañas y, por lo poco que había podido ver durante el trayecto, la urbe era enorme.

En realidad, con ese primer vistazo, Puno no se diferenciaba demasiado de cualquier pueblo de su Valencia natal. Estaba formado por casas de planta baja y de pisos de no más de tres plantas. Podía atisbar desde su posición, los dos campanarios que tenía la iglesia, situada por la parte central de la población. No se sorprendió porque ya había hecho un barrido por internet antes del viaje y había visto que Puno tenía una plaza central con una iglesia de planta rectangular con un campanario a cada extremo. Era una construcción típica de piedra bastante grande y bonita.

Lo único que podría diferenciar Puno de un pueblo de España cualquiera eran, seguramente, los colores vivos de algunas de las casas. Costumbre que a Melinda le encantaba.

Las luces de las farolas se mezclaban con el colorido aspecto de los carteles de los bares que esperaban a la clase turista con los brazos más que abiertos. Al final de la hilera de casas y locales podía ver uno que destacaba por encima, con diseño más moderno y acabados cuidados en su fachada. Era el Hotel Puno, en donde se alojaría la masa de turistas que venían a la ciudad como primera parada en su recorrido cultural por Perú.

Tan ensimismada estaba Melinda observando su nuevo hogar que ni siquiera pensó en que le costaba respirar.

De pronto, sintió un golpe de ansiedad en el pecho. El aire comenzó a llegarle cada vez más difícilmente a los pulmones y se preocupó. Quizás debería buscar sus calmantes y tomar uno… Todavía estaba mal y todo esto era un cambio muy grande. Tenía que relajarse. Sin embargo, el aire seguía sin llegar bien a su pecho, es más, cada vez le llegaba menos… Comenzó a marearse. Se apoyó contra el minibús estacionado y comenzó a verlo todo negro.

—¡Oye! ¿Estás bien? —Una voz femenina irrumpió en su cabeza abotargada.

—Creo que es ella. Escucha, respira hondo y ya verás como el aire vuelve poco a poco —otra voz, esta vez masculina y con acento andaluz.

Melinda abrió los ojos y se encontró sentada sobre el suelo pedregoso, rodeada por un grupo de dos chicas y un chico. Si no había escuchado mal, había reconocido un acento gallego en la chica que había hablado.

Tenían que ser ellos o más turistas…

—¿Sois de la Fundación Armando Carreira? —atinó a preguntar aun costándole hablar por la fatiga.

—¡Sí! —contestó una de las chicas. Su acento era neutro pero era también española. Lucía un peinado corto y negro azabache, el pelo liso sólo le sobrepasaba unos centímetros las orejas y un gracioso flequillo despuntado adornaba una cara fina y de rasgos aniñados. Su piel era muy blanca, sus ojos oscuros, una nariz algo aguileña que lejos de afear su rostro, le daba encanto y sus labios eran finos y rosados. La chica sonrió amablemente—. Pobrecita, estás pasando por la primera prueba de fuego: acostumbrarse a la altitud de este lado del mundo. Eres Melinda, ¿verdad?

—Sí, soy Melinda Moon.

—¿Melinda Moon? —preguntó arqueando las cejas el chico. Era bastante mono, aunque demasiado larguirucho y delgado. Su pelo era castaño tirando a rojizo y lo llevaba muy corto— ¡Quilla! ¿Ese qué nombre es?

—El que me puso mi madre —intentó no ser demasiado seca ni resultar cortante. No quería empezar con mal pie pero, en realidad, no tenía pensado desnudar su alma con nadie. Ellos sabrían lo que necesitaban saber de ella y nada más. Sonrió levemente para que el chico lo tomase como un vacile simpático, cosa que surtió efecto, pues él arrancó a reír sonoramente. La chica que había hablado primero, la de acento gallego, se adelantó alargando su mano:

—Yo soy Alejandra, de Ferrol, pero todos me llaman Álex. Es un placer recibirte, Melinda Moon. —La chica era guapísima, rubia de pelo largo y liso. Lo llevaba suelto y le caía enmarcando una figura curvilínea de piernas interminables. Le guiñó uno de sus azules ojos de largas pestañas y sonrió.

—Yo me llamo Alberto y soy de Cádiz —miró de reojo a su compañera Álex y le guiñó uno con complicidad—, pero todos me llaman Cai. Encantado, chiquilla.

—Y yo —se adelantó la morena— me llamo Rosa y soy de Madrid. Tu nombre me gusta mucho... ¡Tiene personalidad!

—Todos me llaman Mel o simplemente Moon. —Ya se había levantado del suelo y se percató de que la fatiga iba desapareciendo poco a poco. Quizás era porque le habían caído simpáticos y comenzaba a sentirse a gusto con ellos. Parecían buena gente.

Tras las presentaciones, la ayudaron con su equipaje y montaron en un todoterreno viejo. Melinda se frotaba las manos, nerviosa, mientras esperaba llegar en unos minutos al lugar en donde estaban asentados: el poblado de Jayllihuaya, que estaba en la periferia de la ciudad. Álex, sentada junto a ella en la parte de atrás, le habló:

—Iba a venir Hugo, nuestro coordinador, a recibirte con nosotros pero ha tenido que irse a por materiales esta tarde y no ha llegado aún. Aunque mañana seguramente lo conocerás. Es muy majo, ya verás.

—¡Y muy guapo! —exclamó desde el asiento de copiloto Rosa con desparpajo.

Melinda no pudo evitar sonreír. Era una suerte que fuesen tan simpáticos, casi se sentía como en casa.

Tras unos minutos, llegaron al poblado. En medio de las montañas se alzaba Jayllihuaya. Entraron por la calle principal, que atravesaba el poblado por el centro. En medio de la oscuridad, lo que más llamó la atención de Melinda fue la cantidad de precarios postes de electricidad que se extendían por el lugar, asentados entre las casas y uniendo los cables entre sí por encima de las viviendas de planta baja. Aquella imagen resultaba poco atractiva. Parecía que esa zona (la más poblada a simple vista) estuviese envuelta en una tela de araña. La aldea, al igual que Puno, también tenía una amplia extensión pero con la diferencia de que esta no tenía tantas viviendas construidas como la ciudad. Había más extensión virgen que poblada entre calle y calle. Además de nuevas viviendas sin terminar. Sus esqueletos vacíos se alzaban en medio de las malas hierbas del campo. Las casas eran de varios tipos aunque con algo en común: la precariedad y antigüedad de su construcción. La mayoría eran casas muy pequeñas de planta baja. Pudo ver ganado descansando en la noche que ahora era fría y muy oscura. En el interior de algunas casas se podía adivinar un débil halo de luz. Todo afuera estaba muy solitario.

Y, finalmente, llegaron a las casas prefabricadas que servían de alojamiento a los cooperantes: estas eran minúsculas y la que se situaba más al centro de ellas, albergaba a una veintena de personas en la entrada, que posiblemente esperaban su llegada.

Melinda tragó saliva un tanto abrumada. No esperaba un recibimiento así. El todoterreno paró.

—¡Bien! ¡Ya hemos llegado! —Alberto miró a Melinda travieso—. Estarás hambrienta y cansada, ¿no? —Ella asintió con vehemencia, no estaba para fiestas...— En lo primero te podemos ayudar, comida tenemos pero, antes de poder descansar, tendrás que disfrutar de una pequeña bienvenida que te hemos preparado.

—Yo no… —comenzó a decir ella, intentando escabullirse, pero Álex no la dejó acabar. Posó una mano en su hombro antes de decir:

—No te preocupes, son gente guay, ya lo verás. Y nada más te agobies, me lo dices y nos vamos a enseñarte tu habitación, ¿de acuerdo?

—Muy bien —cedió ella–. ¡Te tomo la palabra!

Al salir del coche y comenzar a escuchar la música típica del lugar, un extraño bienestar la invadió… Las melodías bailables, sazonadas con acordeones y guitarras, con sabor peruano le transmitieron un buen rollo inusual en ella en los últimos meses.

Quizás, esta bienvenida no estaría mal. Su estómago rugió con impaciencia y Melinda Moon se adentró con sus nuevos compañeros al que sería su nuevo hogar.

8

A lo largo de los tres años que llevaba en Perú, intentando construir aquel colegio para los niños de Jayllihuaya, Hugo sentía que habían avanzado mucho en aquel proyecto que comenzó como una simple idea. Una idea que buscaba mejorar la oportunidad de los niños de aquellas tierras para tener un futuro mejor.

De lo que iba recaudando la fundación, habían podido ir adquiriendo materiales para llevar a cabo aquel sueño. En ocasiones, la falta de dinero para avanzar en las obras había mermado los ánimos de Hugo: como coordinador de la fundación en la zona, asumía la responsabilidad de todo cuanto ocurría allí, y aunque el goteo de capital no fuese su cometido, sí repercutía en su trabajo. Y cuando veía a los niños de Jayllihuaya cada día tener que andar varios kilómetros para llegar hasta el colegio más cercano en Puno; o hablaba con alguna madre preocupada por la salud de su hija, que había tenido que pasar la noche en un aula debido a las frías temperaturas que habría soportado al tener que andar hasta su casa... se le partía el alma. Y la determinación de terminar cuanto antes aquel colegio y su compromiso con aquellas familias, se hacían más y más firmes en su mente.

Ahora, ya iba viendo los frutos de ese esfuerzo, calculaba que quedaban pocos meses para terminar el pequeño colegio de Jayllihuaya, con todo el equipamiento básico para los escolares. Pronto podrían comenzar a dar clases a los niños. Hugo comenzó con un reducido grupo de gente: unas seis personas con muchas ganas y pocos recursos.

Ahora, tras tres años, eran unos veinte y se acordó de algo.

—¡Vaya! Creo que hoy llegaba una nueva cooperante. ¿No, Ignacio? —Hugo miró a su acompañante, un vecino del poblado que les ayudaba de vez en cuando con las obras y hoy se había ofrecido para acompañarle a la ciudad por un poco de pintura. Ignacio, que se dedicaba a las labores del campo y a la ganadería, tenía tres hijos todos menores de catorce años y sólo dos de ellos iban todos los días al colegio de Puno. Él, al igual que otros padres del poblado, echaba una mano en lo que podía, pues deseaba ver cuanto antes a sus hijos pudiendo estudiar sin tener que pasar calamidades a diario. Y eso en los mejores casos, pues muchos de los niños no estaban escolarizados y se dedicaban a ayudar a sus familias en las labores campesinas. El problema de la educación en el país era bastante grave: un sistema educativo con carencias que no formaba a los profesores adecuadamente, y la poca motivación de los padres de las zonas más pobres para que los hijos estudiasen debido a la pobreza extrema en que vivían. La ayuda de los hijos en los trabajos del hogar era vital en ocasiones para mantener sus pocas posesiones. Todo cuanto sembrasen y cada animal que les diese leche o carne, era destinado al autoconsumo y, en algunas familias, a la venta. La parte positiva de todo aquello, era que la municipalidad de Puno estaba intentando mejorar el sistema, además de preocuparse por temas de vital importancia como la pobreza extrema de la región.

—Me parece que sí, señor… Algo me pareció oír. Creo que llegaba esta noche.

Siguieron viajando en silencio por las intrincadas carreteras hacia el poblado. Una de las cosas buenas que habían conseguido al llegar allí había sido adquirir todoterrenos a buen precio. Las carreteras montañosas y sin asfaltar, en su mayoría, dificultaban mucho los viajes, pero Hugo ya se había habituado a aquello. Tres años fuera de España y ya parecía que hubiese vivido toda una vida en Perú. El tiempo pasaba tan rápido cuando se paraba a pensar en lo lejanos que eran los recuerdos de su tierra… Y tan lento cuando se enfrentaba al día a día luchando contra las adversidades, en una zona muy pobre de recursos materiales, pero muy rica en gentes y belleza natural. A veces echaba de menos muchas de las comodidades de antes, pero en realidad se sentía como uno más aquí. Ya se sentía en casa y se planteaba viajar en cuanto acabasen el colegio para visitar a su familia, pero no pensaba quedarse en España. Quería seguir en Jayllihuaya y ser el profesor de aquellos niños, seguir bebiendo de la cultura peruana y respirando el aire puro de sus montañas.

A sus treinta años tenía claro que quería asentarse en algún lugar. Y Hugo había encontrado su lugar en el mundo.

A su llegada al poblado, el motor de luz de la sede principal de la fundación trabajaba a destajo y la música del interior rebasaba las paredes prefabricadas.

—Parece que han montado una fiestecita a la nueva –rumió Hugo para sí mismo.

Aparcó el todoterreno y ambos se dirigieron hacia la fiesta.

—¿Quieres entrar y tomar algo, Ignacio?

—No, gracias, mi esposa me estará esperando. Mañana me acercaré a la tarde para ver si se les ofrece algo.

—De acuerdo, como quieras –Le chocó la mano con gratitud–. Muchas gracias por acompañarme. Dale recuerdos a Rosita de mi parte.

—Se los daré. ¡Qué pasen buena noche! —Y se alejó hacia su casa.

Hugo respiró hondo. No tenía muchas ganas de fiesta, estaba muy cansado tras la larga jornada, pero tenía mucho hambre. Entraría, se presentaría como buen anfitrión a la chica nueva, comería algo y se escabulliría a su habitación cuanto antes.

Se atusó un poco el pelo despeinado y entró. Nadie se percató de su entrada, algunos bailaban y otros charlaban animadamente. Hugo vio a todos sus compañeros allí pero buscó con su mirada a la desconocida… Y dio con ella. Una chica de pelo negro y liso, le caía en cascada por sus hombros tapados con una camiseta de algodón gris. Su mirada apuntaba hacia algún lugar en el suelo y sujetaba un vaso con una mano ausente. Estaba de pie apoyada en la pared y su boca rosada y carnosa dibujaba un rictus serio. Su camiseta, algo holgada, dejaba entrever unos pechos turgentes y generosos… El pantalón vaquero se ceñía a su delgada cintura. Sus piernas no eran largas, sin embargo, no pudo evitar imaginárselas sin aquella tela encima. En conjunto, su cuerpo, aunque delgado, tenía un patrón de curvas proporcionado y bello.

Hugo sacudió la cabeza, hacía tanto tiempo que no salía con nadie… O más bien que no practicaba sexo, que una novedad le provocaba pensamientos inapropiados. Ella era una cooperante, una compañera y, además, él era algo así como su jefe. Más de una de las chicas le habían echado los tejos, pero Hugo jamás había querido tener nada con ninguna. Por un lado, por el hecho de ser su jefe en aquella aventura filantrópica y, por otro, ninguna había despertado nada en él.

De pronto, la música cesó. Oyó voces que aseguraban un cambio.

—¡Música del país! —gritó Álex mientras colocaba un CD en el reproductor— ¡Es un popurrí que me traje para no tener mono!

Las risas resonaron por toda la sala y, en aquel momento, la chica nueva levantó la mirada del suelo y sonrió.

Hugo se quedó desarmado: eran los ojos verdes más bonitos que había visto en su vida. Tenían forma almendrada y las espesas pestañas negras los engalanaban como una joya valiosa. Se le secó la garganta. Necesitaba beber algo.

La música comenzó a sonar de nuevo y le encantó oír la peculiar voz de Jaime Urrutia. Aquella canción le encantaba. Pero más le gustaba porque cantaba Bunbury junto a él y otros como Loquillo.

«¿Dónde estás? Quiero verte…» rezaba el estribillo. Hugo se dio cuenta de que ella ya no estaba. «¿Dónde estás?», pensó.

Y dio un respingo cuando Alberto, el Cai, le propinó un manotazo en el hombro.

—¡Eh, quillo! ¡Qué bien que has llegado! Tenemos carne fresca para ti. —Y se rio mientras le acercaba a la nueva chica.

Ella alzó la mirada tímida hacia él, como si le pesara hacerlo… Y Hugo se centró en ese influjo verde que parecía un pozo lleno de secretos.

Sin embargo, su boca dibujó una sonrisa perfecta. Era preciosa.

—¡Pero oye! ¡Que te has quedado pasmao!

Hugo titubeó antes de contestar. Estaba quedando como un imbécil ante ella. Se encontraba cansado y hacía mucho que no… Joder. Tenía que hablar ya.

—Perdona, es que estoy algo cansado, Cai. —Le chocó la mano y entonces volvió a mirar a la chica nueva, esta vez intentando ser lo más profesional posible—: Hola, soy Hugo, el coordinador del grupo. Bienvenida. —Le tendió una mano e instintivamente se acercó para darle dos besos.

Fue un movimiento rápido pero muy revelador: le mostró que, en efecto, estaba muy cansado y que el olor a frutas del bosque de ella, no ayudaba nada a sus instintos, indefensos, en aquellos momentos. Ella no le besó, sólo le rozó la cara con la suya.

—Encantada. Yo soy Melinda Moon, de Valencia.

—Pues es un placer Melinda Moon de Valencia. Por cierto, bonito nombre.

Ella se quedó esperando un nuevo comentario sobre su poco común nombre, pero este no llegó.

Hugo le sonrió y se fue sin más, perdiéndose entre el grupo mientras buscaba algo que llevarse a la boca.

Melinda lo contempló mientras se alejaba: era muy atractivo, como le habían dicho las chicas. Llevaba el pelo castaño claro revuelto, y le caía largo contra los anchos hombros. Iba ataviado con una chaqueta de plumas y unos vaqueros anchos, pero, pese a toda esa ropa encima, se notaba que era un tipo fuerte.

Su cara estaba bronceada, supuso Melinda que de tantas horas al sol trabajando en el futuro colegio... Sus labios eran finos, pero su boca grande y con unos dientes bien alineados y de un blanco impoluto. El contraste entre su nariz, sus ovalados ojos color miel, su boca y la forma de su mandíbula ancha, muy masculina, era armónico... Sí, tenía que admitir que era un hombre muy guapo.

Pero, ¿qué hacía ella pensando en eso ahora? Él era su coordinador y ella no debía plantearse ese tipo de cosas... el Cai interrumpió sus pensamientos:

—Joer, hoy está raro, no se lo tomes en cuenta.

—No pasa nada. Me voy afuera un poco, necesito tomar el aire. Esperaré para preguntarle cosas sobre mi trabajo aquí cuando acabe de cenar.

Melinda cogió su chaqueta, amontonada en la entrada con las de sus compañeros, y se fundió en la noche. Necesitaba estar sola. Detestaba las aglomeraciones más que nunca y sentía que se perdía en la cantidad de conversaciones que se daban lugar a su alrededor. No le apetecía participar en ellas, sólo quería hacer su trabajo y estar sola. Además, no sabía por qué, pero aquel hombre la había puesto nerviosa.

«Luna ¿dónde estás?», se preguntó mirando al cielo una vez fuera. Anduvo mientras miraba los cielos y por fin la encontró: se perfilaba menguante en un cielo encapotado.

Pensó de nuevo en el coordinador y en su actitud algo extraña al presentarlos. La había mirado tan fijamente durante unos minutos que había conseguido hacerla estremecer... Y después de un saludo protocolario, la había ignorado sin más.

Estaba muy cansada pero no quería dormir. De pronto, una voz en su interior la acusó de su irresponsabilidad: «Ahora te debes a estos niños. Estás aquí para ser útil no para ser una carga». Maldijo en voz baja. Era verdad. Ahora tenía que intentar dormir, así que echaría mano de los somníferos.

Pero, de momento, se relajaría un poco al abrigo de la noche peruana. Todo parecía tan distinto... Sin embargo, sus noches se anunciaban igual de solitarias y la luna se mostraba tan acogedora como al otro lado del océano.

9

Apenas eran las seis de la mañana cuando alguien golpeó la puerta de la cabaña prefabricada donde dormía Melinda junto a Álex y Rosa.

—¡Venga chicas! ¡Hora de levantarse!

Álex soltó un gruñido:

—No teníamos que habernos acostado tan tarde... –Y se revolvió en la cama intentando hacer caso omiso de la llamada.

Un nuevo golpe en la puerta volvió a sonar, esta vez, más fuerte e insistente.

—¡Vamos, que hay trabajo por hacer! ¿Tenéis resaca?

—¡Oh, ya vamos, Hugo! –gimió Rosa– Para una fiesta que hacemos...

Melinda no dijo nada. Todavía echando mano de sus somníferos para conciliar el sueño, a esas horas tan tempranas, casi no podía abrir los ojos.

«Creo que comenzaré a dejarlos ¿Cómo voy a afrontar el primer día medio atontada? –se dijo– ¡Perfecto! Bonita manera de empezar su primer día de trabajo: drogada y con sentimiento de culpabilidad».

Intentó ignorar su mal humor y se levantó, no sin hacer un esfuerzo titánico. Lo peor era que no podía explicar a nadie la razón de su estado. Todavía no les conocía lo suficiente como para revelar los asuntos turbios de su vida, ni sus problemas para hacerles frente. Así que intentaría tomarse un café bien cargado y disimularía su estado de aletargamiento para evitar parecer lo menos imbécil posible.

Tenía que demostrar que era capaz de llevar a cabo las labores que allí hacían, quería ser competente y no tener que volverse a España con el rabo entre las piernas sintiéndose una inútil. ¡No! Cogió de su bolso un antidepresivo disimuladamente. Pese a que el doctor Lázaro no le había autorizado a abandonar el tratamiento, Melinda estaba dispuesta a empezar de cero de verdad. Pensaba llamarle para comunicarle su deseo de dejar los psicotrópicos.

—¿Estás bien, Mel? —inquirió Rosa, notando su patente pasividad—: Te veo muy cansada.

—Debes de tener *jet lag*, no te preocupes. Hoy te ayudaremos a familiarizarte con todo y mañana ya estarás en mejores condiciones para empezar con la parte dura. —Álex la observó comprensiva y Melinda se sintió aliviada por tener esa buenísima excusa. «*Jet lag*... ¡Claro!».

Apretó la pastilla en la palma de la mano.

—Muchas gracias. —Se frotó la frente con el puño intentando aliviar el aturdimiento que sentía. «Malditos somníferos. ¡Nunca más!»—: La verdad es que estoy hecha polvo, pero bueno, ¡me echaré un poco de agua bien fría en la cara y aquí no ha pasado nada! —intentó sonar animada para quitarle hierro al asunto, pero sus ojeras y su voz pastosa indicaban todo lo contrario.

Rosa y Álex sonrieron y no dijeron nada más acerca del asunto. Melinda respiró tranquila. De momento, había conseguido ocultar la verdadera razón de su penoso despertar.

Las tres se vistieron con ropas cómodas: pantalones anchos de tela y camisetas de algodón de manga larga pues, aunque estuviesen en otoño, aquella zona de Perú gozaba de temperaturas suaves a lo largo del día y mínimas horrorosamente frías durante la noche.

Y, por fin, media hora después, salían de la cabaña arropadas con sus chaquetas plumas. Álex y Rosa iban comentando lo que les depararía la jornada y Melinda, algo rezagada tras ellas, contempló al resto de sus compañeros mientras desayunaban alrededor de una improvisada hoguera, sentados en sillas de acampada.

Las risas y las conversaciones animadas delataban que aquello era su rutina: levantarse cuando el alba despuntaba y comenzar un día largo y provechoso.

Y siguiendo ella con su rutina de observadora, se dio cuenta de que le gustaba aquella estampa: se veían tan felices y unidos… habían hecho una piña a miles de kilómetros de su hogar, todos unidos por un objetivo común y valioso.

Entonces se dio cuenta de que también ella quería dejar de ser una observadora y formar parte de esa piña. Y quería hacerlo bien. ¡Por ella misma! Sonreír de verdad y disfrutar de su trabajo, de la gente. Sin ayuda de nada que tuviese que ver con la química. ¿Cuándo había hecho aquel clic? El doctor estaría orgulloso cuando hablase con él.

—¿Te gusta lo que has visto hasta ahora?

Aquella voz… Melinda despertó de su ensimismamiento y miró a su lado para ver a Hugo, el coordinador, ofreciéndole una sonrisa radiante. Ella ignoró el retortijón que encogió su estómago y le devolvió la sonrisa.

—La verdad es que sí. Todos me han arropado nada más llegar y tengo muchas ganas de comenzar con el trabajo. –Él soltó una risita ante su ímpetu.

—Me alegro mucho, Melinda Moon –Se quedó observándola con aquella mirada color miel que mostraba una calidez que le recordaba a la manera en que la miraba… Sacudió la cabeza intentando alejar pensamientos nada productivos–. ¡Bien! Pues vamos a desayunar y, después, te enseñaré el lugar tan bonito que estamos creando.

Y con aquella promesa, Melinda Moon se acomodó entre sus compañeros y comenzó a desayunar pese al nudo en el estómago, que no sabía si era fruto del medicamento que aún se resistía a abandonar su organismo o de la presencia de Hugo, que la seguía observando furtivamente unos asientos más allá.

¿Por qué la ponía tan nerviosa aquel hombre? Sí, era guapo y su mirada le producía cosquillas en lugares que prefería no nombrar ni en sus pensamientos, pero… Todo debía de ser fruto de la situación, de los nervios ante lo desconocido.

Prefirió ignorar sus pensamientos y decidió forzarse a centrarse en las conversaciones que se llevaban a cabo a su alrededor. Escuchó atenta las anécdotas de sus compañeros mientras comía una pieza de fruta, una manzana muy rica, y bebía sorbos de su vaso de leche. E incluso, se permitió reír sus gracias. Lo que fuese con tal de ignorar el torbellino negativo de nuevo en su mente, el sueño demoledor que la invadía, la mirada de él… ¡Ojalá dejase de mirarla así!

Finalmente, ni siquiera escuchar a sus nuevos compañeros la distraía de Hugo. Sentía su mirada firme y le incomodaba pero, al mismo tiempo, le producía unas sensaciones en su interior que no sabía cómo definir... O más bien, no quería pensar en ello. La chica viva y joven que llevaba dentro le decía que aquella incomodidad y esas cosquillas en el estómago se producían cuando un chico te gustaba. Pero hacía mucho tiempo desde la primera vez que había sentido eso y hacía mucho también que no se había encontrado con una situación semejante.

Decidió desviar la vista hacia los alrededores para echar un primer vistazo a la luz del día del poblado. Como bien había visto la noche anterior, el terreno era extenso y sin urbanizar. Las pocas casas habitadas se agolpaban en la zona donde ellos se encontraban, las que eran de planta baja y muy pequeñas. El resto de construcciones a medio terminar y abandonadas, se situaban más alejadas de donde ellos se encontraban y entre sí.

El paisaje de Jayllihuaya y Puno constaba de una vasta extensión de campo y terreno montañoso que contrastaba con la parte costera, donde se encontraban el lago Titicaca y la salida al mar.

Se terminó el desayuno y volvió a prestar atención a sus compañeros. En aquel momento, Alejandra, le habló:

—¿Mejor tras meter combustible en el cuerpo? –le sonreía amablemente.

—Sí, mucho mejor. Gracias –le devolvió la sonrisa.

—Esto es duro al principio –comenzó a explicar su compañera–, te das cuenta de golpe de que no tienes apenas ninguna de las comodidades a las que estabas acostumbrada: internet, agua caliente a mares, un sofá mullido y cómodo, comida de toda clase en cualquier momento... A mí me costó adaptarme un poco, pero la verdad es que cuando te acostumbras, no echas nada de eso en falta. –Le guiñó un ojo y sonrió de nuevo–. Al menos, no todo el tiempo.

—La verdad es que he venido con ganas de un cambio radical en mi vida... Y saber que no voy a vivir del mismo modo en general, me gusta ya de entrada –ambas rieron.

—¿Vienes huyendo de algo? ¿No habrás robado algún banco? –inquirió Álex bromeando.

Melinda rio su gracia y sacudió la cabeza. Después, Álex posó una mano en su hombro en señal de apoyo.

—Todos iniciamos este tipo de aventuras por un motivo u otro... Sólo espero que, sea el que sea el tuyo, esto te sirva de algo.

—Eso espero... Gracias.

*

Cuanto más observaba a la chica nueva, más curiosidad sentía hacia ella. Por lo pronto, había llegado a una clara conclusión: era tan hermosa como reservada. Pero había algo más. Aunque era evidente que aún sufría los efectos del largo viaje que acababa de hacer, la noche anterior ya le había llamado la atención esa triste mirada. Algo en sus ojos revelaba dolor… ¿Pero qué clase de dolor tenía una chica de su edad, con la valentía de viajar hasta la otra parte del charco para ayudar a los demás? ¿Quizá la razón para venir era por un desengaño?

Hugo se hacía más y más preguntas que en realidad no debería hacerse. Ella era una más en el grupo, una chica nueva que pronto se integraría e, incluso, podría estar equivocado y no tenía ningún problema. Además, su trabajo no era el de hacer de psicólogo de sus compañeros. Pero todo el sentido común y los razonamientos se iban al garete en cuanto la miraba. Incluso su nombre era enigmático y seductor… Melinda Moon.

Como un niño chico la observaba comer y reírse con los demás, y se regocijaba pensando en que unos minutos después, aquella preciosa sonrisa podría surgir gracias a él… No es que fuera un tipo demasiado chistoso, pero tenía que reconocer que tenía dotes como seductor. «¡Cállate! —se dijo entonces—. Esas dotes guárdalas bien porque sabes que no puedes Eres su coordinador Mantén la bragueta bien cerrada, ¡joder!».

—¡Pisha! ¿Has acabado de desayunar? ¡Que digo que si comenzamos a pintar ya!

Hugo se sobresaltó ante la repentina interrupción en sus caóticos pensamientos de Cai.

—Sí… eh… —Alberto volvió a propinarle uno de sus manotazos en el hombro mientras se carcajeaba de él.

—¿Qué te pasa, tío? Desde ayer estás muy disperso.

—No me pasa nada, me has pillado de improviso. —Y ya recuperado del ensimismamiento, su voz sonó tan profesional como de costumbre. —Sí, hoy comenzamos con la pintura del interior del colegio y luego continuaremos con la fachada. Ayer marqué los lugares por donde vamos a empezar y, de momento, no están todas las mezclas pero hoy mismo volveré a Puno, con Ignacio, para adquirir las que faltan.

—Muy bien, tío. ¡Nos vemos en el cole! —Alberto se alejó junto a los demás, que ya comenzaban a dirigirse hacia el edificio casi terminado que sería, a partir de septiembre, el colegio de primaria de Jayllihuaya.

Melinda se levantó también con la intención de seguir a sus compañeros. Se moría de ganas de ver el futuro colegio. Pero, de nuevo, la voz de Hugo se coló en sus pensamientos:

—¿Preparada para el despegue?

Lo miró para volver a ver esa sonrisa tan encantadora. «Y bonita».

—Más que preparada, ¡ansiosa! –Él volvió a mirarla con esos ojos perturbadores. «Pero ¿por qué hace eso?» se preguntaba–. Sólo una cosa, Hugo...

—Dime... –se ofreció gustoso.

—Me intimidas mirándome así.

La sincera afirmación de ella, lo desarmó por completo. No lo esperaba.

—Bueno, es difícil no hacerlo ante tremenda belleza. –«¡Imbécil! Ahora pensará que eres un jefe acosador. Muy bien Hugo, muy bien...», pensó.

Ella no contestó. Se limitó a sonrojarse y a bajar la mirada. Hugo no había podido controlarse y ahora se sentía como un idiota. La había intimidado y encima, le echaba los tejos a la primera de cambio.

—Lo siento, Melinda Moon, no pretendía molestarte. Sólo era un cumplido.

—¿Por qué me llamas por mi nombre completo? Nadie lo hace porque les resulta largo. –Su mirada había vuelto a alzarse y realizó la pregunta con un brillo en sus ojos verdes. Él no titubeó, se limitó a rascarse la cabeza mientras contestaba:

—Digamos que al vivir aquí me he acostumbrado a oír nombres distintos y, la mayoría son compuestos... –volvió a sonreír, esta vez con cautela–. Está claro que el tuyo no es común y debe de tener un significado que algún día me gustaría saber, pero sólo si tú me lo cuentas.

—¿Y qué te hace pensar que te lo contaré? –siguió ella con su actitud algo distante pero a la vez con un aire juguetón que jamás admitiría. Hugo rio. No era tan pasiva como parecía a primera vista, no... Tenía chispa, pero se dijo a sí mismo que necesitaba que le encendieran la mecha.

—Bueno –contestó con aire resuelto–, porque creo que tú y yo vamos a ser buenos amigos.

—No hago amigos con facilidad y menos con mis superiores –Ella fue cortante en este punto. Era una chica dura.

—Melinda Moon, deja que te diga algo: no soy tu superior, sólo me encargo de coordinar este proyecto como buenamente puedo. –Él se puso tan serio de pronto, que Melinda se arrepintió un poco de haber dicho aquello. Malditos somníferos. Aún se sentía mal y Hugo la ponía tan nerviosa que su antipatía era visible. Tenía que controlarse o empezaría con muy mal pie con él–. Y siento que no hagas amigos con facilidad, pero te aseguro que aquí terminarás por necesitarlos.

Melinda no contestó, sólo asintió admitiendo que él podía tener razón por mucho que ella se empeñase en no estrechar lazos con nadie.

—Y aclarados estos puntos, espero que me acompañes. Si logro que te enamores sólo un poquito de este lugar como yo lo estoy, seré un hombre feliz.

Melinda sonrió sinceramente. No podía evitar sentir simpatía por él a pesar de las sensaciones que le provocaba su cercanía.

Hugo comenzó a andar y ella le siguió impaciente por ver como sería el escenario de su nueva vida.

—¿Todo esto lo habéis hecho vosotros solos?

Melinda estaba boquiabierta ante el gran trabajo hecho por todos los voluntarios. Era increíble como aquella pequeña y humilde escuela, capaz de albergar a todos los niños de Jayllihuaya, se mostraba casi acabada. Sólo faltaba pintarla y poblarla de muebles y material.

—¡Sí! –exclamó Hugo excitado. Los ojos le brillaban mientras contemplaba el trabajo realizado.

Cuando llegaron a Jayllihuaya y vieron el terreno, comprobando los escasos medios y el poco dinero que llegaba lentamente hasta sus manos, pensaban que aquello tardaría mucho más tiempo en verse concluido. De hecho, hasta Hugo pensó en ocasiones que la obra jamás terminaría con la llegada de la crisis, y la consecuente reducción de donaciones a la fundación.

Hugo no lo había comentado con nadie, no le gustaba echarse medallas ni alardear de ser mejor o peor persona; pero había llegado a tirar de sus propios ahorros para poder terminar con ello. Y se sentía orgulloso y feliz al contemplar como, poco a poco, se iba completando el proyecto y, en septiembre, aquellos niños podrían tener una escuela cerca de sus casas. Sus familias estarían tranquilas al saber que sus hijos estaban a pocos metros de ellos y que sus penurias para poder asistir a clase a diario se acabarían.

Hugo extendió los brazos mostrando la obra casi finalizada a Melinda con gran satisfacción:

—Esto es la futura Escuela Jayllihuaya, Melinda Moon. ¿Qué te parece?

Melinda observó en silencio durante unos minutos mientras Hugo comenzaba a adornar su observación con palabras:

—No es muy grande, pero lo suficiente como para albergar a casi doscientos niños. Como ves, ¡todo es posible con tesón!

Melinda sonrió mientras seguía contemplando aquella futura escuela y escuchaba las palabras emocionadas de Hugo. En verdad, era un hombre apasionado por lo que hacía y se le veía tan entregado y contento por lo conseguido hasta ahora… Era evidente que había hecho una labor magnífica durante este tiempo.

La construcción era de una sola planta y contenía ocho aulas pensadas para albergar a unos veinticinco alumnos cada una. Allí se darían clases desde preescolar hasta final de primaria.

Entraron dentro, donde sus compañeros comenzaban a pintar las paredes de colores vivos.

—Esto lo hemos pensado para que dé alegría al ambiente. A los niños les gustan los colores llamativos, eso les estimulará —seguía diciendo Hugo mientras ella contemplaba en silencio las paredes que comenzaban a adquirir vida en la obra aún vacía.

Hugo seguía con su cháchara acerca de los materiales que habían utilizado, de los costes, de lo bonito que iba a quedar, de las ganas que tenía de inaugurarla…

—¡Escucha! —le frenó Melinda poniendo las manos en su duro pecho. Él miró sus manos y después la miró a ella con un brillo en su mirada de miel. Ella las apartó rápidamente, metiéndolas en los bolsillos de sus pantalones anchos y sonrió sin poder evitarlo. Hugo tenía algo más allá de su atractivo físico… algo que la inducía a querer tirar las barreras y dejarse llevar. No era tonta y, pese a sus sentimientos de culpabilidad por pensar en otro que no fuese Luis, tenía que admitir que había una especie de atracción entre ellos—. Me parece maravilloso el trabajo que habéis hecho durante este tiempo. Es increíble que con tan pocos medios lo hayáis logrado. Me siento como una tonta llegando tan tarde, cuando todo está casi hecho.

—¡No! No te sientas así. —Esta vez fue él quien le puso las manos encima, concretamente en sus hombros—. La gente ha ido viniendo poco a poco, en cada fase de la obra, y cada uno forma parte de una etapa. Tú has llegado para concluir el proyecto y, al mismo tiempo, a comenzarlo de verdad. ¡Tú serás una de las profesoras! Si no me equivoco eres de los peques y estoy seguro de que tu labor será magnífica también.

Melinda se quedó sin palabras. Era tan alentador lo que acababa de decirle… No sabía qué contestar.

—Gracias Hugo. Siento haber sido antes tan cortante contigo, soy una persona… difícil. Pero he venido aquí para darlo todo y espero estar a la altura de tus expectativas.

—Estoy seguro de ello, chica de la luna. ¿Sabes? –Hugo se cruzó de brazos y desvió la mirada hacia algún punto de la estancia, le brillaban los ojos–. Cuando llegamos aquí, éramos muy poca gente pero estábamos sobrados de ilusión y de ganas por comenzar a trabajar en este sueño. La gente de Jayllihuaya fue muy hospitalaria y magnífica desde el principio. Nos acogieron y se prestaron a ayudarnos en lo que hiciese falta. Estaban muy contentos de saber que se iba a construir un colegio aquí, sin que sus hijos tuviesen que desplazarse a pie varios kilómetros nunca más... Ya sabes que muchos, ni siquiera están escolarizados. La gente tiene tan pocas expectativas con la educación pública, y tantas necesidades, que prefieren no perder tiempo y emplear a sus hijos en el oficio familiar. Pero nosotros veníamos a ofrecerles una alternativa... Nunca viene mal echar una mano y si entre todos ponemos un grano de arena, el mundo puede que algún día funcione un poco mejor, ¿no crees?

—Sí –Melinda estaba emocionada–, pienso lo mismo. Muchas veces, cuando hablaba de algo así con amigos me tachaban de inocente, de creer en utopías... Pero creo de verdad que si nos ayudamos, ya que los de arriba parece que se olvidan de nosotros la mayoría del tiempo, la vida puede que mejore un poco para todos.

—Al principio sólo existía un plano –Hugo sonrió–. Recuerdo esta zona repleta de malas hierbas y tierra... Cada paso, cada madrugón, cada jornada de doce horas, en algunas ocasiones… Lo recuerdo todo con cariño. Y ahora veo el resultado, este edificio que ya comienza a mostrar vida con cada pared que adquiere color –suspiró feliz– y me siento orgulloso porque lo hemos conseguido.

Melinda posó la mano en el hombro de él:

—Es emocionante, Hugo. Me alegro de estar aquí.

Ambos se sonrieron y una extraña complicidad surgió en aquel momento. Uno de esos instantes en que el silencio dibuja las palabras correctas... esas que todavía no pueden ser dichas en voz alta.

Melinda Moon comenzó a trabajar contenta. Sentía la adrenalina vibrar en sus venas, una sensación que hacía mucho que no saboreaba. Se encontraba en una de las aulas con Rosa, su compañera de Madrid, pintando las paredes. Aquella clase la iban a pintar de azul celeste y blanco.

—¿Hace mucho que estás en Perú? –preguntó Melinda.

—Hace ya un año más o menos –le contestó Rosa con una sonrisa mientras mojaba de pintura el rodillo y escurría la sobrante.

—¿En todo este tiempo has podido viajar a España de vacaciones?

—No. La verdad es que me vine a la aventura... Mi familia lo estaba pasando muy mal con la crisis... Mi padre era albañil y ya sabes cómo está el tema de la construcción en España, ¿no? La cuestión es que se vio en paro con cincuenta y tantos años y ya no lo contrataba nadie. Mi madre ha sido ama de casa toda la vida, así que te podrás imaginar el panorama. Mi padre agotó el subsidio y comenzamos a vivir de lo que cobraba yo de paro de mi último trabajo basura, no llegaba ni a seiscientos euros al mes... Con veinticinco años me sentía como... –Echó el rodillo de nuevo en el cubo y continuó hablando disgustada–, ¡como una mierda, vamos! Tenía mi carrera de Magisterio pero necesitaba dinero para mantenerme si quería opositar... Y si opositaba y me salía una plaza lejos de casa, necesitaba dinero para establecerme donde fuese. Y el caso es que no podía hacer nada de eso porque tenía que seguir ayudando a mis padres a pagar la hipoteca, la luz, la comida... Me negaba a que nos desahuciasen como a tantos otros, por desgracia. Menos mal que, tras mucho pelear con la burocracia, conseguimos la jubilación anticipada para mi padre y la situación se normalizó de nuevo. Pero yo me sentía desmotivada en España, el país iba de mal en peor, la corrupción de los políticos me causaba vergüenza y no veía un futuro claro. Así que vi una publicidad de la ONG en un cartel que nos echaron en el buzón de casa y... ¡voilà!

Me dije: Rosa, cobra de golpe lo que te queda de paro y lárgate. Ahora o nunca. Mis padres nunca estuvieron de acuerdo con que me viniese para acá, me decían que ya vendrían tiempos mejores y todo eso... Pero yo pasaba de seguir esperando y de seguir echando currículos sin respuesta. Así que me vine y no me costó aclimatarme porque tampoco estaba acostumbrada a lujos ni nada por el estilo. Tengo para comer, he contribuido a hacer algo útil y, además, dentro de poco me estrenaré como maestra. Me gusta el resultado de mi apuesta después de todo. Lo único malo es eso, que no tengo dinero para viajar a España.

Las dos habían terminado sentándose en el suelo. Melinda se sentía triste por lo que le había contado Rosa... Sus padres no estaban muertos, pero hacía un año que no les veía a la fuerza... Sus historias eran tan parecidas y diferentes a la vez.

—Les echarás terriblemente de menos...

—Sí, aunque más a mi madre. Con mi padre nunca me llevé demasiado bien, le gustaba mucho esto –Hizo un gesto con la mano simulando que bebía– pero, en fin, es mi padre. Supongo que el día que vuelva a verle, me echaré en brazos del viejo llorando como una magdalena y no me acordaré de nada más.

Melinda sonrió y decidió volver al trabajo. Si se dejaba llevar por el sentimentalismo que Rosa le había transmitido, ella sería la que terminaría llorando porque, en su caso, nunca habría un reencuentro por mucho que pasasen los años, y eso se le seguía clavando en el corazón como la daga más afilada.

Cuando anocheció, casi todas las paredes lucían un sinfín de colores que nada tenían que envidiar al arcoíris. Rosa, amarillo, celeste, verde...

Todos se dirigieron a cenar. Melinda respiró por última vez en aquel día el olor a pintura y se alejó ella sola de las inmediaciones de la obra. Se había sentido muy bien durante todo el día. Con Rosa, tras aquella primera conversación que le había entristecido un poco, la jornada había ido genial. Se habían contado anécdotas graciosas, habían hablado de trivialidades y les había cundido el trabajo: las paredes del aula ya lucían en celeste para la parte frontal, donde iría la pizarra, y para la trasera. Y en blanco para la paredes laterales.

Habían comido todos juntos afuera del colegio unos bocadillos que habían traído unos compañeros que venían de Puno, sentados en el suelo como si de un picnic se tratase.

En definitiva, había sido un primer día agradable. Se sentía a gusto con la gente pese a no estar al cien por cien todavía anímicamente.

Tantas cosas buenas en un solo día, que ella sentía que necesitaba estar a solas y pensar. ¿Por qué tenía que pensar? Ella misma no se entendía, pero en verdad lo necesitaba.

Tanto era así que se olvidó de ducharse y de cenar. No tenía apetito.

Una de las cosas que más rabia le daba era lo que le ocurría en aquellos instantes... Cuando se relajaba y comenzaba a disfrutar de alguna situación, momento o compañía su cerebro parecía entrar en una especie de estado de alarma. El maldito hacía un clic y su estado de ánimo alegre se bloqueaba. Era como si tuviese que reflexionar acerca de por qué se sentía mejor o por qué se lo había pasado bien con alguien... ¿Pero por qué tenía que reflexionar sobre aquello si en realidad era por lo que estaba luchando? Se trataba de volver a sentirse mejor...

¿Sabéis esos oscuros pensamientos que a veces se tienen y que no te atreves a confesar a nadie? ¿Esos que ni siquiera te atreves a expresar en voz alta aunque estés solo? Pues Melinda Moon tenía un pensamiento recurrente que se paseaba por su mente en los momentos en que se divertía o se sentía bien simplemente: «¿Cómo puedes reírte? ¿Cómo puedes divertirte sabiendo que ellos están bajo tierra? No deberías ni comer... ¿tienes apetito sabiendo que ellos están en ese lugar del cual no te atreves ni a mencionar el nombre?».

Cuando esos dañinos pensamientos, los de su propia voz, hacían acto de presencia era tal el impacto que sentía en sus entrañas, que cualquier momento bueno que se hubiese permitido vivir, quedaba convertido en agua de borrajas.

Y entonces, pese a no ser capaz todavía de dominarse a sí misma, era cada vez más consciente de que el peor enemigo siempre es uno mismo.

—Escucha, Álex... —Hugo había observado cómo ella y Rosa habían congeniado con Melinda y quizás, a través de ellas, podría conseguir saber algo más de su reservado carácter—. ¿Cómo veis a Melinda? ¿Se está integrando bien con vosotras?

—Bueno —ella chasqueó la lengua—, es una chica genial, pero muy reservada.

—¡Qué sorpresa! —exclamó él irónico—; es decir, que estamos igual, ¿no?

—Dale tiempo, Hugo. Sólo lleva un día aquí. Si es tímida, poco a poco se irá soltando. No todos somos igual de extrovertidos, chico.

—No sé cómo explicarlo, pero me da la sensación de que hay algo más. Creo que ella ha venido a Perú por algo más que esto.

—¿Y por qué te interesa tanto? —inquirió ella con picardía.

—¿A mí? —Se rascó la cabeza con falso aire de despreocupación—. Simplemente me preocupo por mis cooperantes, nada más.

Y se escurrió rápidamente hacia el campamento dejando a Álex con la palabra en la boca.

—Mel...

Con la luna aún menguante sobre sus cuerpos desnudos, Melinda y Luis retozaban al abrigo de la noche. Los besos de él inflamaban los labios de ella, sus lenguas se entrelazaban en un baile de promesas sexuales. Sus manos viajaban por ambos cuerpos sudorosos y ardientes.

—¡Estás loco! —Ella rio separando un momento sus labios de los de él—: Nos pueden pillar.

Estaban en una pequeña y escondida cala de una playa de Alicante, en donde estaban pasando un fin de semana. Luis le había hablado de una sorpresa, de un lugar especial para estar a solas. Aquel día perderían la virginidad al amparo de la luna.

Luis había pensado en eso porque la conocía muy bien y sabía que algo así sería muy especial para su Melinda Moon.

—¡Chsss! Nadie nos descubrirá. —Y cazando uno de sus pezones suavemente con sus dientes, le habló con la voz ahogada por la excitación—. Relájate cariño, esta va a ser la mejor noche de tu vida.

Y vaya si lo fue.

Luis la hizo sentir la chica más deseable del universo, dedicándole palabras bonitas a cada segundo, haciendo despertar cada rincón del cuerpo de ella. Lugares en los que ni siquiera pensaba que sentiría tanto placer. Cuando la penetró, el dolor se apretó contra su abdomen. Él se quedó muy quieto mientras besaba sus ojos repletos de lágrimas sin derramar y le preguntaba con dulzura al oído:

—¿Estás bien, mi amor? Si quieres que pare, lo haré.

Y a pesar de lo mucho que le dolía, Melinda quería que continuase, quería vivir eso con él, la curiosidad y las ganas de sentir ese placer del que todos hablaban se hacían demasiado grandes como para no terminar lo empezado.

—No… quiero que continúes ¡Hazlo!

Y Luis comenzó a moverse lentamente en su interior, poco a poco. El dolor seguía ahí pero iba menguando tan lento como las embestidas de él.

Pasados unos minutos, Luis llegó al orgasmo y se tendió a su lado en la arena. Ambos sudados y jadeantes se quedaron en silencio observando las estrellas.

—No has llegado Mel…

—No te preocupes, te prometo que me ha gustado mucho.

Ella se giró y lo abrazó. Era la pura verdad.

—A mí también me ha gustado mucho…Te lo compensaré —prometió Luis con una sonrisa feliz mientras sus ojos comenzaban a cerrarse poco a poco.

Ella sonrió ante la promesa. Así era la primera vez: muchos nervios, curiosidad, dolor, intensidad Pero su primera vez tenía algo que otras no tenían: la luna como testigo y un amor fuerte como el viento en invierno. No había llegado al orgasmo, pero se sentía saciada y feliz. Como si ahora fuese en verdad mujer de niña a mujer en unas horas.

—Mel...–murmuró Luis todavía despierto– ...te quiero.

—Y yo –susurró ella abrazándolo más fuerte.

—Te quiero... —esta vez pronunció las palabras en voz alta y temblorosa mientras las lágrimas rodaban por sus mejillas enrojecidas.

Una voz se coló en su mente aún flotando entre las nubes de algodón de sus recuerdos...

—Mel.

Hugo se encontraba de pie tras ella, sentada como estaba en una roca junto a uno de los acantilados que les rodeaban en aquel paisaje montañoso.

—¿Estás bien? –Su mirada era de sincera preocupación y sostenía algo en las manos que parecía ser un cuenco.

—Sí –reaccionó con rapidez limpiándose las lágrimas con el jersey.

—Te he traído la cena. No te he visto por allí, así que he pensado que necesitarías comer tras un día tan largo. Pero si quieres, te dejo sola. –Había un brillo de temor en sus pupilas fijas en su cara sonrojada por el llanto.

Y, sin saber por qué, ella contestó que sí.

—Sí... tengo hambre y... por favor, quédate.

10

Melinda bebió con avidez el cuenco de sopa caliente que Hugo le había ofrecido. Realmente estaba hambrienta tras la primera jornada de trabajo.

Suspiró de placer al sentir cómo el líquido calentaba su cuerpo helado, con los ojos cerrados, pero recordó que no estaba sola, así que los abrió y encaró a Hugo, que la observaba fijamente.

Amparados en la oscuridad de las montañas, ambos estuvieron en silencio mirándose durante unos minutos. A lo lejos, tras la cabeza de él, podía ver las luces del campamento y, diseminado irregularmente, algún destello de luz dentro de la calidez de las casas de los vecinos de Jayllihuaya.

Melinda sintió, por unos instantes, que sería incapaz de apartar la vista de aquellos ojos que brillaban en su dirección. De aquella silueta corpulenta recortada por la oscuridad y la leve luz de la luna. De aquella sonrisa blanca y perfecta que se ampliaba cada vez más. No pudo soportar las sensaciones que esto le provocaba ni sus propios pensamientos. Decidió mirar atrás.

Y detrás de sí encontró el acantilado, hondo y todavía más oscuro.

Se mantuvo en silencio, mirando al infinito, mientras volvía a ella de nuevo la voz del doctor:

—Melinda, sabes que no tienes otra opción que mirar hacia delante

—No quiero hacerlo.

—No quieres, pero debes.

—Sé que tiene razón, doctor Pero no me siento motivada, eso es todo.

—Tu lucha debe de centrarse en encontrar la motivación, Mel. ¿Lo entiendes?

Las palabras del doctor Lázaro golpearon en su mente con fuerza y se dio cuenta de que prefería volver la vista hacia delante y mirar a Hugo. El acantilado por la noche era demasiado oscuro y profundo. Era casi tan negro como su vida.

«Tu lucha debe de centrarse en encontrar la motivación» volvió a repetirse.

Melinda volvió la vista al frente. Hugo seguía ahí, observándola con el mismo brillo en la mirada y con una expresión de desconcierto. Por fin, rompió un silencio que nada había tenido de incómodo:

—Melinda Moon, no sé quién eres ni qué te ha pasado, pero sé que llevas mucho adentro y me provocas mucha curiosidad. –Hugo se pasó la mano por el pelo, revolviéndolo un poco. Apoyó la mano en su barbilla, flexionando las piernas y, por un momento, miró hacia el infinito.

—¿Por qué? –dijo ella.

—¿Por qué, qué? –respondió él volviendo su mirada.

Ella respiró hondo, pero el aire tembló en sus pulmones pues estaba comenzando a sentir frío.

—¿Por qué te interesa?

Ante la pregunta tan directa, Hugo se sorprendió. La evaluó mientras esperaba su respuesta. Sus ojos brillaban, pero su brillo era más bien un rastro de humedad en unos ojos que a la luz del día seguramente estarían rojos por el llanto. Ella había estado llorando cuando él la interrumpió. Parecía tan vulnerable y pequeña. Pero Hugo sabía que esos adjetivos no servían para calificar a Melinda Moon. Ella era mucho más que eso, se lo decían sus silencios.

—Me interesa porque desde el primer momento en que te vi anoche, simplemente me dio un vuelco el estómago. —Dejó pasar unos segundos para darle tiempo de réplica o quizás de aceptación, pero Melinda no dijo nada. Sólo volvió la vista de nuevo al acantilado. Así que quiso seguir—: Me interesa porque en tan sólo un día has despertado más curiosidad en mí de lo que nadie ha conseguido en mucho tiempo. Pero hay cosas que no me gustan, Melinda Moon.

—¿Qué cosas? —dijo ella sin volver la mirada.

—No me gusta la tristeza en tu mirada.

Melinda volvió a quedarse callada. Su cabeza dirigida hacia el precipicio bajo sus pies, sus piernas flexionadas, temblando entre sus brazos.

—Es tarde y tengo frío. —Volvió a mirarle, esta vez con una humedad más reciente. ¿Estaba llorando? Hugo se adelantó rápidamente para acariciar sus mejillas mojadas.

—Melinda yo no quería incomodarte… Soy demasiado directo, ¡mierda! —exclamó.

Ella se apartó y se puso de pie secándose las lágrimas con manos temblorosas. Y antes de dejarlo allí solo, bajo la única mirada de la luna, le dijo en voz baja:

—Todo esto es nuevo para mí y tienes razón, ocurrió algo, pero no voy contándolo a todo el mundo. No he venido buscando una aventura, he venido a sentirme útil y por primera vez en mucho tiempo… estoy motivada. —Esto último lo dijo subiendo unos tonos la voz y abriendo mucho los ojos. Alzó la cabeza mirando al cielo. Después, se fue sin más.

—Eso me alegra, Melinda —dijo consciente de que ella ya no le oía. Se levantó y se limpió el polvo de los pantalones para después alzar una mirada que ahora se vislumbraba triste. No debería haber sido tan incisivo. ¿En qué estaba pensando? Eran dos desconocidos y él se sentía tan fascinado por ella que no había podido contenerse. Había pasado demasiado tiempo desde que una mujer le había provocado tales sensaciones… Sus cuerpos despedían una electricidad que casi podía verse cuando estaban cerca el uno del otro. Y era cierto que había sentido un vuelco en el estómago al verla la noche anterior por primera vez. Hugo jamás había sido una persona que tuviese miedo de sus sentimientos o emociones. Si tenía que llorar, lo hacía. Si algo le molestaba, lo decía sin contemplaciones, era directo y claro. Y si alguien le gustaba, iba por todas. Incluso habiendo sufrido algún desencanto, no creía en el autoengaño. ¿De qué servía negarse a uno mismo las cosas? Tan sólo para ser infeliz. Y desde su última relación, una que le dejó muy tocado, su corazón había estado dormido hasta hacía unas horas. No era una simple atracción sexual pasajera. Quería conocerla de verdad. Pero supo que presionándola tan rápido no iba a conseguir nada más que alejarla, era evidente que Melinda Moon no estaba receptiva. Y además, se recordó que él era su coordinador. No quería que ella se sintiese incómoda mientras desempeñaba su labor. Al fin y al cabo, estaban allí por algo importante y no para dedicarse a ligar. Se sentía confuso. Pero aun así, decidió que valía la pena arriesgarse a ser rechazado. Sería suave y tendría paciencia, que decían que era una gran virtud. Si finalmente, Melinda Moon, le decía tajante que no, se disculparía y no se atrevería jamás a comportarse de manera inapropiada con ella en el futuro.

Al día siguiente, mientras se dedicaban a seguir con las labores de pintura en el interior y en la fachada del futuro Colegio Jayllihuaya, Hugo había salido a Puno con unos cuantos cooperantes por comida y más pintura para terminar con ello.

Melinda no había llegado a verlo, pues había salido hacia la ciudad antes de que los demás se levantasen a desayunar.

Las palabras de él la noche anterior habían provocado que el insomnio se apoderase una vez más de ella, aun estando cansada. Pero se había negado a sí misma volver a tomar los somníferos, tenía que estar lúcida para afrontar la dura jornada y, sobre todo, no quería que sus compañeros la viesen bajo sus efectos a las seis de la mañana.

El problema era que no había pegado ojo en toda la noche y, ahora mismo, su aspecto no difería mucho del que hubiese tenido al tomar las pastillas. Tenía algo de síndrome de abstinencia y sabía que debería haber llamado al doctor Lázaro para comentarle lo de dejar las pastillas… Pero conseguiría volver a dormir por sí misma, ¡lo lograría!

No podía evitar sentir una atracción increíble por Hugo y cada vez que lo notaba cerca y sentía su mirada, su cuerpo entero se revolucionaba. Pero su mente sufría estragos. Porque se sentía muy mal por pensar en otro que no fuese Luis.

Ese día se dedicó a terminar de pintar las paredes que alcanzó con la pintura que quedaba y luego estuvieron limpiando los restos que habían manchado el suelo.

En el momento del descanso para comer, disfrutó de la compañía de sus compañeras Alejandra y Rosa, con las que se sentía cada vez más cómoda.

—¿Quieres saber por qué lo dejé todo y me vine al otro lado del charco? –intervino Álex divertida.

—Me encantaría saberlo, soy muy cotilla –contestó Melinda entre risas.

—Muy bien, me encanta que seas cotilla porque esta –señaló a Rosa– y yo también lo somos, ¡y mucho! –las tres rieron de nuevo–. En fin, seré franca: yo tengo dinero, no te voy a engañar. Bueno, más bien, lo tienen mis padres. Mi padre es el dueño de una empresa de paquetería, tienen varias naves por España y, bueno, es una de las grandes… RHT, ¿la conoces?

—Sí, la conozco, vaya...

—Pues sí. He nadado en la abundancia desde pequeña... He disfrutado de todo lo que una niña podría desear en cuanto a bienes materiales: muñecas de todo tipo, ropa cara y lo último de lo último. Viajes, juguetes para repartir en medio mundo... Crecía siendo una niña feliz pero todo cambió cuando mis padres se separaron. Mi madre es abogada y también tiene un importante poder adquisitivo y, bueno, por aquel entonces, yo no entendí por qué mi madre contrataba, según escuché que le contaba por teléfono a una de sus amigas, al abogado más despiadado del país para «destriparle» y «dejarle seco». La cosa acabó muy mal. Vi cómo mis padres se gritaban y se decían de todo, sin importarles que yo lo escuchase. Se despreciaban tanto que yo sentí que mi mundo perfecto de lujo y amor se iba por el sumidero. Tenía quince años y odié a mi madre con toda mi alma... Ella nunca fue excesivamente cariñosa, ni estaba mucho por casa... En realidad, ninguno de los dos pasaba mucho tiempo conmigo. Yo siempre estaba con mi tata Amparo (una niñera, vamos), que ha estado en mi casa desde que tengo uso de razón, y con mis amigas. Pero les adoraba y me proporcionaba estabilidad saber que estaban ahí si los necesitaba, aunque no los viese todo el tiempo. No sé... ver cómo mi madre quería hacer daño a mi padre de un modo tan retorcido, queriendo desplumarle y pretendiendo hacerle sufrir... Eso me marcó. No consiguió dejarlo en calzoncillos, como pretendía, porque él también tenía buenos abogados, pero sí que se llevó una buena suma de dinero además de quedarse con la casa familiar, una vivienda de más de trescientos metros cuadrados en una de las urbanizaciones más lujosas de Ferrol.

—Lo siento –dijo Melinda, sin saber qué más decir. A veces, no era oro todo lo que brillaba y el dinero, como bien decían, no daba la felicidad.

—No, tranquila –Álex hizo un gesto con la mano para quitar importancia–. Está superado. Con los años, me enteré de que mi padre le había sido infiel reiteradas veces a mi madre y que la última vez, fue ella misma la que lo pilló con las manos en las masa en nuestra propia casa, un día que yo estaba jugando al tenis con mis primas. Lo pilló montándoselo con una tía de veinte años, la tenía a cuatro patas en su cama... Te puedes imaginar, ¿no? Ahora entiendo por qué todo acabó como el rosario de la aurora. Si yo fuese mi madre, hubiese hecho lo mismo. ¡Eso fue una cabronada!

—¿Y viniste aquí porque te sentías mal? –Melinda no entendía adónde quería llegar con su historia.

—No, ¡que va! Ya te he dicho que eso está superado. Te he contado lo de que tengo dinero y lo de mi familia para llegar al punto de partida. Vine aquí porque estaba harta de vivir una vida llena de lujo pero vacía de sentimiento. Estaba rodeada de gente materialista y superficial... Gente que pasa por la vida rozando la superficie pero sin salir a flote. Para mis amigas, por ejemplo, la tragedia más grande era quedarse sin *gloss* o que su papi no les comprase el último bolso de Armani. Un día me di cuenta de que no quería ser así, sentía como que me faltaba algo. Entonces, supe que quería conocer a gente distinta, gente que no fuese como yo para que me enseñasen a ser distinta; a aprender a pasar por la vida impregnándome de ella, mezclándome con todo, no rozándolo simplemente. Eso de vivir en una burbuja, aislada del mundo real, no es bueno. En el mundo hay mucha mierda y existe demasiada gente que sufre injustamente, mientras una de mis antiguas amigas se preocupa por el jersey de marca que le va a comprar a su chihuahua. Por eso, cuando acabé la carrera de Magisterio, busqué proyectos interesantes. Quería irme lejos y comenzar una nueva etapa... una vida distinta en la que encontrase mi verdadero yo. Y aquí llevo ya año y medio... Y te aseguro que ya no soy una estirada, ja ja ja.

—Te juro que cuando la conocí me pareció una pija de manual... Se quejaba de todo y decía a diario que esa semana se iba –le contó Rosa–. Pero las semanas pasaron y ella siguió aquí y trabajando como la que más.

—¿Y tú por qué has venido aquí, Melinda? –inquirió Álex–. Nosotras te hemos contado nuestras razones pero tú no nos has contado las tuyas... Recuerda que somos muy cotillas –le sonrió moviendo las cejas de modo gracioso.

Melinda no pudo evitar reír ante aquel gesto pero no quería volver a comenzar de cero con nadie contando su historia... Era como sentirles morir una vez más. Las imágenes se manifestaban en su mente de manera enfermiza, repetitiva. Y entonces, se podía ir al garete varios días en cuanto a estado de ánimo. Lo había hecho con el doctor Lázaro, porque no tenía más remedio; y con Sergio, porque al final había terminado surgiendo. Dos veces y, de momento, ni una más. Al menos, hasta que no se sintiese más fuerte respecto a ello.

—Vine porque siempre he soñado con colaborar en una ONG y siendo maestra, este proyecto me venía como anillo al dedo. No hay más. Vengo de una familia de clase media y no hay nada interesante que contar –sonrió intentando quitarle importancia.

No había mentido en su razón para viajar... En realidad era su razón de origen, la de antes de que ocurriese todo.

Rosa y Álex se sintieron satisfechas con su respuesta y no indagaron más en el tema. Menos mal que todavía no la conocían bien... Alguien más cercano se habría dado cuenta de que mientras emitía aquella respuesta, su estómago se había encogido y había perdido el apetito.

Al caer la tarde, las paredes ya estaban casi terminadas y el cansancio ya hacía mella en Melinda y sus compañeros. Hugo y los que le habían acompañado, no habían aparecido en todo el día. ¿Por qué tenía que estar tan pendiente de él? Sólo debía pensar en que Hugo se encargaba de traerles la pintura que faltaba para terminar del todo, y no de que tenía un gusanillo en el estómago tras todo el día sin verlo.

Había estado toda la jornada alerta por si llegaba. Casi no había hecho caso de las conversaciones de sus compañeros

y Cai había estado haciéndole bromas acerca de su ensimismamiento.

No podía estar pasándole aquello. No quería esa com-
plicación en su vida, pero su mente y su cuerpo viajaban
en una dirección distinta a la de sus deseos.

—Me voy a lavar los rodillos, chicas —dijo intentando
buscar una excusa para estar sola.

Rosa y Álex estuvieron conformes, y se dedicaron a
recoger otras cosas del lugar de trabajo. Y así, Melinda
marchó hacia el depósito de agua para sacar un poco y
lavar los rodillos de pintura. El agua era un bien muy preciado: los lugareños se lavaban en lugar de ducharse debido
a la escasez de infraestructuras en el poblado. A Melinda
le horrorizaba el hecho de no poder ni siquiera darse una
ducha cada día, pero ese era su modo de ahorrar recursos,
de lograr enfrentar el día a día y tener agua para cocinar y
dar de beber a sus hijos. Los voluntarios tenían que ceñirse
también a un plan de vida parecido: conformarse con lo
que se tenía.

Por ello, Melinda utilizaría el agua justa y necesaria para
aquel menester. Con un cubo de plástico sacó un poco del
líquido y comenzó a enjuagar los rodillos con fruición. El
sol estaba bajo ya, justo le daba en los ojos y no pudo ver
la pequeña silueta que se acercaba de frente.

—¡Hola!

La aguda vocecilla irrumpió de pronto haciendo que
Melinda se sobresaltara y cayera sobre su trasero derra-
mando parte del agua sobre su polo azul.

—¡Oh, Dios! —exclamó fastidiada. Y de pronto desvió la
mirada y la vio: era una niña. ¡Una niña del poblado!

Aún no había tenido tiempo de conocer a la gente de
Jayllihuaya, excepto a Ignacio y a su mujer que pasaban a saludar y ayudar de vez en cuando. Y por fin, conocer a una
niña del poblado le hizo ilusión, pronto conocería a todos
cuando la escuela estuviese inaugurada.

El atuendo de la niña era el típico de las mujeres de
aquella zona montañosa, por el estilo y la alegre gama

de colores: una camiseta rosa y una chaqueta fina de color azul cielo, con bordados en formas rectangulares, adornadas de rojo y amarillo cubrían su pequeño tronco. La falda de color rojo intenso cubría sus cortas piernas hasta los tobillos.

Siguió observándola para descubrir un gracioso sombrero que le recordó a los gorros playeros que habían estado de moda durante algunos veranos en España. La diferencia era que, el gorro de la niña, era de lana y en él se entrelazaban distintos colores y formas: rojos, amarillos, azules y verdes; formando diferentes figuras geométricas en un fondo blanco.

La niña era de piel morena y con los ojos rasgados y negros como la noche. Sus labios eran gruesos y su nariz chata, a Melinda le pareció muy bonita. Debía de tener unos ocho o nueve años. En Puno, a esa edad muchos niños ya trabajaban como cualquier adulto, ayudando a sus padres con los cultivos o el ganado. Tras su apariencia inocente, sus ojos ya habían contemplado muchas vidas.

—¡Hola! –Sonrió e intentó levantarse sin resultar ridícula tras aquel baño improvisado.

—Perdone señorita, la hice caer del susto.

—¡Oh! ¡No pasa nada! No te había visto. ¿Cómo te llamas?

—Me llamo Elisabeth. –La niña sonrió con timidez, pero también se animó a preguntarle por su nombre.

—Yo soy Melinda Moon.

La niña volvió a sonreír.

—Es un nombre un poco raro, señorita.

Melinda también sonrió. Aquella niña tenía una luz en su mirada que le daba buenas vibraciones. De pronto, se sintió muy cómoda a su lado. Tanto, que no le importó decirle de donde venía en verdad su nombre:

—Me lo puso mi madre porque desde pequeña me encantaba contemplar la luna desde mi ventana. –Y haciendo un gesto de confidencialidad con la mano, le dijo con una sonrisa–: «Moon» significa 'luna' en inglés, ¿sabías?

Elisabeth sonrió esta vez de pleno, revelando unos dientes blancos y bien alineados.

—¿Quiere ser usted mi amiga, Melinda Moon?

Y se acordó de aquella infancia tan lejana ahora. Aquella en la que se hacían amigos con sólo preguntarlo sin más. Todo parecía tan fácil… ¡No! Era así de fácil.

La alegría embargó a Melinda de repente. Y se sintió niña también.

—Por supuesto, me encantaría ser tu amiga, Elisabeth.

11
❦

Diario de Melinda Moon, 16 de mayo de 2010

Hace ya diez días que llegué a Perú y, por el momento, me estoy encontrando bien. El primer día necesité de los somníferos, pero comprendí que su efecto iba a ser contraproducente al levantarme cada mañana cuando el alba asoma. Así que decidí dejarlos. Pero su ausencia se dejó notar con fuerza En España, cuando no los tomaba, me quedaba horas y horas en la terraza de casa contemplando mi amada luna o, simplemente, sabiendo de su compañía sobre mi cabeza. Pero aquí, por mucho que pueda contemplar la luna, no puedo hacerlo durante toda la noche y eso implica el tener que acostarme sobria y tener que pensar. Porque, aunque no quiera hacerlo, mi cabeza va por su lado y no cuenta con mi sentido común.

Y entonces vienen a mi mente todos los recuerdos bonitos y también los feos. A la vez que recuerdo la risa de mi hermano, recuerdo la imagen de su cuerpo sin vida, incrustado en el cristal del coche, y siento que el corazón me duele, como si alguien lo arrancase de mi pecho y lo aplastase frente a mis ojos.

Y no puedo dormir, no. Y después me levanto hecha polvo y me pregunto si no sería mejor no haber dejado las pastillas.

Nuevos pensamientos me atormentan cada noche además de los habituales. Y todos ellos se centran en dos personas: en Luis, al que siento que todavía quiero; y Hugo, al que no sé cómo situar en mi corazón. Pero ahí está. Se ha colado con su sonrisa pícara y sus buenas maneras. Con su voz grave y suave a la vez.

Me siento confusa y culpable. Porque, sin darme cuenta, cada vez pienso más en Hugo que en Luis. Ya sé que debería superarlo. Soy muy joven y es obvio que no puedo guardarle luto toda mi vida. ¡Pero es tan difícil ignorar que él lo fue todo!

Quizás, si simplemente hubiésemos roto, lo habría podido olvidar e incluso seríamos amigos. Pero él está muerto. ¡Muerto! Jamás cortamos y jamás podremos ser amigos.

Hugo, desde hace días, actúa conmigo como con cualquiera. Parece como si aquella actitud tan cercana que mostró las primeras veinticuatro horas hubiese sido sólo una percepción mía. Pero no lo fue. Y supongo que debería alegrarme porque esto sólo me provoca más quebraderos de cabeza. Pero no puedo engañarme a mí misma. No dejo de observarlo a hurtadillas durante la jornada de trabajo. Me encanta escucharle hablar con los demás. Y tengo que admitir que echo de menos las atenciones que tuvo el primer día conmigo. Sufro unos celos absurdos cuando habla con las demás chicas, cuando les sonríe y todo porque no es a mí a quien dedica esos gestos. Me siento un poco tonta porque no quiero sentir nada por nadie, no estoy preparada para pensar en alguien más que no sea yo... Y, sin embargo, no puedo evitar sentir estas cosas tan contradictorias.

Me dijo que le interesaba, pero aquella noche me fui como un gatito asustado. Puede que sea mejor así, al fin y al cabo, no soy una persona normal.

Quizás, algún día lo sea.

Melinda había aprovechado para comenzar un diario en sus momentos libres. Recordó los consejos de los psicólogos y de su propio psiquiatra, el doctor Lázaro, acerca de los beneficios de escribir sobre los sentimientos y vivencias de vez en cuando. Ayudaba a sacar fuera las dudas, las verdades y, también, todo lo malo.

Unos débiles golpes en su espalda le hicieron cerrar el diario de golpe y darse media vuelta en la roca donde se había sentado. Le gustaba sentarse al pie de un acantilado situado a un kilómetro del campamento. Desde allí, podía disfrutar de las maravillosas vistas de las montañas de la región: pintadas de verde oscuro y enmarcando valles que se veían surcados por riachuelos de agua transparente y muy fría.

También contemplaba desde allí la luna cada noche. En el mismo lugar donde Hugo se había acercado a ella con el cuenco de sopa y un mundo de curiosidad sobre su pasado.

Pero no fue a él a quien vio cuando se giró. Elisabeth estaba ahí: risueña y dispuesta a pasar la tarde con su nueva amiga.

—¡Hola Moon!

—¡Hola Beth! —saludó ella jovialmente. Hacía días que se habían conocido y, desde entonces, siempre que podían se reunían en aquel punto.

—¡Sabía que te encontraría aquí! —rio la niña.

—¿Dónde si no? —rio también Melinda.

Se levantó guardando el diario bajo su brazo y ambas echaron a andar por la montaña.

—¿Has ido hoy al colegio, Beth? —Se interesó Melinda.

La niña bajó un poco la cabeza mientras andaba a su lado y contestó con culpabilidad:

—Esto… no. Hoy mis papás me han mandado al campo de papas con mis primos.

Melinda suspiró con fuerza.

Le resultaba horrible tener que escuchar decir a esa niña, que ni siquiera alcanzaba los diez años, que faltaba al colegio porque tenía que trabajar en el cultivo de papa, más conocida como patata para Melinda.

Le daban ganas de ir a hablar con sus padres. Pero después se daba cuenta de lo diferente que era la vida al otro lado del charco. En España, como en muchos otros países, la escolarización y la asistencia a clase eran obligatorias. Sin embargo allí, como por desgracia también en otros tantos países, el que los niños faltasen al colegio para ayudar en casa era algo muy común debido a las circunstancias.

Elisabeth le había contado que, los días que iba al colegio, lo pasaba muy bien con sus compañeros en el patio, y le encantaban las matemáticas. Pero reconocía que, aunque prefería estudiar, sabía que su destino era hacerse cargo de la tierra de sus padres como único legado y modo de vivir.

A sus ocho años sabía demasiadas cosas de la vida que no debería saber aún, creía Melinda.

—¿Sabes una cosa? –le dijo–. A tu edad yo no pensaba en nada más que no fuese retozar con mis muñecas y preguntarme si la abuela iba a hacerme su tarta de chocolate.

—Yo tenía una muñeca que me regaló mi papá cuando cumplí cinco años… –Desvió la mirada hacia algún punto lejano y después miró a Melinda con indiferencia–. Pero se me rompió hace unos meses y estaba tan zarrapastrosa que mi mamá me la tiró.

—Yo te puedo conseguir otra muñeca si tú quieres –se ofreció Melinda con una sonrisa.

—No hace falta –resolvió Elisabeth quitándole importancia–. Ya no me gustan las muñecas. Ahora soy mayor.

Melinda sonrió más ampliamente y le revolvió con cariño el gorro de colores que siempre llevaba.

Pasaron dos horas en las que, aparte de pasear, habían jugado al pillapilla por el valle y, finalmente, se habían tumbado en la orilla del riachuelo. Sin decir nada, las dos observaban el cielo claro que comenzaba a teñirse de naranja a medida que el crepúsculo avanzaba. La sensación de la hierba fresca bajo sus ropas de abrigo, y los sonidos del río, eran muy relajantes: los pájaros cantaban y el agua corría suavemente hacía su destino montaña abajo. El viento acariciaba las copas de los árboles sobre sus cabezas, como un cariñoso susurro de la naturaleza. Melinda y Elisabeth contemplaron en silencio cómo el azul y el naranja se fundían en el firmamento para convertirse en un rojo intenso, mientras las pocas nubes que se deslizaban lentamente sobre sus cabezas recibían el reflejo de la intensa luz crepuscular. Perú era un lugar tremendamente bello. Y aquel anochecer en concreto era de los que valía la pena contemplar.

Sólo la voz aguda de su amiga rompió la tranquilidad del momento:

—Tengo que irme ya, Moon. Mis papás se pondrán a buscarme si llego más tarde de las seis. –Se incorporó y se atusó la ropa.

Melinda también se levantó.

—Te acompañaré a casa.

Cuando llegaron al poblado, Elisabeth la condujo hasta su hogar. La casa de Elisabeth estaba en la periferia del poblado y junto a ella surgía el campo de papa, que era propiedad de sus padres. Una figura se movía sin descanso alzando una herramienta.

—Ese de allá es mi papá –Señaló la niña con orgullo–. El pobrecito se la pasa allí todo el día. Cuando a los demás nos permite irnos a descansar, él se queda allí hasta que el sol se esconde.

—Algún día me lo presentarás, ¿vale? –dijo Melinda mientras se despedía con dos besos–: ¿Mañana nos vemos?

—Si puedo, te busco. ¡Adiós!

Diario de Melinda Moon, 16 de mayo, más tarde

He pasado una tarde genial junto a la pequeña Beth. Me siento tan bien cuando estoy junto a ella que consigo olvidarlo todo. Ella me muestra su forma de vida y es tan distinta a la que yo he podido tener que me hace sentir incluso afortunada en algunas cosas Sin embargo, preferiría mil veces tener que cultivar campos de papa a su edad, con tal de estar rodeada de hermanos, al mando de mi padre y recibiendo los abrazos de mi madre.

Y que el chico que viniese a buscarme para salir fuese...

Hugo observó como Melinda se sentaba a los pies del acantilado, un lugar que ya parecía reservado para ella, y aquella libreta que llevaba en las manos. Vio cómo, durante unos minutos, anotaba algo y pensó en dar media vuelta y dejarla a solas con sus pensamientos. Sin embargo, sentía tal ansia por pasar un rato con ella, que no pudo evitar echar a andar hacia donde se encontraba.

—¡Melinda! ¿Cómo tú por aquí? ¡Qué raro! —exclamó con ironía una voz.

Esa voz grave con aquel aire de desenfado que hacía varios días que no escuchaba era tan cálida. El suave aliento penetró en su oído haciéndole sentir un pequeño escalofrío de placer. Cerró de golpe el diario mientras él se sentaba a su lado.

Hugo llevaba el pelo mojado y peinado hacia atrás. Se había cambiado la rutinaria ropa de trabajo y lucía unos vaqueros oscuros que le quedaban algo ceñidos. Una camiseta de algodón con el logo de la fundación en la que colaboraban asomaba bajo su chaqueta de lana negra. La observó con aquella mirada de miel tan arrebatadora, sin sacar las manos de los bolsillos del pantalón.

Y Melinda no pudo evitar soltar aquello que tanto había estado pensando aquellos días en los que él sólo le había hablado desde una distancia propia de coordinador y cooperante. Le había sonreído y era simpático. Punto.

—Pensaba que ya no te acercarías más a mí —lo dijo mirándolo a los ojos no sin sentir una punzada de vergüenza al verse expuesta de pronto.

—Creo que fui demasiado rápido aquella noche. No quiero causarte una mala impresión de mí, Mel.

Ella desvió la mirada y replicó bajando la voz:

—Tú no hiciste nada malo, la culpa es mía. No estoy pasando por mi mejor momento.

—Eso es evidente –Le rozó el hombro con el suyo y la electricidad saltó de nuevo y, aunque Hugo solo pretendía ser amable, no pudo evitar estremecerse de placer–: Sólo alguien muy obtuso no se daría cuenta de lo triste que es esa preciosa mirada. –Se dio un golpe en la frente con la palma de la mano y sonrió–. ¿Lo ves? ¡Ya vuelvo a las andadas! Me cuesta contenerme contigo, Melinda Moon.

Una carcajada sincera escapó de la boca de ella sin previo aviso.

—¿Te has reído? –Señaló su boca aún sonriente, se había ruborizado y sus mejillas habían adquirido una tonalidad rojiza.

—Sí, ya ves… Yo también soy capaz de reír, aunque no lo haga demasiado a menudo.

—Pues déjame que te diga algo: es un pecado mortal que con esa sonrisa tan bonita no lo hagas.

—Gracias. –Apartó la mirada. Él estaba muy cerca, demasiado…

—No me las des –resolvió él agarrándola para levantarla junto a él–. Con que me dediques una de esas sinceras a menudo, me basta.

Al mismo tiempo que volvía a dejarse llevar y a mostrarse tal y como era con ella, Hugo se obligó a ser prudente. Parecía que el paso de los días había suavizado el carácter de Melinda Moon, ahora parecía más relajada y receptiva a sus comentarios. Debía andar con pies de plomo, algo le decía que aquella chica podía alejarse tan rápido como una bandada de pájaros ante un desastre natural. Cada vez le resultaba más fácil obviar el hecho de que era su coordinador, de que no quería que su relación fuese incómoda si no llegaban a más… Estaba tan fascinado con ella que se encontraba en ese punto del camino en el que sólo quería llegar a más sin importarle los daños colaterales. Ya se preocuparía por ello si la cosa salía mal.

Melinda se dio cuenta de que la oscuridad ya se ceñía sobre sus cabezas. El cielo había dejado de teñirse de rojo para anochecer cada vez más rápido y pudo contemplar, con placer, la luna. Volvió a sonreír.

—La chica de la luna me ha sonreído… ya sé por qué –La mirada de Hugo fue tan penetrante que se sintió desnuda–: ¿Me dejarás verla contigo?

12

La luna expandía su tenue luz plateada por el oscuro cielo plagado de estrellas. Era una estampa tan preciosa como perfecta. Melinda y Hugo estaban sentados casi al borde del acantilado observando el cielo en silencio. Un silencio cargado de emociones por ambas partes.

Hugo desvió la mirada un momento hacia la mujer sentada a su lado. Sus piernas y sus brazos se rozaban y, a pesar de las ropas de abrigo que llevaban, podía sentir el calor y la electricidad fluir por sus cuerpos provocando chispas entre ellos.

Contempló su perfil, absorta observando la luna que parecía ejercer un efecto hipnótico en ella. Sus ojos verdes se veían oscurecidos por la noche, sin embargo, una luz brillaba en ellos y las largas pestañas los enmarcaban creando una idílica imagen de su rostro. Sus labios rosados dibujaban una incipiente sonrisa. Se notaba que estaba a gusto. La duda que tenía Hugo era si ese estado se debía a su compañía o, simplemente, a la fuerte presencia del cuerpo celeste en el firmamento.

—Melinda… –comenzó a decir– me pregunto qué tiene la luna que te cautiva tanto. Tu cara se ilumina cuando la miras.

Ella pareció sopesar lo que iba a contestar. Sin apartar la mirada del cielo, suspiró entrecortadamente. ¿Estaba emocionada? Su voz salió de su garganta como una bella melodía:

—Cuando la descubrí era muy pequeña. –Pareció dudar frunciendo el ceño–. Quizá tenía cinco o seis años. Una noche, las farolas de la calle se apagaron y, de pronto, una débil luz plateada comenzó a iluminar mi habitación –sonrió–, entonces me asomé a la ventana y ahí estaba: era una gran luna llena. La más grande y redonda que recuerdo, pero creo que eso se debía a mi percepción infantil… me hipnotizó aquella maravilla, y la luz tan mágica y… No sé cómo definirla. Me transmitió felicidad.

Hugo escuchaba su relato embelesado. Melinda hizo una pausa y, al comprobar que él no pensaba interrumpirle, siguió hablando sin dejar de mirar la luna. No sabía por qué, pero en aquellos momentos no le apetecía aparentar, no tenía fuerzas para esconderse. La tranquilidad que le transmitía aquel momento le ayudó a expresarse.

—Esa noche recuerdo que me acosté con una sonrisa y deseé que la luz de las farolas no volviese para estropear aquella magia. Me dormí sin darme cuenta y, a la mañana siguiente, se lo conté a mi madre mientras desayunaba.

—¡Mami, no te vas a creer lo que vi anoche! –Se vio a sí misma, la pequeña Melinda, sentada a la mesa e intentando beberse el vaso de leche con cacao.

Su madre la miraba frunciendo levemente el ceño y cruzándose de brazos.

—Melinda, ¿qué puedes haber visto cuando deberías estar durmiendo?

—Esto… la luna, mamá. Era redonda y grande, ¡muy grande! –Estaba muy excitada mientras relataba su gran avistamiento–: Las luces de la calle se apagaron y la luna no me dejó a oscuras.

Entonces vio a su madre sonreír con dulzura y acercarse a ella para acariciarle la frente con cariño. Todo volvía a su mente como si hubiera sido el día anterior.

—Hija, ¿sabes cómo se le llama a la luna cuando está como anoche?

—¿Cómo? —preguntó la Melinda pequeña con expectación.

—Es la luna llena.

Revivir aquellos recuerdos de su infancia conseguía hacerle sentir esa felicidad esquiva desde hacía tanto tiempo. Melinda esbozó una sonrisa radiante. Desvió su mirada hacia Hugo, por fin, y continuó hablando:

—Unos días después, mi madre me regaló un libro sobre la luna. Explicaba cosas sobre ella: sus fases, su función dentro del sistema solar, su influjo sobre el mar... Incluso explicaba leyendas acerca de ella. Era un libro infantil, no explicaba demasiado, y era sencillo. Además, me encantaban los dibujos que tenía.

—Estoy seguro de que todavía lo conservas... ¿Me equivoco? —dijo Hugo hipnotizado, pero por ella.

Melinda volvió a desviar la mirada hacia los cielos. Su voz adquirió un tono más bajo y serio.

—Sí.

—Ahora ya tengo claro de dónde viene tu segundo nombre —afirmó Hugo, imaginándose el final de la historia—. Es extraño que hayas decidido dedicar tu vida a causas tan terrenales como esta, en lugar de convertirte en astróloga —insinuó él bromeando.

Melinda sonrió.

—Me interesa más el aspecto mágico que el científico. Además, algunas pasiones no hay que convertirlas en trabajo... Si no, pierden su encanto, ¿no crees?

Hugo respiró hondo y contestó:

—Mi principal pasión es aquel edificio de allí atrás, Mel... —Señaló con un brazo el colegio que pronto estaría terminado—. La tierra que pisamos y, sobre todo, la gente que la habita. Mi pasión es ayudarles y, al mismo tiempo, ayudarme a mí mismo a ser mejor persona. No lo veo como un trabajo, aunque en realidad lo sea.

—Para mí esto también es mi pasión, lo que siempre quise hacer... –contestó ella–. Enseñar a los niños y, cuando pienso en los millones en todo el mundo que no reciben una educación digna, y que no disfrutan de una infancia normal por múltiples razones... –suspiró–. Me gustaría poder ayudarles a todos.

—Pero eso no es posible –atajó él.

—Al menos, me contento ayudando a los que pueda y espero ayudar a muchos aquí.

Hugo rozó su mano con uno de sus dedos. A pesar del frío, su roce fue cálido y le transmitió una sensación muy agradable. Además de un cosquilleo en el estómago. Le miró a los ojos miel y pensó que era el chico más guapo que había visto en su vida.

La alarma interior sonó en su cabeza para informarle del estado de culpabilidad que comenzaba a palpitar en su corazón...

Salvando las distancias con Luis, Hugo era muy guapo, ambos lo eran. Simplemente, lo eran de distinto modo. La alarma cesó y Melinda respiró tranquila.

—Supongo que la luna te aporta recuerdos de aquella primera vez. Por eso te gusta venir a contemplarla a oscuras –volvió él al tema, dejando que su dedo siguiese rozando la mano de ella.

—En España la contemplaba casi a diario, aunque fuese un rápido vistazo. Con el paso de los años, adquirió un nuevo significado para mí –Su barbilla tembló visiblemente, entonces, Hugo agarró su mano por completo y apretó fuerte. Fue algo instintivo que hizo reaccionar a Melinda. Ella volvió a mirarle a los ojos y por unos instantes vio un brillo de tristeza en su mirada verde. Algo tan profundo e intenso que le hizo estremecer–. Busco el recuerdo de aquella sensación de felicidad.

—¿Qué es lo que te atormenta, Mel? Puedes contármelo, de verdad –dijo él de un modo tan apasionado que

Melinda se sintió tentada de abrirle su corazón. Tuvo deseos de dejar de esconderse y contarle su verdad, pero no quería causar pena en nadie y menos en Hugo. Ella tenía valor por sí misma y no por sus desgracias.

Apartó la mirada y, a la vez, su mano de la de él con brusquedad. La desilusión en el rostro de Hugo se hizo patente. Ella volvía a poner distancia entre ellos dos.

—Tengo que irme —dijo de pronto fría—: Buenas noches.

Una gruesa capa de nubes había cubierto el cielo y comenzaban a pasar por delante de la luna. Ella se levantó y comenzó a andar en dirección al poblado.

Hugo se levantó también y, rápidamente, la alcanzó y sujetó su brazo, instándola a parar. El movimiento rápido provocó que ambos se toparan de frente al girarse ella, tan cerca, que sus respiraciones se rozaron para mezclarse como una sola. Ambos lo hacían agitadamente. Durante unos segundos en los que la tensión sexual se apoderó del momento, ninguno dijo nada; hasta que Hugo consiguió pronunciar palabra. Su voz se escuchó baja y ronca:

—Me gustas mucho, Melinda Moon.

—No entiendo por qué... —contestó ella sin apartar la mirada de la de él. Su respiración seguía agitada.

—¿No lo notas? —dijo él—. No puedes negar que entre nosotros hay tanta magia como entre la luna y tú.

No podía ser que estuviese celoso de un simple satélite.

—Esto no debe pasar... —intentó escabullirse ella—. Estamos aquí para trabajar duro y...

—También tenemos derecho a un respiro, Melinda —la cortó él, acercando cada vez más su cara a la de ella—. No podemos ignorar lo que nos sucede.

Las nubes terminaron por tapar la luna y todo quedó a oscuras durante unos segundos. Melinda no supo por qué se sintió rendida ante lo que Hugo despertaba en ella, por qué se relajó entre sus brazos a la vez que su cuerpo vibraba de expectación ante lo que podía suceder... Ante lo que en su fuero interno deseaba que sucediese por mucho que su conciencia se lo impidiera.

La oscuridad les envolvió en su abrazo protector y Hugo presionó sus labios contra los de ella a la vez que enmarcaba su cara entre sus manos. Un roce suave e incitador que arrancó sensaciones abrasadoras dentro de ambos. Una caricia que les supo a poco y que terminó cuando sus bocas se entreabrieron y la lengua de Hugo se adentró en la boca de Melinda.

Ella, hechizada por el momento y las sensaciones, lo recibió con la suya, chocando ambas en una tormenta eléctrica que amenazaba con consumirles las entrañas. El beso se convirtió en una lucha apasionada de dos bocas hambrientas. Hugo paseó su lengua por los labios de ella, volvió a atrapar su boca con sus exigentes labios y ella respondió a todos y cada uno de sus avances con igual pasión.

Cuando se separaron, el cielo volvía a exhibir la tenue luz plata, dibujando sombras en sus rostros jadeantes, en sus labios hinchados por el beso que acaban de darse.

Sus miradas brillaban de deseo contenido y Hugo pensó en si tendría algo que ver el influjo de la luna. Porque, en verdad, la magia estaba presente en aquel momento, en aquel acantilado de las afueras de Jayllihuaya.

La magia estaba en Melinda Moon y, ahora, él podía sentirla.

—Acabo de descubrir algo —susurró Hugo sin soltarle la cara.

—¿El qué? —dijo ella también susurrando, con un brillo hipnótico en la mirada.

—Que tú ejerces en mí, lo que la luna en ti.

Melinda no respondió. No quería profundizar demasiado en lo que sus palabras implicaban, ya tendría tiempo de eso cuando despertase a la realidad. Su boca dibujó una sonrisa sincera y tuvo que admitir que, por unos momentos, estaba sintiendo algo que le recordó a la felicidad.

Unos minutos después, Melinda entraba en la habitación que compartía con Álex y Rosa visiblemente alterada. Sus compañeras, que leían cada una un libro en sus camas, la observaron entrar con las mejillas enrojecidas y la respiración entrecortada.

—¿Ha pasado algo, Mel? —se incorporó Álex cerrando el libro.

Melinda intentó ralentizar la respiración. No quería que nadie supiese lo que había ocurrido con Hugo en el acantilado. Se sentía muy a gusto y comenzaba a confiar en ellas a medida que habían ido compartiendo momentos y conversaciones, pero Hugo era el coordinador y no sabía cómo se lo tomarían.

—Nada… —dio dos vueltas sobre sí misma para, finalmente, sentarse en su cama—. No ha pasado nada, chicas.

Rosa la miró con un brillo divertido en la mirada y, apoyando un codo en la cama, se giró hacia ella y dijo:

—Ese nada ha sonado muy falso, nena… —Ambas chicas rieron esperando que Melinda replicase. Pero ella sólo pudo bajar la mirada y rascarse distraídamente la cabeza.

—No ha pasado nada, repito —sonrió intentando parecer convincente.

Álex abrió el libro de nuevo e hizo como si le fuese indiferente de pronto.

—En fin, no somos idiotas y sabemos cuando a una mujer le ha ocurrido algo de índole amorosa o sexual… Pero si no quieres contarlo, estás en tu derecho. —Pasó una página del libro e hizo como que leía con interés.

Rosa, que seguía mirando a Melinda, le sonrió con complicidad.

—Mel, no seas tan reservada con nosotras, podemos ser buenas amigas, de verdad. Aquí nos tenemos los unos a los otros. No te cierres.

—Y te recuerdo que somos muy cotillas. −Álex le sonrió mientras movía las cejas en un gesto divertido mientras hablaba.

Melinda sopesó sus palabras sin poder evitar sonreír. La verdad era que necesitaba sentir que tenía amigas allí. Sólo se había relajado con Elisabeth pero ella sólo tenía ocho años, ¡y menudos ocho años! Pero no era lo mismo, quizás. Alejandra y Rosa, desde el principio, habían sido amables y simpáticas con ella. Habían hecho que se integrara en el grupo sin problemas y la ayudaban en todo. Además, le habían confiado sus historias personales sin exigir que ella les respondiese. Seguía siendo un libro cerrado para ambas. ¿Por qué no relajarse y confiar?

—Hugo y yo nos hemos besado.

¡Boom! Soltó la bomba. Álex cerró el libro de nuevo, esta vez con un fuerte manotazo. Rosa abrió la boca unos cuantos centímetros. Y el silencio se adueñó de la habitación. Melinda sintió mucho corte hasta que en las caras de ambas compañeras se dibujó una sonrisa pícara.

13

—¿Cómo fue? –Álex la abordaba por la derecha mientras se dirigían a desayunar.

—¡Tienes que contárnoslo todo! ¡No te hagas tanto de rogar! –le decía Rosa por la izquierda.

—¿Besa bien? –volvía a la carga Álex.

—¿Hubo toqueteos? –insistió Rosa.

Melinda detuvo el paso y alzó las manos en señal de rendición.

—Fue genial. Sí a lo primero y no a lo segundo.

Ambas la miraron con divertida decepción.

—¡Hija! ¡Eres más sosa! –rio Álex–. Hay que sacarte las cosas con sacacorchos y encima, cuando dices algo ni siquiera das detalles. Anoche sueltas la bomba y te vas a dormir tan ricamente sin decirnos nada más. ¡Eso no se hace a dos amigas cotillas!

—¡Eres cruel! –espetó Rosa riendo también.

Melinda Moon sonrió. Álex se había referido a ellas como amigas y le gustó aquello. Realmente estaba avanzando con la gente y lo mejor de todo era que se sentía bien. El problema era que tras aquel interludio romántico con Hugo, los remordimientos y el temor habían inundado su cabeza y no había pegado ojo. Con la llegada del nuevo día, la cosa no había mejorado. Su cabeza era un hervidero de emociones contradictorias. Por un lado, tenía unas inmensas ganas de verlo y repetir ese beso; por otro, un nudo estrangulaba su estómago porque no era el mejor momento para iniciar una relación. Además, todavía no podía quitarse de encima la sensación de que estaba traicionando a Luis. Su cara debió cambiar, porque Álex y Rosa la miraban preocupadas.

—¿Qué pasa? –inquirió Rosa–. De repente pareces angustiada.

—No es nada chicas, de verdad –comenzó a andar de nuevo–. Vamos a desayunar.

—Ese nada ha sonado tan falso como el de anoche, pequeña víbora –la acusó Álex–. Tarde o temprano te lo sacaremos.

No había visto a Hugo durante el desayuno, así que supuso que ya estaría trabajando o habría ido a Puno por cualquier cosa como hacía habitualmente. Y, pese a todo, no podía evitar sentir decepción al no verlo. Se odió a sí misma por comportarse como una adolescente. El día comenzaba mal: se sentía abrumada por el acercamiento que estaba haciendo en general sin pretenderlo inicialmente, con Hugo, con las chicas… Toda ella era una contradicción. Le gustaba y le daba miedo todo al mismo tiempo. Decidió trabajar sola aquel día para pensar tranquilamente o para, simplemente, mantenerse ocupada sin tener que hablar con nadie. Se dedicó a repasar los rodapiés de las paredes y a limpiar las manchas de pintura seca del suelo.

Hacia la una del mediodía, Cai asomó por la puerta del aula en la que se encontraba:

—¡Quilla! ¡Desde fuera se oye como te suenan las tripas! –Le mostró un delgado y sudado brazo invitándola a apoyarse en él–. Venga, que te vienes conmigo a comer.

El andaluz sonrió y ella, sin poder evitar sentir una gran simpatía por él, le devolvió la sonrisa. Se levantó y se cogió de su brazo.

—Tienes razón, me suenan mucho las tripas.

Ambos salieron y se toparon de frente con Hugo. Los retortijones de hambre en el estómago de Melinda fueron sustituidos por unas cosquillas que viajaron, muy a su pesar, hacia su bajo vientre. Él agrandó los ojos al verla y sonrió revelando su blanca dentadura que contrastaba con su piel morena.

—¿Adónde vais? —hizo la pregunta en plural pero sus ojos la desnudaron por completo. Ella quedó en silencio y le aguantó la mirada. Los ojos miel de aquel hombre eran pura droga. La voz de Cai sonó lejana, como en un tercer o cuarto plano.

—Normalmente a estas horas se come y he venido a buscar a la novata solitaria porque podría haberse quedado ahí todo el día como si nada.

—¿Tienes hambre, Melinda Moon? —dijo Hugo con la voz ronca, la miel de sus ojos despedía fuego.

—Sí, mucha —dijo ella sin tener claro en qué tipo de hambre estaba pensando él o incluso ella misma.

Cai carraspeó. Pareció darse cuenta de que sobraba, así que soltó el brazo de Mel y lo colocó en el antebrazo de Hugo.

—Me acabo de acordar de que aún me falta gente por avisar para comer... —comenzó a andar con prisa con una sonrisa en la boca.

Hugo desvió la mirada al brazo de Melinda apoyado en el suyo y no pudo evitar acariciar con su otra mano la de ella. Su tacto le ardía en la piel. Pero Melinda cortó el contacto separándose de él y mirándolo, de pronto, asustada.

—Esto... ¿Dónde has estado? —atinó a preguntar.

—En Puno. Tenía que organizar el tema de los muebles que nos van a donar para el cole y necesitaba internet —sonrió y se acercó de nuevo a ella, quedando sus rostros a unos pocos centímetros–. Te noto nerviosa, ¿quieres que hablemos de lo que ocurrió anoche?

—Lo de anoche fue un error.

Y conforme lo dijo, se echó a sí misma un jarro de agua fría. Porque en verdad deseaba a aquel hombre, pero no estaba preparada para aquello... ¡No lo estaba! Hugo frunció el ceño y se metió las manos en los bolsillos.

—Es evidente que nos gustamos. ¿Por qué, según tú, fue un error?

—No quiero iniciar una relación, es sólo eso.

—¿De qué tienes miedo? Escucha, a mí también me han hecho daño, si es eso y...

—¡No! –le interrumpió ella–. No es eso y no quiero hablar de ello. Sólo quiero que sepas que no quiero que nos llevemos mal, pero sólo puedo ser tu amiga.

Hugo soltó el aire despacio. ¡Maldita sea! Lo que tanto había temido estaba sucediendo: la había asustado. Volvió a acercarse a ella y, esta vez, sujetó una de sus muñecas.

—Tú y yo no podemos ser sólo amigos, Mel... – Acarició el dorso de su mano con el pulgar y ella se estremeció al sentir aquella caricia como algo más íntimo de lo que en realidad era. Hugo la atrajo contra su duro pecho y la besó con la boca abierta. Por puro instinto, ella le respondió y entrelazaron sus lenguas con fiereza. Él soltó su mano para agarrarla por la cintura y no dejar ningún centímetro libre de separación entre ellos. Melinda Moon se olvidó de la comida, del colegio y del mundo en general. ¡Qué fácil parecía todo cuando él la besaba! Hugo terminó el beso acariciando suavemente sus labios y apoyó su frente en la de ella. Ambos respiraban agitados.

—¿Lo ves? No te engañes a ti misma, Mel. Yo te gusto.

Con el retorno de las palabras, llegó la realidad.

—Eso no es suficiente. Ahora no estoy en mi mejor momento, te lo dije... No quiero comprometerme a algo que no pueda controlar.

Hugo intentó contestarle, pero ella se apartó, acarició su barbilla con abandono y se marchó corriendo. Era una cobarde, pero era mejor así.

14

Diario de Melinda Moon, 18 de mayo de 2010

Hugo está enfadado conmigo. Se limita de nuevo a tratarme como a una más a diferencia de cómo fue los primeros días, ahora noto que es más frío. Ahora sí hay diferencia para con el resto, pero es en detrimento de nuestra relación. Y es gracioso, porque he sido yo misma la que he provocado esta situación y, ahora, en lugar de sentirme aliviada por haber reforzado mi espacio, me siento como una basura.

¿Por qué tenía que pasarme esto ahora? Yo sólo necesitaba salir adelante, sentirme mejor haciendo algo de provecho, cambiar de aires... Y al mismo tiempo que me lamento por sentir lo que siento, me doy cuenta de que los sentimientos no se pueden controlar. No debo estar con nadie porque no confío en ser la mejor compañía, ni siquiera tengo confianza en serla para mí misma todavía y, sin embargo, no dejo de pensar en él, anhelo que me toque, que me bese de nuevo, que me mire... Ahora mismo soy una contradicción con patas y eso me angustia.

¿Qué puedo hacer?

*

Hugo se sentó en una hamaca a contemplar el atardecer. Hacía ya casi una semana desde que besó a Melinda Moon y ella se había alejado como una gacela en peligro. El sol se escondía lentamente por el horizonte y sus ojos se convirtieron en dos rendijas intentando no apartarlos ante la intensa luz rojiza que teñía los cielos de Jayllihuaya.

Veía en segundo plano a sus compañeros andar de un lado para otro, charlando animadamente, riendo… Y ahora mismo se sentía más solo que nunca. Era curioso. En todos los años que llevaba en Perú, jamás había echado especialmente de menos España. Su padre, era médico y hacía turnos interminables en el hospital desde que él era pequeño. Le quería y cuando estaban juntos se llevaban bien. El problema era que casi nunca estaban juntos. Su padre siempre estaba trabajando o descansando. Su madre siempre le recordaba que no armase alboroto jugando para no despertarle o que no pusiese la música alta, cuando ya era adolescente. Su madre era una mujer encantadora y cariñosa que se dedicaba a ser ama de casa. Vivían bien, no les faltaba de nada y ella había decidido dedicarse al hogar y a su único hijo. Cuando Hugo pensaba en ella no podía evitar sonreír; sin embargo, mientras observaba cómo el sol se escondía y el cielo se iba apagando, le picaron los ojos. Realmente la echaba de menos.

Sus padres no habían encajado muy bien, al principio, el hecho de que él decidiera marcharse con la fundación a otro país y tan lejos de su hogar. Más bien, su madre fue quien insistió más en que se lo pensase mejor. Pero Hugo siempre había tenido espíritu aventurero. Había tenido una juventud muy cómoda gracias al estatus de sus padres: vivía en uno de los mejores barrios de Barcelona y veraneaba desde niño en algún pequeño paraíso con su madre, sus tíos y sus primos. Su padre pocas veces podía hacer que su agenda estuviese vacía. Y todos parecían aceptarlo. En alguna ocasión había escuchado a sus padres discutir sobre ello, pero cuando ya tenía diecisiete años, hacía mucho que había dejado de escuchar reproches. Su madre había aceptado el hecho de que su marido tenía una vida que les ocupaba todo su tiempo y ellos sólo formaban parte del poco restante. Hugo se había preguntado una y mil veces por qué ella no tomaba las riendas y buscaba la felicidad en otro lado. No era un joven obtuso. Su madre aún era hermosa y joven, si quisiera, podría haber rehecho su vida con alguien que le prestase atención como mujer. Pero ella parecía aceptar su papel en aquel matrimonio y se refugiaba en los libros, las clases de pilates y las amigas. Era lo único que Hugo odiaba de su madre: era conformista y se había acomodado. Su padre, por otro lado, se había relegado a sí mismo a ser médico y a pagar las facturas.

Cuando cumplió los veinte ya tenía ahorros propios, ganados con su esfuerzo a base de trabajos basura que compatibilizaba con la universidad. Su padre, cuando se dejaba caer por casa, le insistía en que él podía pagarle lo que quisiera, que no hacía falta que trabajase en sus ratos libres. Pero él valoraba por encima de todo su independencia, su libertad. El saber que lo que conseguía, lo hacía por sí mismo.

Cuando se licenció en Magisterio, ya se había puesto en contacto con la Fundación Armando Carreira. Y llevaba con ellos toda una década. Al principio, realizando labores a lo largo de España hasta que, durante unas vacaciones en casa, conoció a Claudia y decidió buscar trabajo como profesor allí.

El cielo ya estaba negro del todo y las suaves luces del poblado se encendieron. Rechazó el recuerdo de Claudia, no quería pensar en ella ahora.

En definitiva, de pronto, echaba de menos a su familia y su entorno de toda la vida. Aquello no era normal en él. Desde que había llegado allí, se había sentido a gusto. Siempre había entablado relación con la gente fácilmente y, habituado como estaba a viajar, no era de los que sufrían nostalgia. Pero la llegada de Melinda Moon lo había trastocado todo. Tan pronto le había encendido la mecha, como la había apagado echando un cubo de agua sobre ellos. Y ahora, se sentía solo de repente. Por primera vez, sintió vértigo por la gran distancia que le separaba del hogar.

Anochecía en Jayllihuaya y mientras Hugo cavilaba sobre su vida pasada y sobre su presente amoroso con Melinda, ella disfrutaba de la compañía de su nueva y joven amiga Elisabeth.

—A mí los hombres no me interesan —le dijo Elisabeth. Ambas se refugiaban del mundo en su rincón favorito: el acantilado. Melinda sonrió ante el comentario de la niña.

—Todavía eres muy joven para eso.

—Mi madre tuvo a mi hermano mayor a los quince, no me queda tanto tiempo para ser mujer.

—Pero tú no tienes por qué tener tu primer hijo a esa edad, Eli. ¿Sabes a qué edad perdí yo mi virginidad? —La niña se sonrojó pero ella continuó, dispuesta a hacerle entender que no había prisas para crecer en esos aspectos tan cruciales de la vida—. ¡A los dieciocho!

—¿Cómo fue? —se interesó Elisabeth.

Melinda suspiró y bajó la voz. Le dolía mucho recordar a Luis.

—Fue perfecto.

El silencio las envolvió y, durante unos minutos, no se dijeron nada. El aire comenzó a volverse frío y Elisabeth se levantó.

—Tengo que irme ya, Moon. Pero quiero que sepas una cosa.

—¿Cuál?

—Creo que todavía estás enamorada de ese novio que te quitó la virginidad, pero si estás aquí y él no, significa que debes olvidarlo.

Aquella frase le provocó un doloroso pinchazo en las entrañas, como si un puñal se hubiera clavado en su pecho. Se echó a llorar desconsolada. La niña, desprevenida, la observó nerviosa unos segundos hasta que se arrodilló junto a ella y la abrazó todo lo fuerte que pudo. Melinda Moon sollozaba fuerte y sin poder parar mientras Elisabeth, la mecía suavemente en silencio. Cuando pudo reunir las fuerzas para hablar, alzó la mirada enrojecida y le dijo:

—¡Está muerto, Eli! ¡Todos lo están!

Diario de Melinda Moon, 23 de junio de 2010

Hugo sigue manteniéndose distante. La tensión parece haberse disipado y ahora hablamos con más naturalidad de los quehaceres en la finalización de la obra en el colegio. Pero yo me siento decepcionada. ¿Y qué esperaba? Yo lo rechacé. Aunque quizás, mi ego esperaba algún intento más por su parte, más insistencia... Soy imbécil e inmadura. Mi cabeza me dice que no debo, porque mi estado no es el de una persona normal. Se supone que estoy deprimida e intento superarlo, pero una relación complicaría las cosas, ¿no? Y Luis...

Elisabeth ya lo sabe todo de mí. Es la única que lo sabe y prefiero que siga siendo así. No tengo fuerzas para compartir toda esta tristeza con los demás... Prefiero disfrutar buenos ratos con las chicas y no hablar de cosas negativas. Sólo me permito ser yo misma con la niña y supongo que, ahora mismo, es lo más parecido que tengo a una mejor amiga en Jayllihuaya.

*

Los días fueron pasando sin novedades respecto a su situación con Hugo. Él parecía haber captado la idea de dejarle espacio y ella, lejos de sentirse aliviada o de olvidar los sentimientos que él había despertado en su interior, se sentía inquieta y con un anhelo cada vez mayor.

Sus encuentros con Elisabeth eran diarios, habían creado un fuerte lazo de amistad y confiaban a ciegas la una en la otra. Hablaban de sus vidas, tan diferentes pero tan cercanas al mismo tiempo. Tenían culturas y costumbres distintas, una era religiosa y la otra atea, una se había criado con una serie de carencias económicas importantes, la otra había disfrutado de muchas comodidades y oportunidades... Pero habían conectado de un modo especial, era como si se conociesen de toda la vida. Aquella niña era mucho más madura a su edad de lo que lo había sido Melinda en su momento. Tenía claro cuál era la cruda realidad que la rodeaba, los esfuerzos que hacía su familia para sacarla adelante, el empeño que ella misma debía poner para ayudarles y conseguir una oportunidad de futuro más allá de hacerse cargo de las labores del hogar.

Melinda Moon admiraba a toda esa gente que se enfrentaba a mil dificultades a diario para conseguir llevar una vida lo más corriente y agradable posible.

Aquella experiencia estaba abriendo nuevas perspectivas en su mente. Nunca es lo mismo pensar en los demás e intentar comprenderles, que estar allí y vivirlo en primera persona.

Elisabeth se estaba convirtiendo en alguien muy importante para ella. La escuchaba sin juzgar, le aconsejaba con una mezcla de inocencia y sabiduría, una dualidad de carácter muy especial que ella adoraba.

Por otro lado, el trabajo en las obras de la escuela avanzaba inexorablemente hacia el final y todo estaba quedando maravilloso.

El interior ya estaba pintado y limpio al igual que la fachada. Melinda había disfrutado de jornadas más amenas y cortas junto con sus compañeros. Gracias a esto también había conseguido estrechar más los lazos con Álex y Rosa, pese a que todavía seguía siendo reservada con sus secretos, los cuales sólo compartía con Elisabeth.

Una tarde, Hugo reunió al grupo de cooperantes a las puertas de la caseta central de la fundación. Cuando Melinda Moon se colocó frente a él, no pudo evitar sentir que el estómago se le encogía. Había intentado olvidar aquellos dos besos de fuego entre ellos. Olvidar que despertaba en él sensaciones enterradas hace tiempo. Pero no podía. Cada vez que se cruzaban o tenía que hablar con ella por algo relacionado con el trabajo, a lo que se limitaba desde su rechazo hacía ya más de un mes, las ganas de agarrarla y arrancarle la ropa eran cada día más imposibles de reprimir. Sus ojos conectaron y el chispazo surgió, como siempre. Tragó saliva.

—Chicos y chicas, os he reunido aquí porque tengo que hacer un viaje a España para ocuparme de unas gestiones acerca del envío del mobiliario que falta.

Melinda sintió que le flaqueaban las piernas. ¿Se iba durante cuánto tiempo?

»Sólo estaré fuera un mes y medio, quizás menos. Cómo ya está todo prácticamente terminado aquí, aprovecharé para pasar unos días con mi familia, ver a mis amigos, y todo eso. Alberto Cai, se quedará al mando en mi ausencia, ¿de acuerdo? Así que descansad, que os lo habéis ganado y, en nada, volveré junto con los últimos retoques para que el cole cobre vida del todo —juntó las manos y añadió—: Por cierto, si alguien quiere ir a casa a pasar unos días también, es libre. ¡Estáis de vacaciones, chicos!

Melinda Moon se fue antes de que Hugo terminase su discurso. Parecía contrariada a medida que él hablaba y, por unos instantes, se preguntó si sería malo buscarla. Le picaban las manos sólo de pensar en tocarla.

La encontró a punto de entrar en su habitación y la abordó cogiendo su hombro con suavidad.

—¿Estás bien, Mel?

Ella le encaró y contestó aparentando seguridad.

—Sí, ¿por qué no habría de estarlo?

—Te has ido antes de que terminase de hablar y he visto una de tus expresiones, de esas que haces tan a menudo cuando algo negativo se cruza en tu mente.

¿Tanto se le notaba? Intentaba aparentar día a día que su estado anímico era estable y normal y, sin embargo, tenía la sensación de que en realidad, su tristeza era ya algo que para los demás resultaba normal en ella.

—No me pasa nada. Me parece genial que vayas a ver a tu familia. Disfruta de ellos, no sabes el tesoro que tienes.

Hugo se quedó intrigado por las palabras de ella. Su mirada y su voz reflejaban una nostalgia desmedida.

—Gracias, lo haré.

Ella dio media vuelta y se dispuso a entrar en la habitación. Abrió la puerta y Hugo se coló tras ella antes de poder cerrar.

—¡Oye! –le reprendió con una sonrisa forzada– ¿No te vas a hacer el equipaje?

Hugo cerró la puerta tras él y avanzó inexorablemente hacia ella.

—Eso puede esperar.

Melinda dio varios pasos hacia atrás instintivamente. La mirada determinada de Hugo con aquella chispa de fuego que tanto había echado de menos esas semanas ahora la desnudaba.

—¿Qué haces? –Era evidente lo que él se proponía y aunque se estaba derritiendo por dentro sin poder remediarlo se sintió vulnerable. Si Hugo la besaba, no sería capaz de resistirse. Sin mediar palabra él acortó la distancia por completo y la sujetó por la cintura pegándola a su cuerpo. Melinda notó su erección contra el estómago y soltó un gemido sin poder evitarlo. Se sorprendió al escucharse a sí misma, su cuerpo no obedecía a su mente. Se había humedecido y notaba su ropa interior empapada. Sintió que se sonrojaba.

Hugo notó su turbación y sonrió travieso. La agarró por el trasero con un movimiento rápido y ella colocó las piernas alrededor de su cintura. Después, sujetándola con una mano, deslizó la otra por su nuca, en una caricia lenta y sensual. Acercó su boca a la de ella y le habló con voz susurrante:

—Te deseo tanto que no sé si seré capaz de aguantar más tiempo sin probar cada rincón de tu cuerpo, Melinda Moon. He intentado darte espacio e, incluso, he intentado olvidarme de ti pero no lo consigo... Dime que no me deseas y te dejaré en paz.

Aquellas palabras terminaron por derribar todas sus defensas. Si le decía que no le deseaba le estaría mintiendo y, sobre todo, se estaría mintiendo a sí misma. Pero si le daba luz verde todo se complicaría.

Hugo vio la indecisión en sus ojos y queriendo preservar aquel momento de pasión, la besó vorazmente. No quería que ella se dejase llevar de nuevo por sus dudas, no en aquel momento. Se iba a España unas semanas y necesitaba tener el recuerdo del sabor de sus labios en su boca, necesitaba perderse en su cuerpo... Estaba siendo egoísta, lo sabía, pero no quiso pensar en ello. No ahora.

Buscó su lengua y ambas se entrelazaron. Fue un beso hambriento y agresivo. Se acariciaron, se succionaron y se mordieron.

Hugo avanzó hasta la cama de ella y la soltó. Melinda cayó de espaldas contra el colchón y él se colocó entre sus piernas. Continuaron besándose con ardor. Melinda sentía cómo Hugo paseaba sus manos de manera frenética por todo su cuerpo mientras se movía presionando su erección contra su pubis de modo que cada vez estaba más excitada y deseosa de que fuesen más lejos de un simple roce. La mano de él se coló por sus pantalones y se posó por encima de sus bragas, comenzando a presionar su clítoris. Ella jadeó al sentir el contacto. Hugo movía su mano con destreza, deslizando sus dedos por su tierna carne hinchada y resbaladiza, deseosa de un contacto más directo.

La lengua de Hugo entraba y salía de su boca al tiempo que ella le salía al encuentro con la misma pasión. Y lo que tanto deseaba en aquel momento ocurrió: él apartó la molesta prenda interior y la penetró con dos dedos. Melinda Moon gritó pero Hugo la silenció con su boca, no quería dejar escapar ni uno solo de sus suspiros, quería adueñarse de su aliento.

Siguió penetrándola con rapidez, ralentizando el ritmo en algunos momentos para seguir mimando el hinchado botón de ella, acompañando sus actos de palabras eróticas. Un conjunto de estímulos que terminaron por llevar a Melinda a la locura, dejándose arrastrar a un orgasmo fulminante y muy intenso.

Cuando él terminó de masturbarla, se quedaron quietos. Ella temblaba debido a la fuerza de las sensaciones vividas... Hacía tanto tiempo que no había disfrutado de placer sexual... Ni siquiera recordaba haber tenido un orgasmo tan increíble en su vida.

Y aquel pensamiento, irremediablemente le llevó a recordar a Luis. No quería sentirse mejor que cuando él le proporcionaba esos placeres, no quería pensar en mejorar experiencias vividas que había idealizado en su recuerdo.

Las lágrimas se deslizaron por su rostro en un mar de culpabilidad y tristeza.

Hugo la acunó y dejó que llorase en silencio mientras le acariciaba con ternura la mejilla húmeda. Tras unos minutos, consiguió recomponerse y se incorporó para enfrentarlo:

—¿Lo ves? No soy capaz de tener nada contigo ahora mismo... Ni siquiera puedo llegar hasta el final sin sentirme como una basura.

—Por Dios, Mel, ¿qué demonios te ocurrió? —Sujetó su rostro intentando escrutar en su mirada, pero ella se cerró en banda. No contestó, apretó los labios y desvió la mirada.

Hugo se levantó apenado. Se sentía impotente por no poder ayudarla, pero si ella no confiaba en él era imposible. La pasión se había desvanecido y ahora se sentía como una mierda por haberla llevado a aquella situación.

Se recompuso la ropa y abrió la puerta pero antes de salir la miró y le dijo:

—Sea lo que sea, lo siento mucho. Me voy, Mel, perdóname si te has sentido incómoda por mi culpa. Y nos veremos a mi vuelta.

Ella se quedó sentada en la cama observando la mirada derrotada de él al marcharse. Sintiéndose más perdida que nunca desde su llegada a Jayllihuaya.

15

Diario de Melinda Moon, 8 de agosto de 2010

Todavía tengo en mi boca el sabor de sus labios, sus caricias y el clímax tan maravilloso que me regaló… Pero no puedo dejarme llevar. Mi misión aquí es otra… Era otra. Y no incluía enamorarme de nadie. ¡Si ni siquiera he aprendido a quererme a mí misma todavía!

Sin embargo, mi cuerpo no obedece las órdenes de mi mente. Hace ya un mes y medio que Hugo se fue a España. Y yo aún pienso en el encuentro tan caliente que tuvimos cuando me siguió a la habitación antes de partir y el modo en que terminó… Fui tan patética que no he logrado levantar cabeza. Debí cortar aquello desde el principio antes de quedar como una imbécil ante él. Hoy Cai nos ha dicho que llegaría sobre las cuatro de la tarde y estoy ansiosa por verle. No he dejado de pensar en él ni un sólo día, ni una sola noche. Incluso he comenzado a tener sueños eróticos en los que Hugo me penetra, me colma de un modo que me hace sentir dichosa y feliz, como si no necesitase nada más… Sólo el hecho de tenerle dentro de mí me hace olvidar todo… Pero el sueño se torna pesadilla cuando su rostro se convierte en el de Luis, que me mira decepcionado. Me descubro llorando desesperada, diciéndole que no me abandone, que yo le quiero, que debería estar él a mi lado y no otro.

Después, me despierto y afronto la cruda realidad: él no está, ya no existe. Pero Hugo sí. ¿Entonces por qué me siento tan mal? ¿Por qué me siento una traidora?

Por otra parte, estoy tan harta de reprimirme que, ante tanta pregunta de las chicas, terminé contándoles todo también. No tengo familia. Mi novio está muerto y no puedo dejar de pensar en Hugo y en esos besos y caricias que compartimos. Ellas insisten en que no estoy traicionando a Luis, que soy joven y es normal que rehaga mi vida y yo lo sé, no soy idiota. Pero es algo que no puedo evitar, es como si no pasando página, ellos estuviesen ahí todavía. Si paso página con Hugo, Luis desaparecerá…

*

La escuela ya estaba prácticamente acabada. Las últimas manos de pintura se habían secado a los largo de sus muros creando un pequeño universo multicolor, reflejo de la cantidad de sueños que se podían forjar entre esas paredes. Melinda Moon sonrió al contemplar junto a sus compañeros el trabajo logrado. Ella había llegado con las obras ya casi terminadas pero había trabajado en todo cuanto se le había dicho e incluso, en varias ocasiones, se había quedado sola en la obra limpiando. El austero mobiliario escolar había llegado también desde otros lugares que colaboraban con la fundación cediendo muebles usados junto con Hugo. El colegio ya tenía casi vida, sólo faltaba verse lleno de niños y profesores… de gritos y risas.

Aquella noche, fueron todos, junto a los obreros puneños que les habían ayudado en las obras, a cenar a la ciudad de Puno para celebrarlo.

El Mojsa Restaurant estaba ubicado en la plaza de Armas de Puno. Era un lugar bastante acogedor: las paredes blancas estaban adornadas con cuadros que reflejaban distintas imágenes de la ciudad, el techo tenía cristaleras iluminadas con focos y todos los muebles del restaurante eran de una madera oscura y de estilo tradicional.

Melinda se sentó junto a sus ya inseparables Álex y Rosa. A su alrededor se sentaron el resto de compañeros y obreros y, al otro extremo de la larga mesa, estaba Hugo junto a Cai. No habían podido hablar aún, pero las miradas que se dirigían en cuanto podían, removían todo su interior.

Los platos típicos del lugar como el Chairo Puneño, Cuy, Alpaca comenzaron a adornar la mesa con sus vistosas presentaciones y su atractivo aroma.

Melinda se decidió a probar el cebiche, un plato hecho a base de mariscos cocidos en zumo de limón.

La cena transcurrió de la mejor de las formas: risas, anécdotas sucedidas a lo largo de las obras, brindis por su término y, por último, tristeza por los que se marchaban a otro lugar a seguir con su trabajo y sus vidas. Muchos cooperantes partirían rumbo a España a la espera de un nuevo destino para sus labores humanitarias. Y un pequeño grupo de profesores, entre los que se encontraba Melinda, se quedarían para comenzar a trabajar junto a algunos profesores autóctonos.

Melinda no veía el momento de iniciar las clases, de conocer a todos los niños y niñas de Jayllihuaya y enseñarles tanto como pudiese.

A la salida del restaurante, muchos se fueron a descansar puesto que al día siguiente viajaban de vuelta a casa, pero Melinda, Rosa, Álex, Cai, unos compañeros más y Hugo decidieron ir a beber una copa antes de volver al campamento.

—¿Qué bebida típica me recomienda usted? —preguntó con una sonrisa Melinda al camarero que aguardaba tras la barra.

—Les recomiendo a todos el Pisco Sour, un cóctel muy típico de aquí y que estoy seguro les agradará. —El camarero sonaba tan educado en su modo de hablar que era algo cómico escucharlo gritando debido al estruendo de la cumbia que sonaba en el local.

Al final todos estuvieron de acuerdo en pedir ese cóctel, asegurando a Melinda (la única que no lo había probado) que repetiría la experiencia. Y no se equivocaron... Varios piscos y algún que otro chupito de tequila después, Melinda Moon bailaba al son de salsa, cumbia, y todo cuanto se le pusiese por delante.

«Mírala... Sólo lleva unos pantalones vaqueros que se ciñen peligrosamente a cada curva de sus caderas, su trasero y sus torneadas piernas... El jersey de lana de colores no debería ser tan sexy y remarcar esos voluptuosos pechos. ¿De dónde habrá sacado ese jersey?», pensaba Hugo mientras se la comía con la mirada.

Melinda estaba algo mareada, su lengua se arrastraba perezosa por su boca cada vez que intentaba decir algo a alguien y la risa floja se escapaba al más mínimo comentario jocoso de quien fuera. Se lo estaba pasando realmente bien. El alcohol y el ambiente cargado de humo le provocaban algo de escozor y sensación de sueño en los ojos, pero no quería irse a dormir, no... Quería bailar, bailar hasta caer desfallecida, reír hasta quedarse afónica y... Observar el cuerpo tan bien definido de Hugo.

Él llevaba una camiseta gris de algodón, pues se había quitado el jersey de lana negro que llevaba durante la cena. Sus pectorales se marcaban creando un sensual relieve que provocó que la boca de ella segregase saliva. Melinda tragó.

Pero no pudo evitar contemplarlo a placer. Los pantalones vaqueros le marcaban lo justo y necesario: unos muslos fuertes, el trasero respingón y duro que nacía de unas estrechas caderas que se ensanchaban a medida que Melinda le recorría hacia arriba... Y volvía a los pectorales. Después, sus ojos se veían atraídos hacia el punto donde su boca quería volver a estar: sus labios, ahora húmedos por aquel cóctel ácido pero que a Melinda le había sabido como el más dulce de los manjares.

Después continuó subiendo hasta que llegó a sus ojos miel y su estómago dio un vuelco cuando se encontró con ellos mirando fijamente a los suyos. Ni siquiera se había dado cuenta de que él hacía rato que no bailaba y tampoco se había percatado de que él también la había estado observando a ella.

Hugo se humedeció los labios. Ella imitó su gesto y un brillo de deseo surgió en sus miradas. La cumbia había dejado de sonar, la gente que bailaba a su alrededor ni siquiera les rozaba porque estaban en otro plano del universo.

Sólo estaban ellos dos y un metro de distancia les separaba como una barrera insalvable.

Melinda volvió en sí tras varios segundos de desconcierto e impulsivamente se marchó al baño. Necesitaba urgentemente mojarse la cara con agua fría. Quizá había bebido demasiado y por eso se sentía tan sobreexcitada, tan alegre, tan… abocada al pensamiento de hacer alguna locura sexual con aquel hombre.

Entró en el baño y, por suerte, no había nadie en aquellos momentos. Dos puertas escondían cada uno de los urinarios y una pila con un espejo y jabón de mano completaban la estancia chapada de blanco.

Realmente, al entrar, se había dado cuenta de que andaba más mareada de lo que había sentido en la pista de baile. Se miró al espejo y su cara se mostró algo pálida y turbia.

Melinda comenzó a reír ella sola, mirando su imagen reflejada. Apoyó sus manos en la pila y rio a carcajadas. Después de unos minutos, decidió que era buen momento para echarse agua fría. Las tonterías no debían llegar más lejos cuando volviese a la pista de baile.

«No he venido aquí a enamorarme –pensó con rotundidad–, pero un poco de sexo no estaría de más, ¿verdad?

Eres una mujer adulta, independiente, estás sola, muy sola... Y sólo tienes veinticuatro años». Las voces de Álex y Rosa se entremezclaban en su cabeza: «No puedes negarte esta oportunidad, ¡tonta! Déjate llevar», decía una. «Si das el paso, verás como todo fluye...», decía la otra.

—¡Callaos! –No pudo evitar exclamar en voz alta. Después abrió el grifo del agua y se mojó con rapidez y precisión la piel acalorada, frotando sus ojos para despejarlos un poco. Se secó con papel higiénico y miró a su alrededor para comprobar con estupefacción a la persona que se había colado allí.

—¿Pero qué haces aquí? –inquirió ella sorprendida.

—Necesitaba hablar contigo a solas –Sonrió de un modo demasiado encantador y extendió los brazos como un pícaro–. ¡El maravilloso mundo de los baños de chicas! Siempre he querido saber qué diablos hacéis cuando entráis cinco juntas en tropel...

—Oye –le cortó ella–, no hacía falta que te colases a traición en el baño de mujeres.

—¿Y qué ha venido a hacer la señorita Moon? –inquirió él con tono pícaro.

—He venido a refrescarme –se palpó la cara húmeda sin apartar la vista de aquellos ojos que la desnudaban–. Hace mucho calor.

Con esto, se dirigió rápida hacia la salida, pero Hugo la sujetó por la muñeca antes de lograrlo.

Él se acercó tanto a ella que pudo oler su fragancia masculina mezclada con el sudor del baile. Su boca fue una cálida caricia en su oído. Melinda se estremeció y sintió escalofríos en partes de su cuerpo en las que no quería ni pensar... Hugo habló bajito en un tono grave y a la vez aterciopelado:

—No dejo de pensar en tu boca... ¿Me has echado de menos? Yo a ti mucho. –Melinda no pudo contestar, tan acorralada como estaba física y mentalmente–: Esto debe acabar, Mel –siguió Hugo–. Me estoy quemando por dentro y no puedo más... Tienes que decidirte. Este tiempo en España he estado pensando y he llegado a la conclusión de que me es imposible renunciar a ti... Sé que algo te impide disfrutar de lo que ha surgido entre nosotros y estoy dispuesto a lo que haga falta con tal de ayudarte a superarlo. Lo único que necesito es que tú quieras lo mismo que yo.

Poco a poco, sin darse cuenta, Hugo la había acorralado contra la pared, el agarre en su muñeca se estaba aflojando y su otra mano viajaba por su frente, sus cejas, sus pestañas y por cada rincón de su cara. Hugo acercó su boca a la suya y posó sus calientes labios en los de ella, haciendo que un relámpago de placer golpease en su abdomen. Melinda gimió para sus adentros.

La lengua de Hugo apremió a que su boca se abriese para él y Melinda obedeció. Después, recibió con la suya los envites de esta, rozándose sensualmente, en un beso demasiado lento y dulce para la cantidad de deseo que contenían.

Melinda consiguió recuperar la cordura durante unos instantes en los que le suplicó que parara, que alguien podía entrar y sorprenderles... Pero él no dejó de besarla. Y lo curioso era que mientras ella suplicaba, también le devolvía los besos con igual ímpetu.

La mano de Hugo viajó por encima de sus hinchados pechos, acariciando la colorida lana a su paso.

—Te estás integrando muy bien diría yo... ¿te gusta la ropa autóctona?

Ella intentó contestar sin emitir ningún sonido que implicase lo mucho que le excitaba su superficial caricia.

—Es un regalo. Me lo ha tejido la madre de una amiga.

Él siguió bajando la mano al mismo tiempo que su lengua no dejaba de atormentar la boca de Melinda. Llegó hasta su entrepierna y volvió a colocar la boca en su oído:

—¿Qué soy para ti, Melinda? —Sus dedos presionaron la tela vaquera provocando que ella se tensase antes de poder contestar... «¿Y qué iba a contestar? ¿Qué desde el minuto uno la ponía a cien? ¿Qué soñaba con su boca y su cuerpo deslizándose sobre ella? ¿Qué el rostro de Luis se difuminaba cada vez más en sus sueños para convertirse en el de Hugo?», se decía en un torbellino de preguntas.

—Eres mi coordinador –consiguió mentir. Lo que no sabía era si había sido convincente.

Hugo se apartó de repente con expresión dolida, sin embargo, sus ojos revelaban aquel deseo irracional que les envolvía sin remedio. Se acercó a la puerta y la abrió sin pudor de ser visto.

—Tus ojos y tus labios no me dicen eso –Una sonrisa triste asomó en él antes de cerrar la puerta para dejarla sola.

16

31 de agosto de 2010

Hugo observaba la inmensidad de las montañas que le rodeaban. Aquella última tarde de agosto había sentido la necesidad de estar solo, realmente solo. La única compañía que podía desear no le correspondía y estaba agobiado por todo el ajetreo, por todas las conversaciones que se desarrollaban a su alrededor. Él siempre había sido alguien extrovertido y participaba en todo, sin embargo, desde que había conocido a Melinda y debido a sus desplantes, tenía la extraña necesidad de disfrutar de la soledad.

Pensó en Melinda Moon. Esa extraña mujer que había aparecido de repente en su vida revolviéndolo todo. Recordó cuando observaba su silueta contemplando aquellas mismas montañas, sentada en una roca, bordeando el acantilado sin temer al vacío bajo sus pies.

No sabía nada de ella, excepto que adoraba la luna y, por ello, su madre le puso ese nombre. El resto era una completa incógnita escondida tras la tristeza de aquellos ojos verdes y su terrible miedo a enamorarse.

Tras su rechazo aquella noche en el bar, su relación se había enfriado de nuevo como antes de su viaje a España. Y lo había hecho porque el propio Hugo había decidido darle más tiempo. Tiempo para Melinda y tiempo para sí mismo.

Él, que desde su último desengaño no había sentido deseos de estar con nadie, había caído en el embrujo de esa chica desde el primer segundo en que la vio. Afrontaba las mañanas con unas ganas renovadas, con más energía e ilusión… Y todo era, simplemente, por verla. Pero su actitud contradictoria le estaba matando. Tan pronto respondía a sus besos con un fuego desmedido como lo alejaba con palabras impersonales.

Hugo respiró hondo mientras la fresca brisa vespertina acariciaba su rostro serio. ¿Qué le estaba ocurriendo? Jamás había sentido eso por nadie, ni siquiera por Claudia, su antigua novia… El sabor amargo del rechazo y la contención bailaban en su boca igual que lo había hecho la lengua de Melinda, burlona.

A él también le atormentaban los recuerdos de vez en cuando:

—¡No entiendo por qué tienes que recorrer el mundo para poder dedicarte a tu profesión!

—Claudia, por favor, entiéndelo… Es lo que quiero.

—Y yo no entro ya dentro de lo que quieres, ¿verdad? –Ella bajó la cabeza y las lágrimas comenzaron a recorrer su níveo rostro mientras apretaba los labios con orgullo.

Hugo sujetó suavemente su barbilla, obligándola a que le mirase a los ojos.

—Claudia, yo te quiero, pero no puedes impedir que cumpla con mi trabajo.

—¡No es tu trabajo! ¡Irte al otro lado del charco no es tu maldito trabajo! ¡Tu trabajo está aquí, en Barcelona! –Golpeó el sofá con una mano y se levantó nerviosa. Él se levantó tras ella para seguir discutiendo.

—¡De acuerdo, es mi elección! Maldita sea, confiaba en que lo aceptarías y me apoyarías. Incluso podrías venirte conmigo.

—¡No quiero mantener una relación a distancia! Y no se me ha perdido nada en Perú. ¿Es que no lo entiendes?

Hugo respiró hondo de nuevo. No era agradable recordar su última discusión con Claudia. Aquel día, ella cogió todas sus cosas y se marchó a casa de una amiga, no muy lejos de su apartamento. Cuatro años de amor, de pasión desenfrenada, de proyectos, de futuro juntos… ilusiones. Él había dejado de lado los proyectos de la fundación asentándose en Barcelona con ella, dando clases en un colegio privado. Pero había surgido la oportunidad de coordinar un proyecto precioso en Perú, la construcción de un colegio. Y Hugo, harto de la rutina y con una ganas terribles de embarcarse en una aventura como aquella, no podía rechazarla.

Tras aquella horrible discusión, Hugo era un desastre. La camisa mal abotonada. Los pantalones vaqueros recién sacados del tendedero. Iba cubierto de arrugas y le costaba dar las zancadas que pretendía, debido a la rigidez de los pantalones. Hacía una semana que no se afeitaba. El pelo le colgaba alborotado algo más abajo de las orejas.

Recorría con paso rápido las aceras, su objetivo: ver a Claudia.

Necesitaba pedirle otra oportunidad… Tener una conversación y aclarar las cosas. Esa semana sin ella había sido la más larga y angustiosa de su vida. La echaba tanto de menos que no dormía bien por las noches. Estaba tan desesperado por volver a tenerla entre sus brazos, que incluso comenzó a descartar la idea de marcharse a Perú. Quizás había sido egoísta por su parte pedirle que aceptase un sueño que para ella significaba renunciar a su vida, dejarlo todo por él.

Las imágenes de los niños y niñas descubriendo lo que era aprender y conocer todo lo que les rodeaba se difuminaron en su mente convirtiéndose en fantasmas. No eran reales y él jamás los vería, porque su lugar estaba aquí, en

España, junto a su novia Claudia. Todo había sido un sueño absurdo, algo que para alguien con pareja no era viable. Conocía muchos ejemplos de parejas que se veían obligadas a mantener sus relaciones a distancia. Sin embargo, parecía que ese tipo de vida no era para ella. No era para ellos.

Porque Hugo se negaba a sacarla de sus planes, a dejar de decir nosotros para ser uno solo de nuevo. No quería acostumbrarse a estar sin ella. Si tenía que renunciar a sus sueños… ¡Diablos, lo haría!

Llegó al piso donde Claudia se alojaba junto a una amiga y subió directamente al segundo piso, pues la puerta de la calle estaba abierta. Cuando llegó hasta la puerta del apartamento, jadeaba por el esfuerzo y los nervios. Tenía tantas ganas de verla y decirle todo lo que había decidido. Tenía tantas ganas de volver a abrazarla y demostrarle todo lo que la había echado de menos esos días. Volvería a ver sus potingues en el baño, su albornoz de color rosa y su pila de zapatos de tacón en el armario ahora medio vacío. Volvería sentir la calidez de su cuerpo pegado al suyo mientras dormían.

Llamó insistentemente a la puerta y, tras unos segundos, se abrió mostrando algo para lo que Hugo no se había preparado.

Claudia llevaba encima una camisa mal abotonada como la de Hugo, sólo que aquella camisa azul, no era suya.

El rostro perlado de rubor de ella perdió el color de repente. Su boca hinchada, por la evidente razón, en la que no se quería recrear Hugo, se abrió mostrando sorpresa. Sus ojos reflejaron culpabilidad.

—Hugo… –alcanzó a decir con la voz quebrada–. No pensaba que vendrías… yo…

Hugo dio un empujón a la puerta y entró sin hacerle caso. Ella fue tras él suplicándole que no entrara, diciéndole que ya no tenía derecho a averiguar qué estaba haciendo y con quién… Pero él no la escuchó. Lo único que tenía en esos momentos en mente era saber con quién se estaba acostando su novia… Porque, aunque hacía una semana que habían roto, todavía era suya. Todavía se merecía el tiempo de reflexión, de otra oportunidad… ¡No podía ser verdad!

Pero sí lo era. El tipo estaba sentado en la cama con las sábanas cubriéndole parte del cuerpo desnudo. Sábanas revueltas, manchadas de sexo y sudor. Toda la habitación olía a sexo. Apretó los puños mientras ella le sujetaba por los hombros intentando hacer que la escuchase. Y por fin, lo hizo:

—Hugo, por favor… Hace una semana que me fui, no he sabido de ti desde entonces y… ¡Estaba muy enfadada!

Él no le contestó. Dio una última mirada desdeñosa al primer tipo que la había tocado en cuatro años que no era él. Y dio media vuelta. Ahora lo único que quería era irse de allí. No verla jamás. Irse de España tal y como había soñado y mandar al cuerno lo que quedase de su relación.

Ella lo retuvo de nuevo en el umbral de la puerta, con una última súplica mientras lloraba:

—Hugo no me odies… Lo estoy pasando muy mal.

Entonces, no pudo callarse por más tiempo todo lo que llevaba dentro. Simplemente, explotó:

—¡Has sido la mujer de mi vida! ¡Siempre me sentí apoyado por ti y ahora me doy cuenta de que no lo hacías sinceramente! –Tragó saliva intentando aclarar la garganta, que de pronto se había quedado seca–. Nunca me tomaste en serio y ahora, me das la espalda –sonrió sin humor–: ¿Sabes? He venido aquí con la idea de renunciar a todo sólo por ti. ¡Sí! Lo iba a mandar a la mierda todo, sólo para que volvieses conmigo.

Hubo un silencio incómodo. Ellos jamás habían tenido uno de esos.

—Me voy, Claudia. Espero que te vaya bien en la vida.

—No, espera… –suplicó ella–. Yo también te quiero, podemos volver a intentarlo, yo…

Una voz masculina les interrumpió desde el dormitorio:

—¡Claudia! ¿Va todo bien?

Ella no contestó, pero a Hugo le pareció que aquella simple interrupción, había terminado de quebrar lo poco que quedaba en pie.

—Adiós, Claudia.

Hugo contempló cómo el crepúsculo comenzaba a caer sobre el paisaje. El frío comenzaba a atenazar su cuerpo a pesar del abrigo de plumas que llevaba. Pero no quería marcharse todavía. Observó cómo el cielo se teñía de rojo y en aquel momento pensó en ella: Melinda Moon. La deseaba tanto que le dolían las entrañas. Se excitaba sólo con pronunciar su nombre en sus pensamientos.

El rojo se fue apagando poco a poco y el cielo comenzó a oscurecerse con rapidez. Esa noche no había luna. Todo estaba oscuro. Las montañas ya no se veían, pero Hugo sabía del vacío bajo sus pies y, al igual que a Melinda Moon, no le importaba caer.

Sonrió al pensar en que, en pocos días, celebrarían la inauguración del Colegio Jayllihuaya.

Hacía tres años que Hugo había llegado a Perú y todo el esfuerzo y trabajo hecho había dado sus frutos. Su sueño ahora era su realidad y no pensaba dejar que un desamor lo enturbiase todo, no. Iba a seguir con su camino, y si Melinda se empeñaba en negar lo que había entre ellos tendría que aceptarlo, aunque le quemase por dentro.

No podía soportar ser sólo su coordinador, porque cada segundo que pasaba con ella le dolía al verla tan cerca y tan lejos, como si jamás hubiesen compartido sus alientos. Como si esa chispa que prendía sus cuerpos cuando se encontraban, no existiese. ¡Aquello le enfermaba!

—Melinda... –susurró en la oscuridad– ...me lo estás poniendo muy difícil.

17

Era una cálida mañana de septiembre. El tiempo había dado una tregua a los allí presentes. Las bufandas y plumíferos en mano. Melinda sonrió. La escuela ya terminada, sólo esperaba a ser inaugurada para comenzar su función. Los niños del poblado de Jayllihuaya estaban ansiosos por descubrir su interior, agolpados junto a sus padres frente al edificio situado en lo alto de la pequeña colina, rodeada de más montañas y valles. Rodeada, también, por las humildes casas de los lugareños.

Elisabeth se acercó hasta Melinda y tiró de su brazo insistentemente.

—¡Moon! ¡Mañana mismo serás mi maestra!

—¡Chsssss! –le susurró ella–. No grites o pensarán que hay favoritismo –le sonrió.

La niña le guiñó un ojo y le contestó en voz baja:

—Perdón, es por la emoción… no vayan a pensar eso… –Una risita cómplice.

El alcalde de Puno comenzó el discurso de inauguración:

—Es un honor para mí, queridos vecinos, estar hoy, aquí, inaugurando esta escuela para los niños y niñas de

Jayllihuaya. Gracias a la inestimable labor de los cooperantes de la Fundación Armando Carreira...

Un roce en el hombro de Melinda la distrajo del discurso.

—Por fin llegó el día ¿eh? —Hugo estaba emocionado y muy nervioso. Sus preciosos ojos brillaban. Melinda no pudo evitar sonreírle. Hacía muchos días que no cruzaban palabra.

—Sí, y todo gracias a vuestro sacrificio. Estoy muy contenta de estar aquí.

Era verdad. Pese a todo, desde que había llegado allí, poco a poco había ido sintiéndose mejor de su depresión. El lugar tan diferente, la naturaleza, aire puro, la sensación de libertad. Elisabeth, aquella maravillosa niña que ya era como una hermana pequeña, Rosa, Álex y... él. ¿Cómo podría ignorar que había despertado en ella tantas cosas? Aunque se negase a aceptarlo, a querer comenzar algo para lo que no estaba preparada; no podía dejar de pensar en él y de anhelar sus labios.

—También ha sido tu sacrificio, Mel —él le sonrió con ternura—. Aunque hayas llegado con el trabajo casi hecho...

—¡Idiota! —se quejó ella riéndose mientras simulaba indignación.

Un carraspeo les devolvió a la realidad: el discurso.

—Mira que nos llaman la atención por tu culpa —siguió él con la broma.

—Pues no me distraigas.

—Eso... No la distraiga, señor.

Hugo bajó la cabeza hasta encontrarse con una niña del poblado, vestida con un traje de colores y con el pelo negro envuelto en una larga trenza. Los mofletes sonrosados y pronunciados. Ojos rasgados y oscuros. Le pareció graciosa su manera de dirigirse a él, como si le echase la bronca por incordiar a Melinda.

—¿Tú eres la amiguita que se la lleva a diario?

—Me llamo Elisabeth y soy la mejor amiga de Moon.

Hugo le ofreció la mano y la niña se la estrechó con una firmeza que le sorprendió.

—Encantado, Elisabeth. Os he visto juntas muchas veces y ya tenía ganas de conocerte.

Un nuevo carraspeo.

—...Y como no podía ser menos, me gustaría que el coordinador del proyecto subiese aquí conmigo para decir unas palabras. —El alcalde miró a Hugo y le hizo ademán de que subiese al tablado.

—¡Me reclaman, chicas! —Y se escabulló para subir, saludar al alcalde y, después, dirigirse a la pequeña multitud allí congregada.

—Bueno, lo mío no son los discursos... Me pongo nervioso y me sudan las manos. Pero hoy es un día muy feliz para mí. Hoy es la culminación de tres años de arduo trabajo junto a mis compañeros y la gente del poblado que, tan amablemente, se han ofrecido a ayudarnos siempre que ha hecho falta. Nos han traído comida caliente pese a que disponen de pocos recursos y, en definitiva, nos han hecho sentir como en casa. Porque soy de los que piensan que la patria es la que uno elige y yo me siento parte de esta tierra y de quienes la pueblan —suspiró mirando el cielo despejado con semblante serio—. Hace tres años llegamos aquí unos cuantos soñadores con la idea de crear una escuela digna para los niños y niñas de este lugar. Una escuela a la que pudiesen acudir sin tener que levantarse varias horas antes y en la cual no tuviesen que quedarse a dormir en la dura época de invierno. Porque esa escuela estaría en su mismo poblado, a dos pasos de su casa. Ese era nuestro sueño cuando llegamos y contemplamos esta tierra vacía. Ahora, miro la obra y me embarga la emoción, porque ya no es un sueño... —sonrió—: Es real. Y tengo ganas de que sea mañana para empezar con las clases. ¡Debo de estar loco!

Un coro de risas invadió el lugar. Hugo miró a todas y cada una de las caras de los allí presentes. Caras castigadas por el paso del tiempo y el duro trabajo. Caras prematuramente envejecidas. También caras infantiles llenas de ilusión. Caras de admiración. Y algo común en todas ellas. Hoy era un día feliz para todos.

Porque aquellos padres querían un futuro mejor para sus hijos. Y Hugo se dejaría la piel en ello. La cara de ella también reflejaba esa determinación. Sus ojos estaban húmedos. Melinda lo miraba emocionada. Y Hugo decidió seguir con sus palabras:

—Quiero dar las gracias a todos los obreros que se desplazaron hasta aquí para ayudarnos en la obra. Gracias a ellos, estos muros son sólidos y seguros. Y, cómo no, a todos mis compañeros que se han dejado la piel en esto tanto como yo. A los que llegaron conmigo… –Miró a Melinda de nuevo– Y a los que vinieron después. Todos han hecho una labor encomiable. Gracias chicos, ¡lo hemos conseguido!

Todos rompieron en aplausos. Hugo se despidió y bajó del tablado. Ahora llegarían las celebraciones. Todos comerían juntos y para ello montarían mesas y sillas al aire libre.

—Me ha gustado mucho tu discurso –Su dulce voz le calentó por dentro.

—Sólo he dicho lo que sentía.

—Nosotras vamos a ayudar a las mujeres con la comida. ¡Nos vendrá bien aprender cómo se hace la comida peruana! Y a algunos… aprender a cocinar en general…

Ella se alejó con una sonrisa en los labios junto a los demás compañeros. Hugo pensó en si aquella sonrisa podría ser el comienzo de una nueva etapa.

Comida rellena de risas, especias y gritos de júbilo. Día de fiesta para todos. Día nostálgico para otros.

—Mis padres estarían orgullosos de mí ahora –le confesó Melinda a Elisabeth mientras paseaban aquella tarde que se había tornado fría. Muy fría.

—Tus papás seguro que lo están. Ellos te ven, Moon. Tienes que estar contenta porque ellos están en un lugar maravilloso y sonríen al verte.

—¿Cómo puedo estar contenta por ello? Me gustaría que la lejanía se pudiese paliar con una llamada de teléfono, con una carta, pero sé que si llamo a casa, nadie va a contestar. Está vacía.

Elisabeth dudó unos instantes, pero al fin, habló:

—Ya sé que no se puede hablar con el celular a quienes están junto a Diosito… Pero tienes una manera mejor de comunicarte con ellos, Moon.

—Dime cual.

—Tú misma. Puedes hablarles en voz alta o en tus pensamientos. Ellos te escuchan.

—Pero yo no les escucho a ellos.

—Sí… sí lo harás.

—¿Cómo?

—Es muy sencillo. Ellos eligen los sueños para poder comunicarse con nosotros sin que nos asustemos. Presta atención a tus sueños, amiga. Y luego, ¡promete que me lo contarás!

Melinda no lograba explicar cómo podía sentir ganas de sonreír hablando de aquello… de su drama. Era algo que sólo conseguía Elisabeth. Y el pensamiento de que una niña de ocho años se hubiese convertido en su mejor amiga allí, no le pareció extraño. Si el amor no tenía edad, la amistad tampoco.

Melinda se paró y la atrajo a sus brazos. Se abrazaron. De niña a mujer. De mujer a mujer. Simplemente, dos amigas. Tan distintas y tan cercanas.

—Me alegro tanto de haberte conocido… —Y no pudo evitar echarse a llorar.

Elisabeth la consoló sin quitar la cabeza de su pecho:

—No llores Moon… te pones muy fea cuando lloras.

—¿Y qué más da? –rezongó ella.

—Tu novio también te mira.

Melinda se sobresaltó ante aquella afirmación. Luis... ¡Joder! Volvió a sentirse culpable por no pensar en él como lo hacía antes.

Y, sin poder evitarlo, una sensación de incomodidad la invadió... Era como si de pronto, no le gustase la idea de que Luis pudiese verla... ¿Podría saber también que en sus pensamientos ahora había otra persona?

—¿Lo hará siempre?

—¿El qué? –respondió Elisabeth.

—Mirarme.

La niña sonrió.

—Creo que por la manera en que lo hace, estaría dispuesto. –Una risita traviesa se le escapó.

Desconcertada, Melinda frunció el ceño. Se había perdido. Y Elisabeth se había apartado y miraba hacia algún punto tras ella.

Y cuando se dio la vuelta lo vio. Hugo.

Se giró hacia ella indignada.

—¡Él no es mi novio!

La niña rompió a reír cuando Melinda intentó cogerla para hacerle cosquillas. Se escurrió de sus brazos para echar a correr.

Hugo observó en la distancia como Melinda y la niña corrían entre risas y gritos. Sonrió y, por un momento, sintió envidia de aquel vínculo. Pero los vínculos no se pedían, ni se concedían. Debían surgir y si surgían... Uno debía ser valiente.

Ella no lo era y él no quería seguir arrastrándose. Las dejó con sus alegres juegos y fue a seguir con la celebración junto a los demás compañeros y lugareños. Hoy había sido la inauguración de la escuela. Y Hugo confiaba en que todo comenzase a tomar otro color entre ellos...

18

«Mel... Todo va a ir bien... Son unos niños encanta-
dores. ¿Notarán lo nerviosa que estoy? Tengo que respirar
hondo. Inspirar... espirar... ¿Tranquilizantes? No... Los
tiré hace un mes. La vida aquí es demasiado dura como
para no caer rendido en la cama. Sí... He dado un paso...
Me siento mejor, sí...» se repetía una y otra vez.

«Inspirar... espirar... Las manos quietas. Cogeré la
tiza y así disimularé el temblor. ¡Me hace tanta ilusión
comenzar! Los niños me esperan en fila india para entrar
al colegio. Todos los cursos están situados así, en su lugar
correspondiente. ¡Cuántos niños! Y todos ellos tenían que
ir tan lejos cada día. Muchos comenzarán a venir más
asiduamente a clase... La reunión que tuvimos con los
padres pareció ir bien. Estuvieron de acuerdo en pospo-
ner la ayuda de sus hijos en las labores del campo para
sus ratos libres. No creo que todos cumplan con ello... Ya
llego... ¡Ahí está Elisabeth!», reflexionaba Melinda antes
de empezar su primer día de colegio.

—¡Moon! —Se abalanzó sobre ella dándole un efusivo
abrazo—. ¡Por fin me darás clases! ¡Y me gusta mucho el

cole nuevo! ¿Has visto los columpios que han puesto en el patio?

—Sí, los he visto. —No pudo evitar reír ante la excitación de la niña— ¡Son geniales!

Melinda miró al resto de niños de su clase. Abrigados con chaquetas de gruesa lana y exhibiendo los colores vivos que caracterizaba su indumentaria habitual. Sus caras, de mejillas sonrosadas por el frío aire matinal, la observaban con curiosidad.

«Inspirar… Espirar…».

—¿Preparada para el despegue, señorita de la Luna?

Su aterciopelada voz le sobresaltó. Un escalofrío de placer recorrió, sin embargo, todo su cuerpo. Melinda se giró para encontrarse con Hugo, que la observaba con aquella media sonrisa tan irresistible y un brillo divertido en su mirada. Melinda fue sincera. Se aproximó hasta la oreja de él y le susurró:

—Estoy muy nerviosa… Me tiemblan hasta las pestañas.

Hugo, siguiendo su misma estrategia, se acercó a su vez, al oído de ella:

—Lo vas a hacer muy bien. ¿Has visto sus caras? Están intrigadísimos por conocer a la preciosa maestra que les ha tocado.

Ella se apartó y le dio un cachete en el hombro, discretamente.

—¡No estoy para bromas!

—¿Y quién está bromeando aquí? —respondió él con vehemencia.

Ella se quedó callada observándole. Unos segundos durante los cuales se aguantaron la mirada y el mundo pareció detenerse. Por mucho que intentase decirse a sí misma que no era momento de complicarse la vida con nadie, siempre acababa llegando uno de esos momentos con Hugo que desmontaba todas sus defensas. Él esbozó una maravillosa sonrisa y ella le correspondió.

—Mucha suerte, Mel —acarició su mejilla suavemente con rapidez y comenzó a alejarse—. ¡Nos vemos en el recreo!

Y se fue hacia la fila donde le esperaban sus alumnos: sexto grado de primaria. Tres filas a la derecha de la suya: tercer grado. La sirena comenzó a sonar por primera vez en el recinto y todos los cursos comenzaron a entrar, por orden ascendente, dentro del nuevo Colegio Jayllihuaya.

La clase de Melinda Moon, al igual que todas las demás, era pequeña pero capaz de albergar a los veinte niños que se sentarían por parejas. Las paredes todavía estaban desnudas, pero pronto comenzarían a llenarse de su impronta: mapas, dibujos, cuadros… Un pequeño alboroto de mesas moviéndose de lugar, sillas arrastradas, voces infantiles entremezcladas mientras se organizaban y, tras unos minutos observándoles, Melinda les apremió para que terminaran. Unos cuantos minutos después, los niños y niñas se hallaban sentados en sus lugares elegidos, con su pareja y dispuestos a conocer a su nueva maestra.

—¡Hola a todos! —les saludó—. Me llamo Melinda Moon, vengo de España y voy a ser vuestra nueva tutora.

Alboroto repentino. Preguntas. Más preguntas. Curiosidad desmesurada. Inocencia y picardía. Tras responder al porqué de su segundo nombre y contestar unas cuantas preguntas sobre su lugar de procedencia, prosiguió:

—Puesto que lleváis ya unos meses de curso, tendréis que ponerme al día con el temario que estabais dando, ¿de acuerdo?

Todos asintieron. Siguió:

—Pero hoy… —sonrió— como es nuestro primer día aquí, vamos a ocupar la mañana en conocernos un poco. —Gritos de júbilo. Risas—. Hoy no hay matemáticas, ni lengua, ni sociales. Hoy es el día en que nos diremos nuestros nombres, nos contaremos nuestros juegos favoritos, hablaremos de cómo es nuestra familia y contaremos qué hicimos el verano pasado…

Nadie fue a ningún complejo de apartamentos con sus padres, ni a la playa, ni a Eurodisney… Las vacaciones significaban tiempo completo para ayudar al padre en sus labores ganaderas o campestres. Para aprender a coser con mamá y a echar papas al cazo de agua hirviendo para comer. Sus nombres. Jorge Luis, Flor María, María Elena, Carmen Rosa, Miguel Ángel, Carlos Alberto…

—Mi papá cría alpacas y vendemos la lana para hacer paños, ponchos… Mi mamá nos hace bufandas muy calentitas con la tela de alpaca. Es muy suave, señorita Moon.

Alpacas, sí… había visto muchas ya. Era un animal parecido a una oveja pero con una altura importante. Un metro. Las había negras, grises, marrones y, por supuesto, blancas. Lo que no sabía era que también las tenían como animal doméstico. Los niños siguieron contándole cosas.

Historias de humildad y dificultades. Historias alegres y tristes. Historias de aceptación. Los niños no vivían deseando montañas de dinero, ni juguetes caros, puesto que no conocían esos lujos. Vivían aceptando que su deber era ayudar a su familia para poder comer dos veces al día. A veces, un desayuno a base de una poca leche y una papa para comer. Si la cosecha o la venta de materia prima salían bien, quizás podían cambiar de rutina culinaria. Vivían jugando con una vieja pelota de fútbol. Muñecas con ropa raída, pelo desgastado pero impecable. Se esmeraban en lavar el plástico que simulaba una piel lozana y la tela, con mimo y amor, pues podía romperse si tirabas mucho.

Los domingos, después de misa, se reunían todos en la casa de la única familia que tenía televisión en el poblado. Un aparato de pocas pulgadas y alargada silueta de perfil, de forma cuadrada y color negro. Los días de mucho frío y tormenta, no funcionaba la antena. Ese domingo no había tele.

—No os preocupéis. Yo os contaré lo que ocurre en el mundo. ¡Mejor! Un día os prometo que haremos una excursión a Puno y os enseñaré a usar los ordenadores —prometió Melinda con el corazón en un puño.

¡Dios mío! Aquellas personas vivían sin casi medios a su alcance, sin apenas huellas tecnológicas a su alrededor. Aislados del mundo. A veces sin nada que llevarse a la boca porque la helada había estropeado su cosecha o sus animales estaban enfermos de hambre y no producían más alimento. Y, sin embargo, Melinda Moon se dio cuenta de que eran felices. Así de simple. Eran felices porque se tenían los unos a los otros y la ambición no existía. Los pequeños núcleos familiares eran sólidos y firmes. La sencillez les aportaba tranquilidad. No había estrés, ni cacofónicos sonidos de bocinas en las calles, ni olor a humo y contaminación. No había egoísmo. A cada uno le tocaba su parte de la olla. La muñeca era de todas. La pelota de fútbol se compartía. Y, ante todo, Dios les había prometido el paraíso al terminar su cruzada.

—¿Sus papás están en España, señorita Moon? —Carolina, una niña delgadita y chiquitita de pelo negro y pronunciadas mejillas soltó la pregunta para la que menos se había preparado Melinda aquella mañana.

Se quedó callada y toda la clase siguió su ejemplo. El único punto de apoyo, Elisabeth. Y curiosamente, la respuesta salió de su boca antes de que Melinda reaccionase.

—Los papás de la señorita Moon están con Dios.

Murmullos. Voces acalladas tras las manitas. Miradas curiosas. Melinda carraspeó. Había que decir algo.

—Elisabeth tiene razón. Están en el cielo.

Melinda pensaba en la perspectiva que tenían los niños de la vida, del cielo en el que creían y se sintió enternecida, pero era incapaz de compartirlo.

—Yo no me alegro, chicos.

—¿Por qué? —preguntaron al unísono.

—Porque de donde yo vengo, la gente no desea irse al cielo.

—¿No? Si no tienen fe, Dios se enfadará –le respondió Rosa contrariada.

—Tengo la sensación de que Dios ya está enfadado. –«Ni siquiera creo que exista…», pensó.

—Eso es porque no les dejas marchar y no les salen las alas –dijo otro niño, Carlos Luis.

Melinda no contestó. Ellos jamás podrían entender su dolor. Eran demasiado jóvenes y tenían unos valores religiosos de los que ella carecía.

Melinda jamás celebraría una llegada a un cielo en el que no creía. La muerte era el final del camino. Ya no había más. Pero en su fuero interno sintió unas terribles ganas de tener fe… esa fe ciega que ellos tenían en que, algún día, su Dios les sacaría de la miseria y podrían vivir sin penuria. Sin pasar frío.

—No esté triste, señorita Moon. Nosotros rezaremos por usted y Dios le perdonará por no creer en él.

La emoción la embargó. Y no debería de sorprenderse. Allí compartían todo, incluso la fe. Y siempre habría alguien dispuesto a rezar por tu alma.

—Gracias chicos, a cambio os prometo que les dejaré marchar… No quisiera que, por mi culpa, no pudiesen volar. Pero antes tengo que arreglar alguna cuenta pendiente. –Y entonces miró con complicidad a Elisabeth, que había estado callada durante todo el rato. Ella jamás aportaría sus íntimos consejos delante de los demás. Eso eran secretos de amigas.

Y ambas sabían que había llegado el momento de dar la cara en los sueños. De creer en su verdad. Era el momento de hablar. Y de decir adiós.

La mañana terminó y la sirena anunció el final de la primera jornada de colegio. Melinda salió sola del recinto. No se paró a hablar con nadie. Ni siquiera esperó a Elisabeth. Hoy quería estar sola. Pensar, reflexionar. Imaginar lo que les diría. ¿Se atrevería a hacerlo? ¿Realmente estaba preparada?

Múltiples preguntas se agolparon en su mente, sin embargo, una leve sonrisa curvó su boca. ¿Quién aprendería más en aquel intercambio? ¿Ella o los niños?

Y las palabras se deslizaron hacia fuera con una expiración profunda y ahora relajada.

—Ha sido un primer día inmejorable.

19

Silencio absoluto. Sólo enturbiaba aquella calma el leve sonido del frío viento exterior. Se colaba por los recovecos de sus habitaciones prefabricadas, creando un gélido ambiente sólo paliado por las dos gruesas mantas de lana que vestían sus camas. Álex y Rosa hacía rato que dormían profundamente. Melinda Moon ya estaba acostumbrada a oír los suaves ronquidos de una y las profundas respiraciones de la otra.

Era lo que tenía ser siempre la última en dormirse. El resto de las chicas primero. La mente todavía tenía que trabajar, pese al cansancio.

Ahora era momento de relajarse y pensar en ellos. El único momento del día en que uno podía permitirse dejar el mundo de lado por completo. Arroparse en la cama hasta las cejas y descargar las emociones contenidas ante los demás.

Lloraba a lágrima viva reviviendo imágenes indeseadas. Aquellas que todavía no podía quitarse de la cabeza.

Sin somníferos para alcanzar sueños vacíos. Sonriendo de verdad. Creyéndose enamorada de forma clandestina y no buscada. Queriendo a esa niña con voz de mujer. Amando su presente.

Pero lloraba. Lloraba porque todavía no dejaba atrás el pasado. Lloraba porque había sido de un modo violento el cambio en su vida. En sus vidas...

Todo el mundo querría que, ya que la muerte es inevitable, sus seres queridos muriesen arropados en una cama calentita como la que Melinda ahora mismo ocupaba. Una cama calentita. Comodidad. Pasar al otro mundo de una manera dulce. ¿Existían maneras de morir dulces?

Le venía a la cabeza lo que dijo ese niño: «Dios está enfadado porque no les dejas marchar y no les salen las alas».

¿Por qué tenía que dejarles marchar? Si lo único a lo que podía aferrarse era a añorarles. ¿Y si simplemente se trataba de seguir adelante sin dejar de recordarles? Siempre se había tratado de eso, sin embargo, uno no quería ver un futuro cuando no se era capaz de soportar el presente.

Vio a los niños riendo y hablando sobre el cielo. Acerca de aquel Dios que les esperaba con pelotas de fútbol y muñecas en las manos. Daría cualquier cosa por recuperar esa inocencia y ver más allá de la realidad. En el fondo, pese a que era incapaz de ser creyente, admiraba a la gente que tenía esa fe ciega.

Se decía a sí misma que no eran más que formas de entender la vida y de soportarla. Aquellos niños jamás habían conocido la comodidad como ella la entendía. Para ellos la más básica austeridad era rutina. El pensamiento de que eso algún día desembocaría en una recompensa etérea era lo que les motivaba a luchar por un nuevo día.

Sin embargo, ella estaba acostumbrada a vivir medianamente bien en una sociedad capitalista y desarrollada. Ciudadana de clase media-baja que jamás había pasado hambre ni frío. Pares de zapatos para aburrir. Ropa de marca esporádicamente. Tiempo de ocio. Consumismo exacerbado. No necesitaban creer en Dios porque la vida te lo daba todo. La madre ciencia lo explicaba todo. Y lo único realista que le había escuchado decir a un cura era la frase: «polvo eres y en polvo te convertirás».

Y la vida comienza a no ser tan buena cuando la gente a la que más quieres comienza a convertirse en ese polvo temido. Van dejando huecos irreparables en tu alma hasta que te das cuenta de que esos vacíos son insalvables. Estás incompleto.

Diferentes culturas. Religiones varias. La muerte vista desde la alegría y la tristeza. La vida que todos queremos llevar para unos existe en la tierra y para otros en el cielo.

El reloj marcó las dos de la madrugada. Llevaba un buen rato dando vueltas al tema y en sus ojos seguía lloviendo sin parar.

Y, de pronto, la luz al otro lado del túnel se encendió y Melinda lo comprendió todo.

Había llegado el momento. Tuviesen alas o no, debía dejarles marchar. Y en ese momento, deseó con todas sus fuerzas que Dios sí existiese al fin y al cabo. Que todos estuviesen equivocados y todo fuese verdad… Sólo por la única razón de volver a verles en persona algún día. Sería la cita más dichosa a la que acudiría jamás.

Sus ojos se cerraron sin que Melinda se diese cuenta. Entró en un extraño letargo. El sonido del viento que chocaba contra las paredes de la habitación se oía lejano ahora. Las respiraciones y ronquidos de sus compañeras habían bajado de volumen. Y cuando todo sonido más allá de sus ojos cerrados se esfumó… pudo oír sus voces.

Escuchó el canto de los pájaros en el tejado de su casa las mañanas de primavera. Escuchó las voces de mamá y papá. Se vio transportada a su infancia, su cuerpo volvía a ser el de aquella niña alegre que corría riendo mientras su padre intentaba alcanzarla riendo también. Un momento después, volvía a tener su actual cuerpo de mujer y su padre estaba frente a ella mirándola con cariño.

—Tienes que seguir hacia adelante, hija. Hazlo por nosotros… Vive la vida, aprovecha tu tiempo allí. Deja que podamos verte cumplir tus sueños y convertirte en la persona de provecho que sé que llevas dentro de ti, —le dijo.

—Papá… —las imágenes de su infancia jugando con él invadían su campo de visión, las regañinas cuando llegaba tarde a casa de adolescente, las veces en que se asomaba a su habitación y le daba las buenas noches guiñándole un ojo... Pero él seguía frente a ella y pese a que el llanto le había formado un nudo en la garganta, tuvo que decirle lo que debía, había llegado el momento.

—Papá, es muy difícil para mí vivir sin ti, sin vosotros... —En aquel instante, una mano se posó en su hombro y supo que se trataba de su madre, que la besó suavemente en la mejilla transmitiéndole un torrente de amor infinito. Melinda cerró los ojos y acarició el rostro de su madre con el suyo como si fuese un gato. Saboreó aquella sensación de extrema dicha... Era tan real todo, parecía que estaban allí, con ella, en aquel mundo onírico.

Su madre la rodeó con los brazos y le dijo al oído:

—Cuando te dije que te estábamos observando desde la luna, era cierto. No quiero ver cómo sigues negándote la felicidad, hija. Nuestro tiempo terminó pero tú todavía posees el tuyo, no lo desperdicies. Déjanos marchar y recuerda que te estaremos esperando... Pero todavía es pronto.

—Lo siento mucho... No quiero haceros sufrir... Os echo tanto de menos que no me atrevo a despedirme del todo.

Su hermano apareció también y le dio un tímido beso en la mejilla, aquel que jamás se atrevía a darle por orgullo.

—No es una despedida, hermana, sólo es un hasta luego. —Se abrazó a él con todas sus fuerzas y lloró más fuerte aún. Su hermano... Lo había visto crecer, convertirse en un jovencito divertido e inteligente. ¡Con todo lo que le quedaba por vivir!

De pronto, ellos ya no estaban. Se vio desprovista del abrazo de su hermano para encontrarse en los brazos de Luis. Este le rozó los labios con los suyos y le susurró un «te quiero» al oído y un «sigue adelante» en el otro.

—Díos mío, Luis... nunca te olvidaré.

—No te angusties, Mel, haz caso de lo que ellos te han dicho. Te quiero.

Melinda lo apretó fuerte, no quería que aquel momento acabase, necesitaba empaparse por última vez de su olor y su tacto.

Pero Luis se desvaneció también de sus brazos y de nuevo volvió a los de su madre, que la acunó un rato dejando que Melinda se empapase mimosa en su olor a jazmín. Alzó la mirada y la luna le guiñó un ojo invitándola a sentarse en su regazo para contemplar el mundo a sus pies.

Un último pensamiento hizo que Melinda Moon se revolviese en su cama sin despertar. Nada sería igual. Nada sería igual pero era la opción que le quedaba. Aceptación.

Os quiero... Ojalá nada hubiese pasado... Ojalá nunca hubiésemos viajado aquel día... Ojalá no tuviese que acostumbrarme a estar sin vosotros... Ojalá no tuviese que decirlo... Adiós.

.

Y los sonidos de los pájaros se fueron. Los olores se esfumaron en el aire. Y la luna se durmió.

El sol se alzó tímidamente tras las montañas aún dormidas. La vida comenzaba a abrirse paso en Jayllihuaya con las herramientas del campo como testigos. La leche hirviendo para el desayuno de los niños. El bostezo de los que han tenido un corto sueño.

La sonrisa de quien ha soñado lo deseado y se ha despertado saciado. De quien ha arreglado cuentas pendientes con la almohada y ve el nuevo día con otros ojos. Los ojos de alguien que empieza de nuevo, por fin.

Melinda Moon sintió todo eso al despertarse aquella mañana. Mañana fría tras el abrigo. Mañana caliente en su corazón. Un nudo había desaparecido de aquel castigado estómago. Y el aire entraba mejor en los pulmones. Sus ojos volvieron a convertirse en lluvia mientras se dirigía al colegio con sus compañeras.

—¿Estás bien, Mel? –le preguntó Rosa.

—Es por el frío que me lloran... –Gran sonrisa. ¡Sincera! ¡Otra más!

Álex sonrió también.

—Te veo diferente esta mañana, no sé... Te brillan los ojos, a pesar de que los tengas llorosos por el frío, claro –chasqueó la lengua.

Melinda sonrió mientras se secaba la humedad de los ojos.

—Digamos que he soñado de fábula y hoy me siento feliz, chicas.

—¡Eso es genial! —dijo Rosa—. Nos alegramos mucho de verte feliz, Mel, te lo mereces.

—¡Sí! —intervino de nuevo Álex—. Yo he soñado que un tío bueno venía a mi cama y me lo hacía a lo bestia... —Movió las cejas cómicamente—. ¿Se me nota la felicidad a mí también?

Las tres rompieron a reír y siguieron su camino hacia la escuela alegremente.

Para Melinda Moon aquel día era un nuevo comienzo, aquella noche marcaría un antes y un después para ella. Y ya podía notar como la adrenalina se extendía por todo su cuerpo con la intención de no perder más el tiempo y de regalarse la oportunidad de vivir al cien por cien de una vez por todas.

Tras el recreo. Alboroto para sentarse cada uno en un sitio. Libros de segunda mano abriéndose de nuevo. Hojas arrugadas, desgastadas y repletas de letras esperando ser absorbidas por cerebros interesados. Mofletes colorados y los labios de Melinda Moon amoratados de frío. Lidiar con tantos niños a la vez en ocasiones era una auténtica locura pero, pese a todo, Melinda adoraba trabajar con los pequeños. Eran tan sabios y agradecidos... Les debía tanto y ellos jamás alcanzarían a saber lo mucho que sus inocentes palabras le habían servido.

—Señorita, tiene usted mala cara.

—No, sólo es que no estoy acostumbrada a este frío...

—¡Nosotros lo aguantamos *rebién*!

—¡Claro! No habéis parado de brincar por el patio, así cualquiera tiene frío —se rio. Y ellos también rieron.

Melinda miró afuera. Pese a las bajas temperaturas tenía unas ganas enormes de salir y correr rodeando las montañas. Ella también quería brincar.

—Niños ¡Coged los abrigos! ¡Nos vamos de excursión!

Gritos de júbilo. Un pequeño terremoto que deja a su paso libros abiertos sobre las mesas, mochilas colgadas de las sillas y un rastro invisible de quienes corren hacia la libertad tras esas cuatro paredes.

Cuando salieron por el pasillo, Melinda se paró frente a la puerta de una de las clases.

—Esperadme aquí en silencio. Enseguida salimos.

Y llamó a la puerta entrando sin esperar respuesta. Miró a Hugo, sorprendido ante la irrupción de Melinda Moon en medio de su clase de lengua. Ella sólo le sonrió cómplice y se dirigió a sus alumnos.

—Chicos, cerrad los libros y poneos abrigo. ¡Nos vamos de excursión!

Nuevo terremoto que asola la estancia. En pocos minutos queda vacía dejando las huellas de una huida apresurada.

—¿Pero qué…? –Hugo no daba crédito a lo que estaba pasando. Melinda Moon había interrumpido su clase de repente con un destello de locura en su mirada. Había mandado a la porra el horario y, simplemente, se iban de excursión.

—¿Me puedes explicar que mosca te ha picado?

Ella se acercó hasta él y le dio un beso rápido que sirvió para desterrar el frío de ambos cuerpos. Se apartó y le hizo ademán de seguirla.

—He venido por ti. Así que espero que no me dejes plantada con la jauría de niños que nos espera ahí fuera.

Hugo la miró a los ojos encontrando la chispa que jamás se había ido. Cogió su abrigo.

—Melinda Moon, me encantará hacer *pellas* contigo.

20

〰️

—¿Tienes idea de cómo le vamos a explicar esto al director? –inquirió Hugo con una media sonrisa.

Melinda Moon aspiró el fresco aire del mediodía y miró a los niños y niñas corretear por el frío monte como en un día de primavera. Sonrió. Le devolvió la sonrisa y sus ojos brillaron revelando todo y nada.

—Estamos llevando a cabo una actividad de clase de ciencias… ¡Ya se nos ocurrirá el resto sobre la marcha!

—Ardo en deseos de verte improvisando…

—Escucha, Hugo, yo…

—Dime –tajante. Atento ante las expectativas. Otra sonrisa nerviosa de ambos.

Pero una interrupción deshizo la corriente eléctrica que de sus pieles brotaba invisible.

Sin darse cuenta, más de la mitad de los niños se habían arremolinado en torno a ellos.

—¡Juguemos a algo, maestro Hugo!

—¡Sí! ¡Señorita Moon, enséñenos algún juego!

Cinco minutos después, todos corrían por los alrededores de la escuela Jayllihuaya detrás de Melinda Moon, la portadora del gorro de colores que su alumna Rosa María había cedido alegremente para el juego.

La alegre maestra esquivaba a niños y niñas por doquier. Incluso logró derribar al incombustible maestro que corría tras ella como el que más. Elisabeth se le colgó del cuello de un salto y ambas rodaron por los suelos riendo. Un segundo más tarde, una horda de niños cubría a ambas intentando hacerse con el preciado gorro de colores.

—¡Fuera! —Casi no podía hablar debido a la risa incontenible—. ¡Me vais a aplastar!

—Pues te has librado del peso pesado —sonrió Hugo desde arriba.

—Gracias por no tirarse encima de mí como un oportunista, maestro —dijo ella. Y los ojos le brillaban todavía. E incluso más… pero todavía sin decir nada. O diciendo mucho. Como se repetía Hugo desde que todo había comenzado aquella mañana. Algo parecía haber cambiado en ella y era para mejor. Hugo sintió una intensa emoción al pensar en ello...

Una hora más tarde, aquella colina donde se asentaba el nuevo colegio, ya se impregnaba de risas, gritos, sudor, adrenalina. Diversión y deseos secretos. Miradas cómplices y roces casuales que no lo eran en realidad.

El sol coronaba en lo alto, indicando el momento justo en que la sirena sonaría y todos deberían volver a sus casas. Era la hora de comer.

En un caótico orden, Hugo y Melinda consiguieron dirigir a los niños a sus clases para recoger las cosas y marcharse a casa.

Hugo se entretuvo recogiendo también sus cosas. Los niños se fueron tan rápido como habían entrado y pronto se quedó solo con sus pensamientos. Todavía estaba sorprendido por la inesperada acción de Melinda Moon. Desde luego, esa mujer era una caja de sorpresas. De repente, le había dado el punto y les había sacado de clase para jugar fuera. La versión para el director, había cambiado ligeramente. Ahora dirían que habían salido a dar juntos la clase de gimnasia. El juego del pañuelo. El pañuelo era un gorro de lana de colores de una alumna. No faltaban materiales cuando cualquier cosa valía para divertirse un rato. El objetivo era ejercitar los reflejos y la agilidad de los niños. Y unas cuantas patrañas más para camuflar la verdad. Y la verdad era que Melinda Moon ese día tenía otra cara. Más reluciente. Y sus ojos… Sus ojos brillaban de un modo que habían cautivado más si cabe a aquel indefenso profesor. Dando vueltas alrededor de la verdadera razón de Melinda para elegirle a él en esa mañana radiante, llegó a pronunciar en voz alta aquellas palabras prohibidas:

—Me has buscado porque necesitabas estar conmigo. –Y sonrió sin levantar la vista de la carpeta que sujetaba aún sobre la mesa de su escritorio.

—Sí.

Vuelco en el estómago. Cosquillas incontenibles que suben hasta explotar en un siseo de emoción. La miró. Apoyada en el marco de la puerta, Melinda Moon lo observaba sonriendo. Sin embargo, la mirada ahora despedía la inseguridad de quien sabe que ya no hay marcha atrás. Melinda Moon estaba lanzándose al vacío sin red y ella lo sabía. Hugo también lo sabía. Y también sabía que no iba a luchar para esconder su necesidad por ella nunca más.

Y la fuerza magnética que envolvía sus cuerpos hizo que ambos se atrajesen como dos imanes que congenian en el punto adecuado. Hugo no supo cómo pasó, pero en ese momento ya sus labios se aplastaban contra los de ella en un beso feroz. Las bocas se abrieron ansiosas por ser una sola. Las lenguas danzaron en un baile desesperado. Demasiado tiempo en ayunas. Hugo cogió su cara con fuerza y apretó su cuerpo contra el de ella. Sintiendo cómo sus pechos se aplastaban contra sus duros pectorales. Encontrando el punto de unión de sus sexos palpitantes bajo las capas de ropa que llevaban. Se amoldaron perfectamente y sus bocas seguían ansiando el manjar que devoraban sin querer dejarlo escapar nunca más.

Pero hubo un momento, dentro de aquella vorágine de pasión, en que el beso tuvo que ser terminado. Hugo apoyó su frente en la de ella. Y ambos respiraron agitadamente.

—Dime que mañana no te arrepentirás de esto. Dime que tenemos algo —exigió él.

—Lo tenemos, Hugo. Perdóname por tratarte como lo he hecho. Te he dado expectativas y después he actuado como si nada hubiese pasado. He querido huir de esto, pero me he dado cuenta de que no puedo luchar contra lo que siento.

—Calla —Él puso un dedo suavemente sobre sus enrojecidos e hinchados labios—. Tienes que contarme muchas cosas, Mel. Y tenemos todo el tiempo del mundo para ello. No te he guardado rencor nunca, ¿de acuerdo? Sólo me he sentido confuso y enfadado por la situación. Porque no sé que hay en tu cabeza y tengo la certeza de que hay demasiadas cosas que se me escapan. Quiero que cuentes conmigo, de verdad.

Y esos ojos volvieron a brillar. Una lágrima se dibujó en ellos, cayendo lentamente por su rostro acalorado. Muriendo en la comisura de sus labios. Hugo cazó los resquicios con su boca ávida antes de depositarse en la frente de ella.

«¿Por qué lloras?». Quiso decirlo en voz alta. Pero decidió que no era el momento de ahondar en ello. No era el lugar idóneo.

—Después de la comida te espero en el acantilado —dijo ella.

Los dos maestros se besaron de nuevo y vertieron su promesa en las manos que se entrelazaron al salir de la clase. Que continuaron así habiendo salido afuera… Pero se separaron al llegar al campamento. Todavía no era el momento de anunciar nada ni de aguantar chismes de los compañeros. Todo a su tiempo.

Una comida insípida porque, las ganas de engullirla y, cuanto antes, eran enormes. No había sabor porque el sabor que ansiaban no estaba en la sopa aguada y caliente de su plato. La excitación mantenía su estómago encogido y sus órganos sexuales demasiado despiertos. La conversación les era ajena ya que no la oían. Sus miradas se entrelazaban furtivas a cada sorbo de sopa. La lengua de Melinda, que relamía sus labios, se paseaba de maneras muy atrevidas en los pensamientos de Hugo, que la miraba absorto.

Una sonrisa discreta. Un guiño de ojos. Nadie se daba cuenta de la gran conversación que estaban teniendo con los sentidos.

Los cuencos de sopa ya vacíos y, sin embargo, el hambre no estaba saciada.

Melinda Moon se mojó la cara en el lavabo que todos compartían y se aseó. Buscó en su maleta algún atisbo de ropa atractiva… Vaqueros. Pantalones de tela. Más vaqueros. La variedad brillaba por su ausencia. Una no se traía modelitos a un viaje de trabajo en una ONG en un pueblo de Perú. El vaquero negro de cintura baja y corte pitillo. Sí. Un cuello de cisne de color rojo. Perfecto. Zapatos. Botas de montaña. Zapatillas medio rotas. Unas bailarinas color negro con brillantes repartidos por su superficie. Estos.

Luego le tocó al pelo. Pasó de las miradas curiosas de sus compañeros y fue directa al baño comunitario de nuevo. ¿Horquillas? Aunque la pregunta acertada sería ¿Tengo algo aparte de gomas del pelo? Y, atusándoselo, decidió que lo peinaría y lo dejaría suelto. Allí hacía mucho frío y el pelo abrigaba. Además, se veía más guapa así.

No tenía pinturas para maquillarse… Quizás podría pedírselas a alguna compañera. Seguro que alguna llevaba. Pero no. Decidió que no quería compartir esto con nadie. Todavía. Esto era de Hugo y de ella solamente. Se miró al espejo una vez más y sonrió. Sí… el único maquillaje que llevaría sería su verdadera sonrisa.

Hugo se revolvió el pelo nervioso. ¡Mierda! Toda la gomina al traste. Se limpió la mano con discreción en su trasero y volvió a arreglarse rápidamente los mechones ondulados que le caían por la frente y los hombros. Le había costado decidir qué ropa ponerse. Tantos días viéndose a diario y, de repente, importaba la ropa que llevase ante ella. Pero la expectativa ante una primera cita de verdad entre ellos le llevó a querer impresionarla. Se había puesto sus mejores vaqueros, de un azul oscuro y nuevo. Una camisa blanca que se ceñía favorecedoramente a su torso. Una americana negra le hacía las veces de una chaqueta que, ahora mismo, le hacía un flaco favor al pie del acantilado. Al menos se había puesto una bufanda enredada en el cuello. Se sopló las palmas de las manos para conseguir darles calor. Ya no sabía si el leve temblor en sus piernas y el nudo en el estómago eran por el frío o por los nervios. Tenía tantas ganas de verla. Y de gustarle. Y de perderse en su pelo. Y... sus pensamientos se frenaron de golpe. Porque Melinda Moon ya estaba allí.

Entonces creyó enamorarse una vez más de ella. El pelo negro le caía en cascada por encima de los hombros, brillante como una noche estrellada. Llevaba el abrigo de plumas en la mano. Y la boca se le hizo agua a medida que ella se acercaba. Perdiéndose en la vista de sus pechos firmes y proporcionados, ceñidos a un jersey de cuello cisne de un rojo hipnótico. Sus pronunciadas caderas se rodeaban de una tela vaquera también prieta que dejaba entrever su ombligo y su cremosa piel.

Se le hizo eterno hasta que ella llegó hasta él y se fundieron en un abrazo cargado de emociones contenidas.

—Tenía tantas ganas de estar contigo a solas... —dijo él perdiéndose en el olor a limpio de su pelo. Se apartó para mirarla a los ojos, esos ojos que contenían tantas cosas. Era tan bella. Tan natural y especial.

—Yo también —le contestó Melinda al oído.

—Ponte el abrigo, que vas a coger frío. ¡Yo estoy helado! —Se apretó un poco más a ella volviendo a aspirar su olor—. Pero ahora que estás aquí, se me ha olvidado que estamos a unos pocos grados.

—Quería estar guapa para ti. No me he traído ropa bonita ni nada elegante. ¡Ni siquiera tengo maquillaje!

—Para mí, ahora mismo, eres la chica más bonita que he visto jamás.

—Eso no es verdad —dijo ella bajando la cabeza.

—¿Cómo que no? Cuando te miro el único pensamiento que me gobierna es el de convertirme en un pulpo.

Melinda Moon soltó una carcajada y se soltó de su agarre colocándose la chaqueta.

Y, sin decir nada, cogió la mano de él y echó a correr.

—¿Adónde me llevas?

—A un sitio donde se ven las mejores puestas de sol aquí. ¡Sígueme! —Y Melinda soltó su mano y siguió corriendo con él tras sus pasos.

Hugo rio fuerte mientras perseguía a aquella maravillosa mujer hacia un lugar desconocido. Se sintió tan feliz y excitado, que pensó en la posibilidad de rozar la luna aquella inminente noche. Sí… esa noche, la luna sería de ellos.

21

La humedad se colaba por cada recoveco de la piel. Los cielos azules, moteados de blanco, anunciaban la inminente tormenta. Pronto estarían cubiertos de blanco y se tornarían grises y despiadados con los que allí abajo habitaban. Una bandada de pájaros pasó veloz sobre ellos, huyendo del temporal que se avecinaba. Un tímido sol asomaba por entre los nubarrones, pero ya no conseguía bañar con su luz dorada el valle, las sombras habían cubierto el paisaje en un amplio manto.

En un par de meses llegaría la primavera a Jayllihuaya y, de momento, el intenso frío invernal parecía no querer irse.

Melinda Moon se recostó contra una mata de arbustos suaves y húmedos por el rocío. Observó el río que bajaba pausado montaña abajo mientras Hugo se recostaba también a su lado.

Se quedaron en silencio un buen rato. Un silencio de respiraciones relajándose cada vez más. Miradas perdidas en la belleza del entorno. Pensamientos entrecruzados de deseo. Pasión. Dudas quedando, en esos momentos, bajo cero. Y una extraña paz. Calma total.

Se miraron. Sus manos se deslizaron por la hierba. Se empaparon de la mojada tierra sin importarles ensuciarse. Ahora formaban parte de los elementos. Eran de la tierra.

Ellos no se dieron cuenta, tan absortos estaban buscando en la profundidad de sus pupilas. La barrera de nubes ya había tapado los cielos y unas finas gotas de lluvia comenzaron a perlar sus rostros expectantes.

Las manos llegaron a su destino. Se entrelazaron con fuerza. Los labios húmedos por la lluvia se movieron absorbiendo la preciada agua. Avanzaron aun así, sedientos.

Se aplastaron en un movimiento rápido. Respiraciones de nuevo entrecortadas.

—Estamos empapados, Moon…

La lengua viajó hasta el interior de su boca, entrelazándose con la suya con un deseo que pugnaba por ser saciado pronto. Hugo quería más y más de ella… Perderse en su cuerpo y descubrir, bajo el recorrido de su trémula lengua, cada centímetro de su piel. Anhelaba hundirse en su interior, perdido entre el sensual marco de sus piernas.

—No me importa… —dijo ella absorbiendo sus labios.

Hugo se incorporó sin dejar de besarla y se colocó sobre ella. Sus zapatos resbalaron levemente en la tierra mojada. Cayó con fuerza sobre Melinda Moon. Ella lo atrajo sujetándole de la americana, sin abandonar sus cálidos y dulces labios.

Las piernas abiertas de par en par, al igual que su deseo. Su mente cerrada a pensar en el ayer y en el mañana. Sólo importaba el ahora. Los besos resbalaban por su piel al compás de la lluvia. Y en lugar de temblar de frío, su cuerpo estaba tan caliente como una roca al sol de mediodía. Las manos de él vagaban impacientes y generosas por debajo de su jersey, encontrando la barrera de su sujetador. Derrumbándola al instante con sus dedos curiosos y ávidos. Llegando hasta la cima erguida de estos. Un escalofrío de placer recorrió el cuerpo de Melinda Moon desde las sienes hasta las ingles. La excitación de Hugo presionaba contra su abdomen con fuerza. Las manos de ella también comenzaron a explorar aquel camino desconocido que era su cuerpo. Recorrió el suave relieve de su pecho, viajó por las ondulaciones de sus abdominales y se recreó en el vello de debajo de su vientre. Hugo se estremeció y mordió con fiereza su labio inferior, provocando que Melinda emitiese un gemido entrecortado.

—Te quiero Melinda Moon… —Un susurro mezclado con el sonido de la lluvia al caer sobre los arbustos. Sobre el agua del río que ahora era brava. Pero que cayó en sus oídos como la revelación más importante. Temida. Dolorosa por quien dejaba atrás.

«Te quiero, Mel… Tú eres mi chica para siempre».

Eso le decía él… Cumplió su palabra de forma inesperada y trágica.

Y cuando quiso repetir esa misma expresión, no pudo evitar emitir un silencioso «lo siento» para esa persona amada que ya no estaba.

—Yo también te quiero… Hugo.

Una lágrima se coló por entre las de la lluvia, pasando desapercibida para Hugo. Quizás aquella lágrima se deslizó hacia la tierra que los acunaba en su despertar más pasional, formando parte de aquel lugar para siempre. Como lo harían ellos.

La necesidad aumentó y las manos quisieron llegar más allá. Los pantalones desabrochados y la sexualidad de ambos gritando por formar una sola.

Hugo apartó el tanga de ella y comprobó con creciente avidez cómo la humedad también reinaba en su interior. Deslizó un dedo dentro de ella. Melinda se estremeció visiblemente. Un sonido sordo salió de sus labios hinchados por sus besos. Su mirada le hablaba de deseo y placer.

Hugo la miró mientras sus dedos se movían en su interior. Ella se sacudía suavemente sobre su mano sin apartar la vista de su rostro. La lluvia caía en su cara, en su ropa desarreglada… Pero no importaba. También formaban parte de la lluvia.

—Jamás olvidaré tu cara en este momento. Es lo más bello que he visto en mi vida –dijo él, cautivo de sus ojos.

Melinda Moon sonrió y, más aún, rio con fuerza y la risa se transformó en gemido, sus piernas se tensaron y el orgasmo llegó tan inesperado y necesitado, que terminó suspirando de manera entrecortada.

Desde luego, había tenido orgasmos en su vida, pero los dos que había experimentando hasta ahora con Hugo eran tan intensos que se sentía abrumada. Quizás el entorno, las circunstancias, su evolución… O quizás era tan sencillo como el hecho de que se los había proporcionado él.

Instó a Hugo para que se acercase hasta sus labios de nuevo y le pidió sin palabras lo que ambos deseaban…

Los pantalones se perdieron entre los matorrales, la ropa interior se enterró en la tierra mojada. Hugo se hundió en Melinda. Lentamente. Saboreando cada centímetro de su recorrido. Las respiraciones se acompasaron. Los músculos se tensaron. Ella se abrió suave, cálida y prieta. Él se dejó llevar por la increíble sensación de sentirse perdido en aquel paraje por fin descubierto. Los movimientos de Hugo se volvieron más fuertes. Exigentes. Ella se dejó llevar por sus instintos. Sus manos acariciaron el firme trasero masculino y lo apretaron más contra ella. Quería sentirlo hasta el final. Jamás tendría suficiente de Hugo. El grave y sensual murmullo de él encendió más su sangre. Y el vaivén continuó con poderosas embestidas. Cada vez más fuerte. Más rápido. Tanto que hubo un momento en que ambos rodaron por la pared de arbustos hasta quedar totalmente envueltos de barro. Pero no les importó. Sólo importaba aquel punto ardiente en que sus cuerpos se unían y la necesidad inminente de culminar ese intenso deseo.

Ella gritó. La lluvia entró en su boca y tragó. El orgasmo de nuevo envolvió todas y cada una de sus terminaciones nerviosas. Melinda Moon creyó, incluso, que su alma se había renovado por dentro y había dejado su antigua piel en aquella tierra, testigo de aquel esperado encuentro de amor.

Hugo la observó alzar la cara y gritar su orgasmo, tan intensa y apasionada... Tan liberada, que no pudo reprimir más su culminación. Se hundió en ella una vez más y su propio orgasmo le dejó inmóvil durante unos preciados segundos. La cabeza le daba vueltas. La lluvia caía fuerte contra su espalda. Melinda Moon descansaba, caliente, rodeándole con sus piernas. Una hoguera que presionaba su miembro aún latente en su estrecho hogar. Llamas invisibles salían del interior de esa unión perfecta.

El viento frío llegó arroyando con su paso todo cuanto les rodeaba. Los arbustos se balancearon con violencia. Las hojas de los árboles volaron río abajo, perfilando con su vuelo las aguas ondulantes por aquella caricia natural.

Melinda Moon y Hugo apenas se movieron. Él protegió el cuerpo medio desnudo de ella con el suyo, enmarcando con sus manos la cara de ella. Felices. Sonrientes. Relajados a pesar del temporal. No les daba miedo nada, porque formaban parte de todo ello. Agua. Tierra. Fuego. Aire.

22

El primer encuentro amoroso entre Melinda Moon y Hugo, lejos de dejarles saciados, había aumentado el deseo entre ambos, las ganas mutuas de descubrirse y seguir mezclándose hasta que sus pensamientos se fusionaran.

—Quiero llevarte a que conozcas una cosa. —Hugo acarició su pelo empapado apartándolo de su bello rostro. Sonrió admirando a la mujer que le había robado el corazón definitivamente. Realmente no recordaba haberse sentido tan bien, tan pleno junto a alguien después de un encuentro sexual. Sentía que la felicidad le rondaba acechando insistentemente y él no sería el que le cortase el paso. Por la expresión de Melinda, pudo deducir que se encontraba en el mismo estado. Quería mirarla hasta que le doliesen los ojos… Jamás se saciaría de ella.

—Estoy en tus manos… Una vez más —Y sonrió ante lo que sus palabras escondían. La evidente verdad de que ya no eran un par de extraños. Todavía no sabían mucho el uno del otro… Ella no había derribado todas sus barreras emocionales, pero se atraían con tanta fuerza que era imposible que ahora pudiesen negar lo que había entre ellos. No había marcha atrás. Melinda sabía que podía confiar en

Hugo. Contarle todos sus miedos y todas sus penas pasadas. Y esa intuición nace sólo cuando conoces a la persona destinada para ti.

Hugo se levantó y la ayudó a hacer lo mismo. Se arreglaron las ropas sucias de barro y empapadas de la lluvia, que ya había amainado. Se quedaron mirando unos segundos para comprobar el desastre de aspecto que lucían y se echaron a reír tontamente.

Sí, la agradable risa del amor. Esa que te hace burlarte incluso de tu sombra. Aquella que te hace ver todo lo que te rodea decorado con colores vivos. La lluvia dejó de caer y tras las montañas surgió un tímido arcoíris. Melinda Moon rio más alto hasta que no pudo respirar. Los colores eran vívidos.

—Deberíamos ir al campamento para cambiarnos –propuso Hugo–. No querrás causar una mala impresión a tus alumnos si te ven por la calle.

Melinda dejó de reír.

—Tienes razón… ¡Vamos!

Y echó a correr del mismo modo en que habían llegado.

—¡Espérame!

Hugo sonrió para sus adentros mientras volvía a correr tras la señorita Moon. Esperaba no tener que volver a hacerlo al día siguiente, cuando los remordimientos por aquella locura vespertina pudiesen aflorar.

Cuando llegaron al campamento, instalado a las afueras de Jayllihuaya, se encontraron con la emergente actividad de sus compañeros. Algunos jugaban al fútbol, otros escuchaban música mientras charlaban tranquilamente en las hamacas.

—No me apetece dar explicaciones –confesó Melinda con una sonrisa pícara.

Hugo la cogió de la cintura por detrás y suspiró antes de poder hablar debido a la carrera. Después apoyó su nariz en el cuello de ella aspirando la tenue fragancia que su encuentro con los elementos había dejado en su piel. Se frotó mimoso y conteniendo una nueva oleada de deseo.

—Pues hagámoslo rápido y desaparezcamos.

Ambos se dirigieron a paso rápido hacia sus respectivos barracones ante la curiosa mirada de algunos de los compañeros.

Melinda entró en el pequeño dormitorio que compartía con Álex y Rosa. Por suerte, ninguna se encontraba dentro. Ya tendrían tiempo de chismorrear. Ahora apremiaba escapar de allí para perderse en ellos mismos y en lo que les deparase Puno.

Se quitó la ropa y se aseó. Se vistió y fue al baño común para lavarse el pelo lleno de barro. Y, tras secarse los cabellos, decidió que ya estaba presentable de nuevo.

Salió con rapidez abrochándose la chaqueta y se dirigió a la parte trasera de los barracones. Hugo la estaba esperando allí con el pelo húmedo peinado hacia atrás, ropa limpia que le sentaba como un guante, las manos en los bolsillos y una sonrisa radiante en la cara. ¡Qué guapo era! Sintió una flojera en las piernas que hacía tanto que no sentía... Y la felicidad le embargó de repente al volver a acercarse a él para abrazarle.

Hugo cogió su mano y la guió hasta el todoterreno aparcado allí.

—¿Me vas a llevar a la ciudad?

Hugo abrió la puerta del coche caballerosamente para que se acomodara y subió en el lugar del conductor.

—Te voy a llevar a un lugar que descubrí al poco de llegar aquí. Y creo que te gustará mucho.

Sin más, arrancó el coche y partieron rumbo a una cita que prometía ser inolvidable.

En efecto, tras un pequeño tramo de caminos tortuosos, llegaron a la ciudad de Puno. No hablaron en todo el rato, pero no fue un silencio incómodo. Al contrario, Melinda Moon observaba el paisaje y las casas puneñas con curiosidad y admiración. Podían ser humildes, las calles podían ser de tierra... Pero tenía la firme creencia de que era uno de los lugares con más encanto que había visto en su vida. Las casas, exhibían el colorido que los habitantes necesitaban en sus vidas. Como el arcoíris que habían visto tras hacer el amor. El color es vida y la vida era de color púrpura en esos momentos para ella, pues era su color favorito.

La ciudad estaba dirigida al turismo, su medio de vida los trescientos sesenta y cinco días del año. Hoteles, chicherías, iglesias, más bares y casas humildes de colores distribuidas de forma desorganizada, caótica. Hermosamente diferente.

Las casas dejaron paso a un nuevo paisaje virgen que desembocaba en el puerto de Puno. Hugo paró el coche y se bajaron. Melinda contempló el reflejo anaranjado de las últimas luces del día en el lago Titicaca y suspiró ante la austera belleza del paisaje.

—La gente que puebla estas orillas son descendientes de los aimaras, quechuas y urus... Para estas personas, el lago Titicaca es sagrado, ¿sabes?

—¿Es mágico? –inquirió Melinda con divertida curiosidad.

Hugo la cogió de la mano y se acercaron hasta la orilla del gran lago. La luz ya mortecina del sol le otorgaba un brillo sobrenatural al agua. Aquella tierra de leyendas le gustaba cada vez más. Qué equivocada había estado cuando al viajar se esperaba un paisaje desolador y gris. Era triste que la gente no tuviese las mismas facilidades en cada rincón del mundo, la falta de alimento en muchas ocasiones y de comodidades básicas. Sin embargo, Melinda comprendió que cada uno vive acostumbrado a sus circunstancias. Los lugareños tenían las suyas, con más o menos dificultades que en otro lugar del mundo, y ella veía a la gente feliz en general. Evidentemente, al igual que en otros países o zonas, había mucho por mejorar para garantizar unas condiciones de vida óptimas a la población, pero eso no influía en el carácter acogedor y simpático de la gente puneña.

Se sentaron casi rozando las aguas cristalinas y Hugo se pegó a ella pasándole un brazo por encima del hombro. Entonces, comenzó a hablar:

—Existe una leyenda sobre este lago. Se dice que, antiguamente, justo donde se sitúa el Titicaca, había una ciudad. La gente de ese valle era buena de corazón y noble, allí reinaban la armonía y la paz. Los dioses, felices con sus habitantes, sólo les pusieron una condición a su libertad: tenían terminantemente prohibido salir del valle y subir a la cima de la montaña, donde ardía el Fuego Sagrado. Pero, un día, apareció el diablo en el valle, dispuesto a corromper a la gente del pueblo retándoles a mostrar su coraje subiendo a buscar el Fuego Sagrado en la cima de la montaña. Desgraciadamente, consiguió sembrar la maldad entre la gente y muchos se aventuraron hacia las montañas.

—Creo que me imagino el final... —se aventuró Melinda, recordando varias leyendas de distintas culturas pero con significados idénticos.

Hugo siguió con su historia:

—Los dioses de las montañas, al ver la desobediencia de los habitantes del valle, desataron una jauría de pumas que los devoraron uno a uno. Y tras esto, el dios Viracocha, lleno de pena ante el primer pecado de estos, comenzó a llorar... Y lloró tanto que el valle comenzó a inundarse hasta crear lo que hoy en día es el lago. Solamente se salvaron dos personas: un hombre y una mujer subidos a una barca de junco, que comprobaron estupefactos, cuando brilló de nuevo el sol, cómo las aguas lo habían invadido todo. Los pumas que habían soltado los dioses flotaban en el agua convertidos en estatuas de piedra. Y, desde entonces, también se conoce al lago Titicaca como el lago de los Pumas de Piedra.

Melinda respiró hondo sin apartar la vista de aquellas aguas que encerraban tanto misterio. Ahora el reflejo se había apagado, pues la noche comenzaba a caer sobre ellos con rapidez.

—Es curioso cómo cada cultura adapta las mismas leyendas a su folclore —dijo por fin.

—Sí, es cierto —dijo Hugo—. Todas quieren decir una misma cosa pero a su manera.

—De adolescente me encantaban las leyendas mitológicas griegas, una de mis favoritas era la de Dédalo e Ícaro, hasta que mi profesor de cultura clásica me dijo que a él no le gustaba mucho porque encerraba un significado fascista. Después, me di cuenta de que tenía razón… Quienes han creado los panfletos religiosos de cada época se han encargado de decirnos que no podemos tocar el sol, como Ícaro, porque nos quemaremos, que no podemos ofender a Dios o nos mandará un diluvio, o que no podemos subir a la montaña más alta porque habremos caído en el influjo del diablo —Hugo escuchaba fascinado a Melinda—. Yo creo que el diablo es sinónimo de libertad en todas esas leyendas… Y me entristece que nuestras culturas tengan tanto de negativo en realidad mientras la mayoría nos enorgullecemos de ello. Yo me he reprimido mucho tiempo, he tenido prejuicios sobre mí hasta hace pocos días. Pero no quiero seguir haciéndolo. Ya no más. —Melinda apoyó la cabeza en el fuerte hombro de Hugo. No quería volver a sentirse sola ni vacía. Quería ver el lado bueno de la vida. Ya estaba harta de llorar. Sus lágrimas podrían abarcar dos vidas. Quería no tener que ocultar más su verdadero estado anímico y, a la vez, no ser la Melinda depresiva de los últimos tiempos. Quería volver a sentirse estable, poder controlar el dolor, mantenerlo a raya para poder llevar una vida normal disfrutando de la gente y, al mismo tiempo, pudiendo ofrecerles lo mejor de sí misma. Y, sobre todo, no quería volver a reprimir sus sentimientos ni sentirse culpable por tenerlos.

Hugo apoyó a su vez la cabeza en la de ella y susurró sin apartar la vista del lago mágico:

—Jamás permitiré que no seas tú misma, Mel… El primer paso lo has dado, ahora sólo falta que me lo cuentes todo.

Y con esta directa, ambos se quedaron en silencio. Tranquilos y arropados por la invisible llama de aquel emergente amor. Tenían todo el tiempo del mundo y el mundo parecía más dulce de esa manera.

23

El sábado, Hugo y Melinda salieron de Jayllihuaya sin ser vistos para disfrutar del día libre juntos. Melinda aprovechó para llamar a su tía Blanca:

—¡Mel, hija mía! ¿Cómo va todo? ¿Cómo estás tú?

Blanca sorbió su nariz y cogió mejor el auricular del teléfono. Desde que Melinda se había ido a Perú, sólo habían hablado un par de veces y, la última, ya hacía tiempo.

—Tía, tengo que contarte algo muy importante.

—¿El qué? ¡Dios, cuéntame, me tienes en ascuas!

Melinda rio con ganas ante la impaciencia de su tía Blanca.

—He conocido a alguien especial.

Miró a Hugo, que estaba apoyado en la pared justo a su lado. Estaban en una cabina telefónica de Puno. Lo observó contemplar a los niños jugando en un parque cercano: una media sonrisa adornaba su rostro, aportando dulzura a sus marcadas facciones masculinas. Su pelo largo andaba revuelto por la fresca brisa mañanera. De pronto, él apartó la vista de aquellos niños y la miró a ella. Esa sonrisa dulce se tornó sensual y arrebatadora. Melinda Moon suspiró volviendo a la realidad. Y la realidad era que su tía gritaba emocionada al otro lado del teléfono mientras escupía mil preguntas por segundo:

—¿Quién es él? ¿Cómo es? ¿Cómo lo conociste? ¿Es compañero tuyo, hija? ¡Dime algo!

—Sí, es compañero mío. Es muy guapo y una persona maravillosa.

Hugo sonrió aún más acercándose a ella y cogiéndola por la cintura desde atrás. Le dio un beso en la nuca y se frotó cariñoso contra su cuello. Melinda suspiró de nuevo.

—¡Dios! ¡Qué emoción, Mel! —Blanca se limpió las lágrimas de emoción—. No sabes lo feliz que me siento por ti, cariño. Esto te está viniendo genial y, además, ¡has encontrado de nuevo el amor!

Melinda recordó, durante un efímero pero doloroso instante, a su anterior y único amor antes de conocer a Hugo. Y negándose a estropear el día tan maravilloso que tenía por delante, desvió el tema hacia su día a día en el colegio. Le contó a su tía cómo iban las cosas por allí, le habló de Elisabeth, de la cantidad de cosas que estaba aprendiendo de aquella gente… Y cuando el dinero no dio para más, se despidieron prometiendo otra llamada en breve.

Hugo había estado jugueteando con su pelo suelto, besando su cuello y pasando las manos por su cintura. Cuando Melinda colgó el teléfono, sólo pudo girarse y atrapar los labios de él, que se adueñaron también de los suyos, de modo exigente y ansioso.

—Hugo, nos van a ver, estamos en plena calle —aun así, no pudo evitar sonreír. No podía evitar excitarse.

Diez minutos después entraban en la habitación de un hotel comiéndose a besos. Las ropas se deslizaron por su cuerpo con rapidez. Botones arrancados. Piel contra piel.

Lenguas probando el néctar del amor. Labios hinchados por la fricción.

—Me vuelves loco, Mel…

Ella lo observó encima de su cuerpo. Colocado desnudo entre sus piernas. Mirándola con aquella mirada oscurecida por el deseo mientras su torso esculpido por algún dios griego bajaba y subía, medido por la creciente excitación. Sintió cómo su pene crecía contra su pubis, ejerciendo una sensual presión que la estaba llevando al borde del orgasmo.

Melinda Moon instó a Hugo a cambiar de posición y se colocó sobre él a horcajadas.

Y los besos comenzaron de nuevo. Las manos de Hugo viajaron desde la espalda hasta el firme trasero de Melinda Moon… paladearon su suavidad y se adentraron en las profundidades de sus piernas. Acarició la miel de su feminidad, empapándose de sus jugos y queriendo saborearlos por entero. Pero ella no le dio tregua, pues dirigiendo su miembro al lugar en el cual lo necesitaba, lo introdujo en su interior. Ambos suspiraron de placer.

Melinda comenzó a moverse despacio, saboreando cada roce, cada latido. La temperatura subió vertiginosamente y el ritmo se incrementó con ello. Hugo se incorporó y atrapó un pezón de ella en la boca. Comenzó a succionar con avidez. Su lengua saboreó sus pechos con un hambre desmedida, mientras el ritmo de las embestidas crecía y crecía hasta que Melinda Moon no pudo más. El orgasmo fue intenso, sublime, increíble. Cayó contra él totalmente exhausta. Hugo la sujetó para colocarla de espaldas al colchón y hundirse en ella de nuevo. La besó con fuerza sujetando su cara entre sus manos y llegó a su propia liberación enterrándose más profundamente en ella.

Pasaron un buen rato en silencio, arropados bajo las mantas. Hugo estaba tumbado tras ella, abrazando su cintura mientras sentía el cuerpo masculino totalmente pegado al suyo. Melinda Moon sentía la tenue respiración de Hugo en su oído... tan cálido y acogedor era su abrazo que en los pocos días que llevaban viéndose al margen del resto del mundo, sentía que todo había cambiado para ella.

—Mel... –La voz de él sonó relajada, sin embargo, la determinación hizo mella en sus palabras–, creo que ha llegado el momento de sincerarse. Háblame de ti. ¿Cómo era tu vida en España?

Ella respiró hondo. Sabía que tarde o temprano llegaría el momento en que tendría que hablarle de su vida anterior y una de las razones por las cuales se había resistido a iniciar una relación con alguien era esa precisamente, tener que abrir su corazón por completo.

—Mi vida era muy normal... –comenzó intentando irse por la tangente–. Vivía con mis padres y mi hermano pequeño, Damián. Salía con mis amigas, tenía un novio y estudié Magisterio.

—¿Y qué hay de esa tristeza que has mostrado desde el principio? ¿Ese dolor que llevas a cuestas, Mel? No hace falta que me lo cuentes ahora si no estás preparada, pero quiero que sepas que voy a escucharte y a apoyarte me cuentes lo que me cuentes. Lo sabes, ¿verdad?

Melinda sintió cómo su corazón se llenaba de amor por Hugo, eran tan comprensivo y generoso... Pensó en dejar pasar el momento y esperar a sentirse más preparada, pero en aquel momento tuvo la necesidad de contarle todo. Ahora, Hugo ya era algo más que su coordinador y, en realidad, siempre lo había sido, pero habían dado un paso adelante y los sentimientos que sentían el uno por el otro, les unía irremediablemente. Era algo natural el hecho de abrirle su corazón y abrirle la puerta para que pudiese conocer sus demonios.

—No, quiero que lo sepas, Hugo. Voy a contarte qué me ocurrió.

—Tenemos todo el tiempo del mundo, amor. —Hugo cogió la mano de ella y acarició con el pulgar su muñeca en una caricia tranquilizante—: Te escucho.

Melinda Moon se incorporó y miró al hombre con el cual estaba a punto de desnudarse por dentro. Era un paso obligado antes de comenzar una relación sincera con alguien.

—Hay un motivo muy importante por el cual vine aquí —comenzó al mismo tiempo que sendas lágrimas resbalaban por sus mejillas.

Comenzó a hablar y Hugo escuchó en silencio.

Un viaje en familia. Un novio de toda la vida. Planes. Un accidente que truncó cada plan y todas las vidas menos una: la suya. Una única superviviente malherida en cuerpo y alma. Meses de rehabilitación. Un intento de suicidio. Terapia psiquiátrica hasta el momento de partir a Puno... Pastillas. Insomnio. Llantos. La luna. Oscuridad. Enfado con la vida, con el mundo, con el destino y con el cabrón que provocó el accidente. Un sueño. Una realidad... Un viaje para ayudarse a sí misma ayudando a los demás. Elisabeth. Álex y Rosa. Él... Hugo. Cosquillas en el estómago y nervios en general. Sentimientos contradictorios. Atracción. Amor. Culpabilidad. Miedo. Y después de todo aquel torbellino... la aceptación y, con ella, la paz consigo misma. Ahora volvía a recordar lo que era ser feliz.

Hugo la observaba terminar con su relato ahogada en lágrimas. Él mismo sentía ganas de llorar ante lo que ella le había contado... La razón de su propia huida no tenía comparación con la de Melinda Moon. Su enfado con la vida estaba más que justificado. ¿Cómo reaccionaría él si le ocurriese lo mismo? No quería ni imaginarse lo que sería perder a toda su familia. Se le encogió el estómago sólo de pensarlo.

Cogió su cabeza y la atrajo contra su pecho, acunándola. Desde ahora, él cuidaría de ella. Su familia sería la suya. Jamás volvería a sentirse sola. Aunque sabía que nada cubriría el vacío que ellos habían dejado en la vida de Melinda Moon. Eran irremplazables.

—Lo siento mucho, cariño –las palabras se le escapaban sin saber qué decir–. Ahora entiendo muchas cosas, porqué me rechazabas.

—Me sentía culpable…

—Quiero que estés segura de esto, Mel. ¿Tú me quieres?

Hugo la instó a mirarle a los ojos y ella no apartó la mirada. El rostro de Luis flotó efímero entre ellos dos, como un fantasma… Y en su lugar, la mirada sincera y cariñosa de Hugo.

—Te quiero. Jamás habría dado este paso si no sintiese lo que siento por ti.

Él la atrajo de nuevo hacia sus brazos y le susurró mientras le acariciaba el pelo con suavidad:

—Yo también te quiero. Y te prometo que voy a luchar para que la vida vuelva a parecerte bonita.

Ella no contestó. Pero sonrió cerrando los ojos contra su hombro y dejando que las últimas lágrimas que había derramado se secasen en sus mejillas. Ya había conseguido hacerle ver la vida de otro modo. Era una nueva y diferente vida. Sólo tenía que centrarse en saborear lo bueno y aprender a mantener el dolor a raya. Sólo eso.

En el cielo de mediodía, mientras aquellos dos amantes se abrazaban desnudos en su refugio atemporal, una tormenta comenzó a formarse. Suerte que ellos estaban a salvo bajo aquellos muros de piedra… Pero la gente del lugar se alertó en cuanto los negros nubarrones taparon rápidamente el cielo.

Las madres obligaron a sus hijos a volver a casa. Y, en Jayllihuaya, la alerta corrió a voz en grito. La gran tormenta amenazaba con arrasarlo todo.

—Joder, es la maldita tormenta que anunciaban en los noticieros… –dijo Álex cada vez más nerviosa–. Vamos a hablar con los vecinos del poblado para ver qué hacemos. Ellos tienen experiencia en esto, sabrán qué es lo mejor.

Unos ligeros copos de nieve comenzaron a caer, empezando a cambiar el color de aquellas tierras. Ojalá los dioses fuesen compasivos y no fuese más allá de una bella estampa invernal.

24

𝕮l cielo, portador del caos natural que comenzaba a invadir Puno, se había oscurecido prematuramente. Aquel mediodía de sábado, sería uno de los más oscuros que la gente de Jayllihuaya recordaría en mucho tiempo, pues la última tormenta de nieve que había asolado el poblado había acaecido cinco años antes. No se llevó ninguna vida consigo, sin embargo, sí les despojó de bienes materiales. De los pocos que tenían. Las casas destruidas habían sido reformadas gracias a un plan aprobado por la municipalidad de Puno. No obstante, los materiales utilizados eran de bajo coste y esta vez, muchos tenían el mal presentimiento de que la tormenta, que ya había comenzado a descargar los cielos, tendría consecuencias peores que las de antaño.

Los cooperantes de la fundación unieron sus fuerzas a las de los vecinos del poblado. Se habían reunido en el centro del mismo para decidir qué hacer.

—¡Nuestras casas no aguantarán! Los techos no resistirán el peso de una gran nevada. Y parece que Dios nos la tiene guardada —dijo uno de los vecinos, recordando lo que les había ocurrido en la anterior tormenta.

—¿Qué te hemos hecho? ¿En qué te hemos ofendido? —gritaba una mujer desesperada con su hijo pequeño en brazos.

Álex, demasiado asustada como para demostrarlo, intentó calmar a los lugareños. Aunque dudaba de su poder de convicción en aquellos momentos… Ellos sí sabían lo que era una gran tormenta y ella jamás había vivido algo así y, mucho menos, en un lugar en donde las infraestructuras eran tan vulnerables. Sólo se le ocurrió un lugar seguro en el que poder guarecerse todos.

—¡Escuchad! Por favor, no os castiguéis, esto no es culpa de nadie, ni es un castigo de Dios… —La gente se calló pero obtuvo algunas miradas de desagrado. El ateísmo no era comprendido en una tierra donde la religión tenía tanto peso. A pesar de la humildad de la gente, una pequeña parte de ellos se compadecía por su negación divina—: Tengo una idea.

—Pues di algo rápido porque esto se está empezando a poner feo —le dijo en voz baja Rosa señalando la blanca capa de nieve cada vez más espesa bajo sus pies.

En un par de horas, todo el paisaje se había vuelto blanco. Una densa niebla empañaba el paisaje y una fría ventisca se había levantado. En pocos minutos, el viento se tornaría veloz y cruel. Todo se aceleraría.

—Propongo que nos metamos en la escuela —dijo sin más.

Un ligero alboroto de voces dio comienzo. Unos opinaban que era una buena idea. Otros no tenían claro si sería bueno aislarse allí.

—La escuela es el edificio más nuevo y con el techo más sólido del poblado. Es el único lugar con posibilidades de aguantar —dijo Ignacio, el amigo de Hugo.

—¿Y qué pasará si la nieve nos aísla allí dentro? —intervino otro vecino.

—¿No deberíamos hacer camino hasta la ciudad ahora que estamos a tiempo? —propuso una mujer.

—¡No! —dijo esta vez Alberto Cai—. Si nos arriesgamos a hacer el camino, en coche, a pie o montados en una alpaca sería peor… Es una locura.

—Lo mejor —intervino Álex— es que nos demos prisa en recoger todos los víveres que podamos y nos metamos en la escuela, como ha dicho Ignacio, antes de que sea demasiado tarde. ¡Debemos hacerlo ya! —gritó ahora que el viento ya comenzaba a disparar la nieve como dardos afilados contra sus rostros helados y apenas podían entrecerrar los ojos.

La gente, dándose cuenta de que esa era la única solución, comenzó a moverse con rapidez, yendo hacia sus casas a recoger la comida que guardaban en sus despensas y todo el agua que habían sacado del pozo en los últimos días. Cogieron a los hijos, a los ancianos, a los enfermos y a sus animales de compañía. Había que poner a cubierto también a su ganado. Y el destino que les aguardaría a ellos mismos si sobrevivían a esto. Ojalá la ira de Dios no llegara tan lejos.

Melinda Moon se despertó suspirando de placer. Tras hacer el amor, tener aquella conversación llena de confesiones que la habían librado de un gran peso en su interior y hacer el amor de nuevo, Hugo y ella se habían quedado dormidos. Y Melinda soñó tantas cosas maravillosas en aquel intervalo de tiempo que sintió que hacía mucho que un breve sueño le había sido tan reparador. Sonrió y se desperezó mirando a Hugo, que en aquel preciso instante abría también sus ojos para sonreír a los de ella, pareciendo que el amor les había conectado del todo, como dos máquinas que se activan al mismo tiempo. Se abrazaron felices sintiendo que tanta dicha se parecía al sueño del que acababan de despertar. Aunque la realidad, con sus tactos, sus olores y sus sensaciones, era mucho mejor.

Tras un beso apasionado, Hugo se despegó a regañadientes de ella, levantándose para ir al aseo. Melinda Moon observó su trasero duro y proporcionado. Los músculos

de la espalda que se tensaban al moverse. Su pelo castaño y largo, alborotado. Él se acercó a la ventana y abrió la
portezuela para contemplar el día que aún les quedaba por
delante, pero entonces algo cambió: vio que todo se había
vuelto negro en las alturas y blanco en la tierra y en los
techos de las casas colindantes.

—¡Mel! ¡Corre, ven!

Ella se levantó y se sorprendió tanto como él al comprobar la bella estampa invernal.

—¡Ha nevado sin que nos diésemos cuenta!

Ambos sonrieron e ignorando su desnudez, siguieron
contemplando el nuevo paisaje: las montañas estaban nevadas por completo y en la calle reinaba la quietud. Parecía
que la vida había desaparecido de repente en Puno. Pronto,
las sonrisas se desdibujaron de sus rostros cuando se per-
cataron de la velocidad de los copos de nieve, que viajaban
cubriendo con rapidez las calles, amenazando con taponar
las puertas de las casas.

—Oye, creo que deberíamos bajar a ver si en recepción
nos pueden decir algo sobre esto… –sugirió Hugo.

Melinda se había quedado pálida.

—Tenemos que ir a Jayllihuaya.

Cuando bajaron a recepción, pronto obtuvieron noticias
poco halagüeñas acerca del temporal que asolaba la zona.

—Se ha desatado un tormenta de nieve, señores. Por su
seguridad, no deberían salir de aquí, al menos hasta que el
temporal se calme.

—Eso es imposible, tenemos que volver al poblado…
¡Nos necesitarán, Hugo! –Melinda cada vez estaba más ner-
viosa y angustiada. ¿Qué estarían haciendo sus compañeros?
¿La gente del poblado? ¡Elisabeth!

—Mel, ya lo sé, yo también quiero ir allí, me preocupa
mucho la situación de Jayllihuaya, pero no sé si deberían-
mos viajar así. No quiero ponerte en peligro, cariño.

—Oye, que no se te pase por la cabeza ni por un segundo la idea de irte sin mí ¿entendido? ¡Yo también formo
parte de esto!

—¡Joder, Mel! —Hugo la apartó del mostrador de recepción para que su discusión no fuese de dominio público. Estaban rodeados de gente que ocupaba el *hall* del hotel, la mayoría turistas europeos que armaban un pequeño alboroto en el que rezumaba la preocupación y los nervios. Hugo siguió hablando en voz más baja—. Esto no es ninguna broma. Tampoco es una competición sobre valentía. Estamos hablando de una situación a vida o muerte. Ahí fuera hay una tormenta y no me perdonaría jamás el hecho de que te ocurriese algo sacándote ahí fuera.

Melinda Moon se cruzó de brazos y le fulminó con la mirada.

—Ya sé que esto no es una broma y, precisamente, porque sé que nuestros amigos están en peligro no me puedo quedar de brazos cruzados aquí. Y tampoco pienso dejar que te vayas solo. —Las lágrimas comenzaron a aflorar sin previo aviso y su voz se agudizó—. ¡No pienso quedarme aquí sentada pensando en si te habrá pasado algo! ¡No podríamos comunicarnos! ¡Y sigo pensando que debo ir a ayudar!

—Mel… —intentó tranquilizarla acariciando su mejilla empapada con suavidad.

—¡No! —Sacudió violentamente la cabeza ignorando las miradas curiosas que estaban despertando a su alrededor—. ¡No quiero perderte! ¡Ni quiero perder a Elisabeth, ni a nadie más! ¡No quiero! ¡No quiero! ¡No!

Pero su diatriba se perdió entre la tela de la chaqueta de Hugo, que la aprisionó entre sus brazos con fuerza.

—Mel, por favor, no te pongas así. No me va a pasar nada. A nadie le ocurrirá nada, ¿de acuerdo?

Ella se fue relajando poco a poco, hasta que las lágrimas dieron paso a una determinación férrea. Alzó la mirada enrojecida hacia él y su voz sonó más segura que nunca:

—Sólo hay una manera de ir a Jayllihuaya y es yendo los dos.

Hugo la miró durante unos largos instantes y cuando se dio cuenta de que sería imposible convencerla de lo contrario, se dio por vencido. No sin sentir un incipiente nudo en su estómago. No sabía qué posibilidades tenían de llegar bien al poblado. Las carreteras, ya de por sí difíciles de transitar, ahora estaban nevadas y el volumen crecía por momentos. Además de la gran ventisca que dificultaría la conducción.

Le cogió de la mano muy fuerte, tanto que Melinda temió que le crujiesen los nudillos. Hugo le habló muy serio, sus labios apretados:

—De acuerdo. Esto es una locura Mel, pero en el fondo te entiendo.

Sí, la entendía. Ambos deseaban lo mismo. Y ambos temían por sus vidas. Pero ahora era el momento de salir por aquella puerta y abandonarse a los elementos para llegar hasta su gente. Su labor era ayudar y no pensaban dejar en la estacada a sus compañeros, amigos, alumnos, vecinos... Hugo tenía tantos amigos entre la gente del poblado que se le encogía el alma al pensar en la precariedad de sus casas. No aguantarían una nevada tan fuerte.

Se abalanzaron contra la puerta del hotel ante las protestas de quienes estaban alrededor y de los empleados del lugar. Pero hicieron caso omiso. La puerta aún no estaba atrancada por la nieve. Salieron al exterior y un golpe de viento les hizo tambalearse hacia atrás. Los copos de nieve estrellándose contra sus rostros, congelados al instante, mientras ellos entrecerraban los ojos y se cogían más fuerte de la mano. Lucharon a contracorriente dirigiéndose hacia el todoterreno aparcado a pocos metros en una travesía que les pareció eterna. Por fin llegaron y entraron dentro, sentándose y respirando entrecortadamente.

—Joder, esto se ha puesto muy feo, Mel.

—Tengo miedo.

—Todavía estás a tiempo de volver al hotel.

—Jamás.

Y con esta respuesta rotunda el coche arrancó y comenzaron el tortuoso camino de vuelta a Jayllihuaya.

Viajaron en silencio comprobando que las carreteras estaban demasiado intransitables para viajar. Hugo conducía despacio y con cuidado. Consiguieron llegar hasta mitad camino cuando, de pronto, el viento se removió con una fuerza aterradora mientras los copos de nieve comenzaban a caer con violencia y en cantidad. Los cristales se empañaban y los parabrisas trabajaban a destajo. La visibilidad era cada vez más remota. Melinda tragó saliva y miró a Hugo, que estaba concentrado en la conducción con una expresión de preocupación acentuada. De repente, chocaron contra algo y fueron empujados con violencia contra el salpicadero. El tirón del cinturón de seguridad les salvó de golpearse la cabeza, pero Melinda no pudo evitar sentir un agudo dolor en el pecho debido al abrazo protector del mismo. La angustia le golpeó en las entrañas. Imágenes que quería enterrar muy hondo se agolparon en sus retinas como si estuviese reviviendo aquel fatídico día en que el coche familiar se convirtió en una prisión mortal. Un grito desgarrador nació desde su estómago y, cerrando los ojos, se encontró sollozando a voz en grito luchando por quitarse el cinturón y salir de allí como fuese. Una mano se posó en su hombro y la sacudió:

—¡Mel, cariño! Estoy aquí contigo —la voz de Hugo fue un bálsamo—, no temas.

Ella quedó en silencio. De pronto, le dolía también la garganta. Las lágrimas perlaban su rostro enrojecido y su respiración era tan agitada que parecía que su corazón se le fuese a salir del pecho.

—Salgamos de aquí, por favor —imploró con un hilo de voz.

El coche se había quedado encallado en la nieve. Hugo salió primero y, no sin cierta dificultad debido a la fuerza de la tormenta, llegó hasta la puerta de ella y la ayudó a salir. Puno ya quedaba a unos kilómetros hacia atrás. Ahora se hallaban en medio de la nada.

Melinda se agarró al brazo de Hugo y se pegó todo lo que pudo a su cuerpo. Pensó en todo lo que había dejado atrás y todo lo que había conseguido estando aquí… Todavía le quedaban muchas cosas por vivir junto a ellos.

Junto a Hugo. Y temía más por la vida de los demás que por la suya propia.

Hizo de tripas corazón y, mientras sentía en su rostro el azote del viento y la nieve, empujó el miedo muy abajo. Tan abajo que lo sintió llegar hasta los pies. Un poco de fuerza más, y el miedo estaba ya debajo de las suelas de sus botas.

—Lo conseguiremos –dijo pegando sus labios al hombro de él.

Hugo asintió con una mirada de esperanza pero, al mismo tiempo, de temor. El mismo temor que ella intentaba mantener ahí abajo para pensar con frialdad.

Se dieron un beso que contenía la resignación y la esperanza de salir con vida de esta o morir juntos en el intento.

Los caminos cubiertos ya por una densa capa de nieve y la fuerza de los vientos convertían la vuelta a Jayllihuaya en un pasaje laberíntico. Comenzaron a andar agarrados, haciendo frente a la fuerza que les empujaba en sentido contrario. Sin apenas ver nada.

La leyenda del Lago de los Pumas de Piedra golpeó en la mente de Melinda con fuerza…

25

Al caer la tarde en Jayllihuaya, un manto blanco de un metro de espesor cubría ya cada calle, cada rincón del poblado. Los tejados de las casas, cubiertos por una gruesa capa de nieve, lucían con precariedad igual que una bella estampa navideña. El problema era que aquellos tejados no estaban preparados para el peso de la fuerte nevada y la que todavía estaba por caer. Las fuertes ráfagas de viento continuaban convirtiendo lo que debería ser una bonita imagen invernal para una postal turística, en un paisaje desolado y peligroso. Ni una persona quedaba en la calle ni dentro de las casas, pues todos habían corrido con provisiones a guarecerse dentro de la nueva escuela de primaria.

—¡Hemos hecho la cuenta ya tres veces y os digo que aquí falta gente! —dijo José, uno de los vecinos del poblado que se había encargado junto con Álex, Rosa, Alberto Cai e Ignacio, de organizar a la gente durante la evacuación. El hombre hablaba a voz en grito. Nervioso y enfadado.

—¡Calma, José, calma! —intentó apaciguar los ánimos Ignacio—. Habrá que salir en busca de quien falte y hay que ser rápidos, pues el temporal empeora por momentos.

Alberto Cai intervino en aquel momento:

—Me ofrezco para la búsqueda.

Ambos hombres miraron al andaluz, que les enfrentaba la mirada con determinación, luego se miraron entre sí y después Ignacio habló:

—Cai, agradecemos vuestra implicación pero nosotros tenemos experiencia en esto y créeme, es muy peligroso salir ahí afuera.

—No me importa, de verdad *quillo*, quiero ayudar.

—Yo también iré –dijo Álex posando una mano en el hombro del andaluz, en señal de apoyo.

—Bien, si quieren correr el riesgo no me meteré, es cosa suya pero yo les acompañaré. Sólo nosotros tres, ni uno más y harán todo lo que yo les indique, ¿de acuerdo? –determinó Ignacio.

—De acuerdo, amigo –Cai sonrió satisfecho.

Cuando los tres se preparaban para salir del colegio, de nuevo al infierno blanco del exterior, una niña de pómulos pronunciados y mirada más rasgada de lo habitual, se acercó hasta ellos con timidez. No dijo nada. Sólo les miraba con la intención de acercarse más. Álex se dio cuenta y le sonrió:

—Hola bonita… ¿Tú eres la amiga de Melinda?

La niña no titubeó al contestar:

—Sí, me llamo Elisabeth y quiero ir con ustedes a buscarla.

Los tres se miraron con expresión lastimera. No tenían ni idea de dónde estaban Melinda y Hugo. Lo que estaba claro era que tendrían que haberse guarecido en Puno. Lo más seguro era que estuviesen refugiados en un lugar mucho más seguro y menos aislado que el suyo. Aunque también confiaban en que hubiesen avisado a las autoridades para mandar algún equipo de rescate o ayuda. Tenían provisiones para al menos un par de días, no más. Para entonces, confiaban en que la tormenta hubiese amainado. Álex se acercó a Elisabeth y acarició su mejilla sonrosada.

—Cariño, no puedes venir con nosotros, es muy peligroso. Tú debes quedarte aquí dentro con tus papás y tus amiguitos.

Pero la niña no pensaba darse por vencida tan pronto. Frunció los labios en una mueca de rabia y preocupación, algo que sorprendió a la gallega. De sus oscuros ojos almendrados comenzaron a surgir lágrimas a borbotones.

—¡No quiero quedarme aquí mientras mi mejor amiga está afuera! ¡Quiero ayudar!

Álex se arrodilló sujetándola con suavidad por los hombros y trató de calmar sus ánimos.

—Melinda está con Hugo en la ciudad. Ellos estarán en un refugio mejor que el nuestro, linda. ¿Lo entiendes?

—Claro que lo entiendo, no soy tonta, señorita.

—Entonces, como eres una niña madura y lista, nos prometerás que te vas a quedar aquí cuidando de los tuyos, ¿no es así?

Elisabeth titubeó unos instantes, pero finalmente asintió con la cabeza a regañadientes.

Cuando por fin salieron al exterior, Álex todavía tenía un nudo en el estómago. Melinda Moon, que era aparentemente la más reservada, había conseguido crear un vínculo tan fuerte con esa niña en tan poco tiempo que se sintió feliz por ella. Estaba saliendo del túnel donde había estado metida antes de llegar a Jayllihuaya y si conseguían sobrevivir a aquello le iba a dar un abrazo bien fuerte a su amiga. Estaba orgullosa de ella.

Melinda dio un paso en falso al comprobar cómo su bota se quedaba atascada en la espesa capa de nieve. Su pie se hundió con rapidez y quedó a ras de suelo.

—¡Ayúdame, Hugo! –gritó asustada intentando no caer del todo en la fría nieve.

El brazo fuerte de él le oprimió las axilas y tiró de ella hacia arriba. El impulso sacó su pie del agujero, pero terminó con ellos dos en el suelo.

—¡Oh, maldición! ¡Esto está muy frío! —se quejó Hugo con una mueca de fastidio—. ¡Vamos, levántate o terminaremos sufriendo una hipotermia!

Diligentemente, Melinda Moon se levantó, no sin cierto esfuerzo, pues llevaban un buen rato andando sin encontrar el camino al poblado y los pies les pesaban varias toneladas. La tarde ya estaba cayendo y al igual que sus ánimos, dando paso al miedo y a la incertidumbre. Al menos, el viento había amainado y los copos de nieve ya no caían con tanta virulencia.

—¿Crees que ya quedará poco? —quiso saber ella.

Hugo suspiró. A su mentón poblado por una naciente barba de un día, se habían adherido unas pocas bolitas de nieve, creando un extraño aspecto maduro que gustó a Melinda. Quiso desterrar este tipo de pensamientos de su mente. No era el momento, ni mucho menos. Aunque, ¿quién decidía eso? Tampoco era el momento de hacer arrumacos despreocupados y besar la mejilla de su novio, segundos antes de que este muriera y, sin embargo, lo hizo.

La muerte, en ocasiones viene disfrazada de momentos dulces. Se presenta de improviso y te aparta de aquellos a los que amas sin avisar… sin una despedida. Ni siquiera recordaba las últimas palabras que cruzó con sus padres o su hermano y, con Luis, había estado coqueteando. Coqueteando. Sonrió. Al menos su novio se fue bajo el influjo de sus besos y sus palabras de amor. Todo el mundo debería morir así. Entre palabras de amor. Palabras que sirvan para que te vayas al otro mundo con la certeza de que importas a aquellos a los que quieres. Sabiendo que tu huella quedará en sus vidas. Y eso nos garantizará la inmortalidad.

—No lo sé, Mel… Juraría que es por aquí.

Ella se acercó hasta Hugo y le abrazó con las fuerzas que todavía le quedaban. No era que pensase que iban a morir, pero jamás desterraría la idea de abrazar o besar a quien se quiere, o de decir…

—Te quiero.

…hasta en las peores situaciones. Porque era en esas en las que todo lo positivo de la vida debía estar presente con más fuerza. Eso sería su motor para llegar a su destino, sanos y salvos. Hugo le devolvió el apretón y sonrió enternecido.

—Yo también te quiero. −«Pero no me lo perdonaré jamás si te ocurre algo por mi culpa», pensó abatido.

Siguieron andando lo que les pareció un rato largo, tan largo que las piernas pesaban el doble y el sueño derivado del esfuerzo realizado, hacía mella en sus ojos ya cansados.

Y, de pronto, un oasis en mitad del desierto.

—¿Estás viendo lo mismo que yo o estoy delirando? −inquirió Hugo comenzando a animarse.

Una casa. Dos casas. Tres. Nadie a la vista. Nieve amenazando con hundir tejados. ¡Estaban en Jayllihuaya!

Melinda Moon se lanzó con los ánimos renovados en los brazos de Hugo.

—¡Lo conseguimos! ¡Hemos llegado! ¡Lo conseguimos!

Ambos dieron vueltas sobre sí mismos riendo. Cansados. Todavía asustados. Pero con nuevas energías. Se iban a reunir con los suyos. Esa pequeña gran familia que habían creado a miles de kilómetros de sus verdaderas casas. Casas que ahora eran tan lejanas como su arraigo a estas tierras mágicas.

Álex, Ignacio y Alberto inspeccionaron casa por casa, sorteando la fuerte ventisca que todavía continuaba sin tregua. Sus cuerpos temblaban de frío pese al abrigo. Sus ánimos decaían por momentos.

—¿Lo veis? −rompió el silencio Álex−. No queda nadie en Jayllihuaya.

—Y yo te digo que falta gente aparte de Melinda y Hugo, carajo. Sigamos buscando, quedan algunas casas todavía −contestó Ignacio.

No quiso llevarle la contraria. Si él estaba convencido, seguirían buscando a pesar de arriesgar sus vidas. Pues por cualquier persona en aquella situación de peligro se hacía lo que fuese necesario.

Por otra parte, Hugo y Melinda fueron adentrándose en el poblado. Las primeras casas a las que echaron un vistazo estaban vacías. Ni rastro de vida.

—Deben de haberse refugiado en algún lugar –afirmó ella.

—Está claro que están en el colegio. Es el lugar más amplio y con los muros más firmes y nuevos.

Melinda estuvo de acuerdo, así que se dirigieron sin demora hacía el edificio a las afueras del poblado. El colegio que tanto les había costado terminar y que más satisfacciones les había dado.

De repente, un sonido les distrajo. Se quedaron quietos. De nuevo un sonido. Les pareció un quejido. ¡Había gente todavía allí!

—¡Viene de aquella casa! –Melinda tembló cuando señaló hacia la pequeña casa dentro de la cual brillaba una débil luz de vela.

Ambos corrieron todo lo que la nieve les permitió hasta llegar a la puerta. Comenzaron a aporrearla.

—¡Oigan! ¡Necesitamos refugio! ¡Abran, por favor!

El silencio fue su respuesta durante unos instantes pero, al poco, un chirrido anunció que alguien estaba abriendo la puerta. Un rostro envejecido prematuramente les dio la amarga bienvenida a un hogar que estaba en crisis. La mujer, de unos treinta y tantos años, aparentaba más de cuarenta. Su pelo negro, veteado en abundancia por las canas, estaba recogido en un moño bajo. Los vivos colores de su traje no lucían en aquella estampa de luz tenue. Allí dentro hacía tanto frío como afuera. Y los quejidos del hombre recostado en aquel colchón, acomodado en el suelo del pequeño hogar, llegaron hasta ellos más nítidamente.

La mujer les invitó a pasar.

—¿Dónde están todos? –preguntó Melinda intuyendo la respuesta.

—Señorita, están todos en el colegio que ustedes construyeron… ¡Deberían correr hacia allí! Esto no es seguro.

—Iremos todos juntos —dijo tajantemente Hugo.

—Nosotros no nos movemos de aquí, váyanse. —La mujer miró hacia el anciano que seguía quejándose en el lecho.

—¿Qué le ocurre? ¿Es su padre? —quiso saber Melinda.

—Sí —La expresión triste y vencida de la mujer, le rompió el alma—. Está muy enfermo de los pulmones y no quiero sacarlo afuera con la tormenta que está cayendo… ¡Moriría!

Hugo y Melinda se miraron. No podían quedarse allí ni permitir que esta gente lo hiciese. El precario techo amenazaba con resistir poco más el peso de la nieve que seguía acumulándose. Podían oír cómo crujía, poco a poco, al ceder.

—Escuche —intentó hacerla entrar en razón Hugo—, si se quedan aquí terminarán muriendo cuando el techo ceda y les deje enterrados bajo la nieve, ¿no se da cuenta?

La mujer frunció los labios y su expresión se tornó firme y severa.

—Si Dios decide que nos ha llegado el momento, partiremos con gusto… pero no seré yo quien provoque la muerte de mi padre sacándole al exterior para que la tormenta se lo lleve consigo.

Melinda luchó por reprimir las lágrimas. La entendía a la perfección. Si ella hubiese podido elegir en aquel fatídico momento… Seguramente hoy no estaría en Jayllihuaya. No sería más que otro recuerdo en sus familiares vivos y sus pocos amigos. Elisabeth y Hugo jamás hubiesen sabido de su existencia. Y cuando cayó en la cuenta de esto, una sensación de desasosiego se abrió paso en su corazón. ¡Sólo la idea de pensar en no haber tenido la oportunidad de conocerles le ahogaba! Sujetó a la mujer por los hombros.

—Por favor, no cometa un grave error… —Miró a Hugo un momento antes de continuar—. Yo perdí a toda mi familia. ¡La perdí! Y en aquel momento hubiese muerto gustosa junto a ellos por el simple hecho de no poder afrontar una vida radicalmente diferente sin su presencia. Durante mucho tiempo me castigué por estar viva, quise morir constantemente. Pero no lo hice y ahora me alegro de no haberme rendido –Se secó las lágrimas y continuó–. No se rinda usted, por favor, no lo haga. Intente sobrevivir por su padre –Miró al anciano que ahora se mantenía en silencio, observando a las dos mujeres con ojos cansados y húmedos–. ¿No ha pensado que quizás Dios pretende que luche por su vida? ¿Por la de los dos?

La mujer no habló durante unos segundos. Parecía pensar en las palabras de Melinda, sopesando la verdadera posibilidad de que había una salida.

—De acuerdo.

Hugo puso su mano en el hombro de Melinda y su mirada le dijo sin palabras lo que pensaba. Estaba muy orgulloso de ella.

El techo seguía amenazando cada vez más con ceder, así que tuvieron que darse prisa en envolver con mantas al anciano y levantarlo entre los tres para salir al exterior. Cogieron las medicinas. Un poco de agua y algo de comida. El techo comenzaba a ceder de verdad ya. Unos copos de nieve perlaron sus cabezas. Intercambiaron unas miradas de terror.

—Esto se acaba. ¡Tenemos que salir!

Hugo empujó a Melinda para que saliese fuera. La mujer le siguió. Ambas llevando las provisiones. Hugo cargó con el anciano.

Y todo sucedió muy rápido, tanto que, tras el torbellino de nervios surgidos de una situación límite, llegó el estruendo del derribo. La batalla ganada por los elementos.

Melinda Moon consiguió escapar de la avalancha. La mujer la siguió entre gritos. Ambas cayeron al suelo jadeando. La mujer lloraba por la pérdida del hogar y…

—¡Diosito, no! ¡Se ha llevado a mi padre! ¡Se lo ha llevado!

¿Pero qué…? ¡No! Ellos habían escapado… Hugo lo había cogido en brazos y…

Algo se rompió dentro de Melinda Moon en aquel momento. Por segunda vez en su vida. Hugo y el anciano habían sido atrapados por el alud, bajo los escombros y la nieve. Los trozos del interior roto de ella cayeron al vacío, hasta más abajo de sus pies. Las lágrimas no salieron. La voz se congeló. Los gritos y lloros de la mujer fueron quedando en un segundo y tercer plano. Hasta que Melinda Moon se quedó sorda y ciega. Esto no podía ser verdad.

26

—¡Señorita, oiga! ¡Reaccione!

La mujer siguió zarandeando a Melinda hasta que ella parpadeó por fin. Durante unos instantes, sus pupilas no enfocaban la horrible escena que tenían delante, habían ido aun más lejos... hasta el vacío blanco que lo rodeaba todo. Hacia la nada.

Se levantó rápidamente seguida por la mujer, que seguía balbuceando toda clase de cosas en voz baja. Parecía rezar. Pero Melinda Moon no confiaba en ningún ser supremo para salir de aquello. Hugo y el anciano dependían de ellas dos para salir de debajo de los escombros.

—¡Hugo! —gritó desesperada esperando unos segundos para obtener una respuesta. Esta no llegó—. ¡Hugo! ¡Te voy a sacar de ahí, no te preocupes, cariño! ¡Dime algo!

Pero el silencio se adueñó de la terrible escena. Sólo se escuchaba el rumor del viento y el latido de su propio corazón desbocado.

Melinda escarbó entre la nieve sollozando sin control, comenzando a sacar trozos de tejado hechos añicos. La mujer escarbó junto a ella con apremio y sin dejar nunca de rezar en voz baja, en una letanía repetitiva y enloquecedora para Melinda Moon.

«Te ha vuelto a pasar. La muerte se ríe de ti. Te acecha quitándote a los que más quieres sin tocarte a ti. ¿Por qué me pasa esto? ¿Por qué tengo tan mala suerte?».

Pensamientos oscuros y deprimentes inundaron su mente mientras sus manos se congelaban escarbando nieve en busca de su recién encontrado amor. Imágenes que la hacían querer huir, correr y dejarse caer por el acantilado que frecuentaba a diario. Se vio a sí misma en el hospital. Rojo sangre. Médicos con expresión de lástima. Un cementerio. El entierro de sus padres. Cielo gris. Negro. Valium. Gente llorando. Ella mirando al vacío intentando encontrarles. Negro.

Escarbó quitando escombros. Furiosa. Harta. Cabreada con la vida y con la muerte. Rabiosa por haber confiado en volver a amar y verse de pronto abandonada de nuevo. No escuchaba a la mujer a su lado, ayudándola y gritando de horror porque su padre estaba ahí abajo también. No podía rendirse, ahora no.

—¡Hugo, por Dios, contesta! —La voz le salió ronca por el frío y el esfuerzo.

Y de pronto, una luz. La esperanza volvía y el negro se difuminaba al aparecer su voz:

—Mel...

—¡Cariño! —contestó ella sintiendo que su corazón se saltaba varios latidos— ¡Te oigo cerca! ¡Os sacaremos!

—Me duele el hombro izquierdo bastante... Y estoy mareado por el golpe —Pasaron unos segundos interminables hasta que continuó—. El anciano parece estar inconsciente pero puedo oír su corazón.

—Aguanta Hugo, ya casi está.

Y de pronto, Melinda Moon vio una mano. Su mano. Puso la suya encima. Las dos manos amoratadas por el frío. El inminente congelamiento de su exterior lidiaba con el emergente calor interno que sus corazones emitían. Una lágrima cayó sobre la nieve.

—Ya te tengo, cariño.

Las dos mujeres, por fin, les liberaron.

—Coged al anciano −consiguió decir Hugo pese al aturdimiento y el frío calado en las entrañas.

De pronto, tres voces se unieron al momento: Alberto, Ignacio y Álex llegaron entre gritos de angustia.

—¿Qué ha pasado aquí? −dijo Alberto alarmado.

—La casa se derrumbó como me temía que pasaría... Ya lo dijimos cuando el ayuntamiento las reformó tras la anterior nevada. ¡Usando materiales de tan bajo coste no servirían de nada si la historia se repetía! −contestó Ignacio visiblemente indignado.

—¡Chicos! −exclamó Melinda, contenta por verlos. Les vendría muy bien su ayuda para trasladarles−. Tenemos que llevar a Hugo y a este señor al refugio. Están heridos.

Inmediatamente, entre todos se repartieron la tarea de llevarlos a ambos hacia la escuela, donde podrían hacer algo por sus heridas, alimentarles y guarecerles del frío.

A duras penas llegaron tras unos minutos de lucha contra el viento y los copos de nieve que seguían cayendo con virulencia. Uno de los vecinos del pueblo les abrió y todos se agolparon para recibirles y aportar su ayuda para acoger a Hugo y al anciano enfermo.

Melinda se alegró de verles a todos a salvo. Iba a resultar que la escuela les salvaría la vida en más de un sentido, finalmente.

Llevaron a los heridos a la sala de profesores donde, encima de la amplia mesa que dominaba la estancia, pusieron mantas para hacerles lo más cómodo posible el improvisado lecho. Entre todos, los acostaron y se apresuraron a taparlos.

—Hay que colocar en su sitio el hombro a Hugo −se apresuró a decir Melinda−, lo tiene dislocado.

No había ningún médico en el lugar pero una vecina con experiencia en aquellos menesteres se ofreció a ayudar. La mujer indicó a Melinda y a Cai la forma en que tenían que sujetar con fuerza el brazo de Hugo, si erraban en el ángulo, empeorarían su situación. Tras unos segundos de horror y tensión, la mujer dio la orden de empujar hacia arriba la extremidad y el crujido se escuchó en toda la estancia. Le siguieron los gritos de Hugo y los suspiros de alivio de los presentes. Después, rezaron para que la tormenta acabase pronto y pudiesen trasladarles a un hospital en Puno.

—Todo saldrá bien, cariño, ya lo verás.

Hugo miró a Melinda con la mirada encendida, pese al malestar y al temblor de todo su cuerpo. Sus manos se entrelazaron intentando romper la barrera del frío y el dolor.

—Gracias por salvarme.

—No me las des, cualquiera lo habría hecho en mi lugar.

Las manos se apretaron más.

—Te quiero.

—Y yo…

—¡Moon!

Melinda le soltó la mano y dio media vuelta para ver a la dueña de aquella voz tan familiar y querida… ¡Cuánto la había echado de menos!

—¡Elisabeth!

La niña corrió hacia ella con lágrimas en sus rasgados ojos negros hasta que ambas se fundieron en un cálido abrazo. Ajenas a las miradas. Ajenas a la grave situación del exterior. Sólo estaban ellas y su abrazo. Eso era lo importante.

—¡Tenía mucho miedo por ti, Moon!

—Yo estoy bien, mi niña, pero Hugo ha sufrido un percance y está herido. Nada grave, pero necesitará un médico en cuanto podamos salir de aquí.

Elisabeth se acercó hasta Hugo. Mel se quedó atrás, observando cómo la niña iba hacia él para decirle algo que no alcanzó a escuchar. Sonrió. Se sentía feliz de tenerles bajo el mismo techo, a salvo. Aunque el estómago seguía encogido por el mal trago pasado y por la preocupación.

¿Cuánto más duraría la tormenta? ¿No había posibilidad de que las autoridades fuesen en su ayuda para llevarles a la ciudad?

—Hola —dijo la niña con timidez.

—Hola Elisabeth —le contestó Hugo con una mueca de dolor.

—Voy a rezar mucho para que Dios pare la tormenta y podamos llevarte al hospital.

Hugo suspiró.

—Me impresiona vuestra gran fe incluso en las peores situaciones.

—Sin fe la vida carecería de sentido, maestro.

—Hay infinidad de cosas que aportan sentido a la vida, Elisabeth. Pero eres muy joven todavía para darte cuenta.

—Sólo me pregunto por qué Dios nos manda estas desgracias… ¿Qué hemos hecho mal, maestro?

—No habéis hecho nada malo.

—Quizá deberíamos habernos conformado con no tener el colegio aquí… con seguir yendo hasta la ciudad día tras día… quizá era nuestro destino dormir allí en las noches de frío. ¡Puede que hayamos enfadado a Dios por desear más de lo que teníamos! —Las lágrimas volvieron a aflorar.

Hugo, conmovido, alargó la mano derecha y acarició el moflete enrojecido de ella.

—Eso no es así, cariño. Todo el mundo se merece tener una oportunidad para mejorar. Todos tenemos derecho a una vida mejor ¿me oyes? Jamás te cuestiones eso. Los motivos que tenga Dios para mandar diluvios y tormentas escapan de mi entendimiento… Pero estoy seguro de que no os está castigando a vosotros. Escucha, a veces, la naturaleza es quien se rebela y ni siquiera Dios puede parar su avance.

—Pero Dios lo puede todo, maestro.

—A veces, incluso Dios se mantiene al margen, Eli… —Esta vez lo dijo Melinda Moon, que se había acercado por detrás y había sujetado los hombros de la niña con cariño mostrándole su apoyo.

La niña no contestó. Se quedó pensando en lo que le acababan de decir… Papá siempre decía que era bueno aprender de los demás, ya que el criterio de uno mismo no siempre era la verdad absoluta. Claro que papá jamás cuestionaría su fe en la Palabra y Obra del Señor. Pero Elisabeth nunca rebelaría esos pensamientos ante nadie de su familia.

A la mañana siguiente, la nevada había terminado y un tímido sol apareció entre las montañas perladas de blanco.

Melinda se desperezó dentro de la manta que compartía con Elisabeth con discreción para no despertarla. Aunque la niña, abriendo los ojos despacio, sonrió al ver el sol del nuevo día. Sus rezos habían sido escuchados. Y su fe volvió a retomar fuerzas… Dios la había ayudado. Melinda, sin darse cuenta de ello, se movió con cuidado y salió, yendo hacia la ventana de una de las clases que ocupaban. Vio algo en la lejanía. Camionetas. Cinco. ¡Eran del ejército! La alegría le nubló los sentidos.

—¡Escuchen! ¡El ejército viene en nuestra ayuda! ¡Nos van a rescatar!

E inmediatamente todo el mundo se levantó gritando de júbilo. Algunos sorprendidos y aturdidos por el sueño todavía. Otros llorando de emoción. Melinda corrió hasta la salida de la escuela para hacerles señales y los vecinos acudieron tras ella para gritar y hacer aspavientos. El sol ya asomaba entero en el centro de los cielos y, pese al frío; la altura a la que se encontraban y el reflejo de la nieve, hizo que su luz comenzase a quemar sus rostros. Pero no les importó. Estaban salvados.

Las camionetas del ejército se fueron acercando despacio por encima del espesor de la nieve hasta que llegaron por fin hasta ellos.

Primero se llevaron a Hugo y al anciano enfermo que, pese a su gravedad, había conseguido pasar la noche estable.

Equipados con unas camillas sencillas y materiales de primeros auxilios, los cargaron a los dos en los vehículos. Melinda se acercó hasta Hugo.

—Cariño, te seguiré de cerca, tengo que ayudar a que la gente se organice ¿de acuerdo?

—No te preocupes, es tu deber. Yo estaré bien, esto ya está hecho.

Se besaron con fuerza. Y Hugo partió de vuelta a Puno.

Melinda se puso de inmediato a ayudar en las labores de organización. La gente fue abandonando el poblado poco a poco. Se organizaron en distintos viajes hasta que sólo quedaron dos grupos por partir. Todos eran cooperantes y Melinda estaba entre ellos.

Viajaron en silencio. Cada uno envuelto en sus propios pensamientos. De lo que había ocurrido. De lo que podía haber pasado y no pasó. De su desgracia y su suerte. De la vida. De la muerte. De Dios.

Pensamientos que se fueron disipando con el viento a medida que alcanzaban de nuevo la civilización y se sintieron a salvo de verdad. Un nuevo día. Una nueva oportunidad.

27

ⓐ✖ⓐ

2 de febrero de 2011, Jayllihuaya

¡Hola tía Blanca!

Me apetecía mucho escribir unas líneas y tú has sido mi blanco de hoy.

Estoy muy feliz, ya llevo tiempo aquí y a pesar de que no todo ha sido fácil y lo pasé fatal cuando ocurrió la tormenta, las cosas buenas que me han sucedido en Jayllihuaya sobrepasan a las malas con ventaja.

En la escuela, todo sigue su curso, los niños aprenden cada día más rápido y hemos formado una especie de familia. ¡Me quieren un montón! Y la verdad es que yo a ellos también.

Y bueno… Con Hugo sensacional. Tía, me siento como si de pronto hubiese embarcado en un sueño donde todo es maravilloso. Pero luego me doy cuenta de que no es un sueño, es la realidad y; entonces, es cuando lo que me parece un sueño es mi vida anterior a pisar estas tierras.

Es como si al morir los papás, Luis y Damián, me hubiese sumido en un profundo letargo… tan profundo que no podía despertar y así resultó la peor pesadilla de mi vida. Pero, al final, he terminado dándome cuenta de todo, de que nada es un sueño… todo ha sido y es verdad y yo veo lo que he conseguido andar desde aquel punto tan bajo en el que estaba y me siento feliz. Orgullosa de mí misma. Cuando vuelva a España y le cuente al doctor Lázaro todo lo que he avanzado; sin medicinas, sin terapia (Por cierto, aprovecho para decirte que él está al tanto de todo esto ya que hablé con él finalmente para que me diese el visto bueno para dejar las pastillas); sólo viviendo la vida, estará también orgulloso de mí. Al fin y al cabo, él fue quien me sugirió que viniese y eso jamás lo olvidaré.

En fin, ahora empiezan las fiestas en Puno y creo que van a ser unos días geniales. La escuela va a estar cerrada unos días y Hugo y yo podremos empaparnos del folclore de la ciudad. Ha llegado una ola masiva de turistas a la zona y se nota el revuelo y la actividad en cada esquina. Incluso aquí en Jayllihuaya los lugareños han notado la inyección de demanda, pues andan desde hace semanas cosechando y poniendo a punto a sus animales, para poder aprovechar la temporada alta.

¿Sabes? Hoy es la fiesta central, la de la Virgen de la Candelaria. Unas doscientas personas venidas de todos los pueblos de alrededor han estado reunidas junto al Titicaca ensayando para el concurso de danzas autóctonas que se celebrará hoy, después de la misa y todos los rituales religiosos.

Nos pasaremos a verlo, el concurso es en el Estadio Enrique Torres Belón de Puno y, bueno, aquí es un acontecimiento nacional.

Pronto vendrán también los carnavales y ya tengo ganas de ver los pasacalles… según me han contado, es precioso y muy divertido. Te prometo que haré muchas fotos (me he comprado una cámara en la ciudad) y que te lo contaré todo en cuanto pueda.

Te mando muchos besos a ti y los demás… Os quiere,

Melinda Moon

Melinda metió la carta en el sobre y pasó la lengua por el cierre. Pegó los sellos necesarios y la guardó en su bolso. Cuando fuesen a la ciudad después, la echaría al buzón de correos.

Llamaron a la puerta de su cuarto y sin llegar a contestar, el rostro alegre de Hugo asomó.

—Cariño, ¿estás lista? Vamos a salir todos para Puno ya.

Ella se levantó, pasó sus manos por el pelo negro suelto, comprobando que estuviese arreglado. Hugo le cogió la muñeca y acercó sus labios a los mechones que caían suaves por el lado de su cara. Inhaló. Y, por costumbre, un escalofrío de excitación recorrió a Melinda por todo el cuerpo. Él habló en voz baja:

—Déjatelo así… me encanta ver tu melena salvaje.

Ella no pudo evitar echarse a reír. Un beso que les supo a poco, apenas un roce con infinidad de hambre guardada en la punta de sus lenguas. Era el momento de disfrutar de las fiestas de Puno.

Aeropuerto de Juliaca, una semana después

Claudia miró su reloj de pulsera para comprobar que tenía que ajustar la hora. Siete horas. El *jet lag* había hecho mella en ella y el cansancio se le presentó al instante de posar sus piernas en tierra firme. Además, aquí era pleno verano y así se lo mostró la pegajosa brisa que se posó en su piel, motivando la aparición instantánea de un molesto sudor.

Suspiró. ¿Qué estaba haciendo ella en Perú? ¿Se había vuelto loca? Quizás sus amigos y su familia tenían razón y no debería haber hecho esta locura jamás… Su historia, la de ellos, era eso mismo: historia.

Pero Claudia sentía tantos remordimientos por la manera en que todo terminó… se sentía tan sucia y rastrera.

Porque en realidad le quería, siempre lo había hecho. Y, por supuesto, había cruzado medio mundo para buscarle y encontrarle.

El amor de su vida se le había escapado por su inmadurez, por su cobardía. Pero tras tres años en la sombra, sin apenas relacionarse con hombres tras el incidente... Soñando día y noche con encontrar las palabras para decirle cuánto lo sentía, cuánto se odiaba.

Intentando reunir el coraje suficiente para hacer la mayor locura de su vida. Viajar a Perú para pedirle una segunda oportunidad al hombre de su vida. A su Hugo.

Siempre fue él.

Vio acercarse al pequeño bus que la llevaría a la ciudad de Puno, donde se alojaría. Según tenía entendido, el poblado donde se encontraba él estaba muy cerca.

Subió al autobús y se sentó al lado de una de las turistas que llenaban el vehículo. La mujer, en castellano con acento andaluz, la saludó y se alegró al comprobar que eran compatriotas. Sentimiento típico cuando te encuentras a muchos kilómetros de tu tierra.

—¿Vienes a ver los carnavales?

Sinceramente, Claudia ni siquiera había prestado atención al hecho de que era temporada alta en Puno, de que celebraban sus fiestas mayores conocidas en todo el mundo. Asintió con una sonrisa de cortesía.

—Pero... ¡No me digas que has venido sola, chiquilla!

La mujer la miraba con cara de asombro, de estupor. Claudia levantó su dedo corazón, aunque sólo en sus pensamientos, no era el momento ni el lugar para tener altercados innecesarios.

—Sí. –¿Tan difícil era entender que había gente que no necesitaba compañía para viajar por el mundo? Además, la única compañía que ella necesitaba estaba muy cerca. Ya podía rozarle con la punta de los dedos.

Sonrió ignorando la mirada curiosa de su compañera de asiento y fantaseó con el momento en que Hugo y ella se reencontrarían.

28

Los carnavales de Puno ya habían dado comienzo. La ciudad y, todo Perú, vibraba esos días de jolgorio y color. Y Melinda Moon saboreaba cada instante de aquellos días inolvidables para grabarlos en su mente a fuego. Era consciente de que su estancia en Puno iba llegando a su fin. Cuando contactó con la Fundación Armando Carreira establecieron un acuerdo para quedarse un año... Un año que estaba pasando demasiado rápido a su parecer. Cuando inició aquel viaje, lo último que habría esperado era recobrar la felicidad de aquella manera. Con los niños, sus compañeros, el estilo de vida sencillo, la naturaleza, los sabores nuevos... y Hugo. Sin duda lo mejor que había en su nueva vida era él.

En aquel momento estaban Álex, Cai, Rosa, Hugo y ella en medio de una marabunta de gente que esperaba con alegría la llegada de la Pandilla Puneña. El crepúsculo quedaba cerca, pero los últimos rayos de sol todavía calentaban sus bronceadas pieles.

Melinda Moon acercó sus labios al oído de Hugo. Susurró:

—¿Piensas quedarte para siempre en Puno?

Él la miró con extrañeza. La pregunta directa y sin venir a cuento dejó a Hugo un poco fuera de juego.

—¿Y esa pregunta de repente?

—Sólo que me ha venido a la mente... Nunca hemos hablado de cuánto tiempo teníamos previsto pasar aquí.

Hugo suspiró.

—Creo que ahora deberíamos disfrutar de la fiesta... ¡La Pandilla ya está llegando! ¿Oyes la música?

—Sí, la oigo... Pero no entiendo por qué no quieres contestar a una simple pregunta, yo... —Él puso un dedo cariñosamente en sus labios para hacerla callar.

—No me iré de Puno sin ti. No me quedaré en Puno sin ti. ¿Responde eso a tu pregunta?

Melinda Moon apartó la boca de su dedo para acercarla hasta sus labios y darle un beso que robó el aliento de Hugo. Desde luego, esto respondía de sobra a su pregunta.

La música de las pandillas ya estaba cada vez más cerca, mezclándose con las cumbias que sonaban desde los bares de la calle, conformando un ambiente bullicioso de fiesta magnífico. Las mujeres y hombres que integraban cada pandilla comenzaron a pasar bailando y cantando al son de sus comparsas, los cantes y gritos de júbilo se entremezclaban. Público. Pandilleros. Todos a un mismo son.

Melinda y Hugo reían hechizados sin darse cuenta de que estaban siendo observados desde algún lugar de la calle.

Una persona. Una mujer envuelta en el bullicio de gente a unos pocos metros y enfrente de ellos. Claudia. Iba a ir en busca del poblado donde trabajaba Hugo, sin embargo, el estallido de la fiesta le había dado una idea... Seguramente Hugo acudiría como todos a ver el carnaval y, maldita su suerte, pues se había encontrado con él de frente... dándose el lote con una desconocida mujer de pelo negro.

Se mordió el labio inferior. Así que él ya había rehecho su vida. Después de todo, parecía que el sufrimiento no le había durado demasiado. Está bien, tres años eran más que suficientes para superar un fracaso amoroso. Pero, entonces, ¿por qué ella seguía queriéndole? ¿Por qué diantres había cruzado el mundo para encontrarlo?

Las lágrimas pugnaron por salir a flote y Claudia las obligó a quedarse adentro, muy adentro. Ya no era tiempo de llorar. Iba a plantar cara a Hugo y se arriesgaría a perderle para siempre. Si de verdad ya la había olvidado tenía que decírselo él mismo.

Observó cómo la acompañante de Hugo se separaba del grupo entre risas y se alejaba a la barra de bebidas que había montada detrás. Se dio prisa. Se escabulló entre la gente y consiguió cruzar sin ser vista por Hugo.

Después de todo, le vendría bien beber algo fresco.

Hugo se sentía pletórico. Había alcanzado el nivel máximo de felicidad con Melinda Moon y el mágico entorno, lejos de su anterior vida en la ciudad, en España... todo le confería a su situación un aire irreal. Como si fuese demasiado perfecto, algo así como unas vacaciones: lo vivido parecía un sueño temporal que tan sólo dejaría sus huellas en su mente y en las fotografías. Con el paso del tiempo, las coloridas imágenes se irían diluyendo y pasarían a ser simplemente eso: unas cuantas fotos viejas de un sueño temporal. Había dado vueltas muchas veces al tema de volver a casa. Y la verdad era que no entraba en sus planes hacerlo a corto plazo. Su lugar ahora estaba en Puno, en Jayllihuaya. Cooperaría con la fundación allí hasta que su superior le indicase un nuevo destino. Se preguntó cuáles eran los planes iniciales de Melinda, cuáles eran ahora. ¿Compartiría su sueño de viajar por el mundo ayudando a los más necesitados o quería terminar con esta aventura para volver a su vida anterior?

Melinda volvió con las bebidas y con una nueva compañía. A Hugo se le encogió el estómago. El calor aumentó de pronto en el ambiente y un repentino sudor se formó en su frente fruncida.

—¡Mira cariño, esta es Claudia y es española también! –acercó con la mano libre a la chica, que sonreía tímidamente al grupo–. Ha venido sola a Perú.

Cai, Rosa y Álex la saludaron con efusividad y le ofrecieron quedarse a ver los carnavales con ellos, a lo que Melinda se unió. Hugo, sin embargo, le dio dos besos fríos y el resto de la velada estuvo callado y ausente.

Melinda se divirtió mucho aquella tarde y, cuando el crepúsculo llegó con la luna de la mano, le susurró de nuevo a su amor al oído:

—Tengo ganas de ti…

—¿Dónde? –fue la escueta pregunta de él. Necesitaba alejarse de Claudia cuanto antes. Podía sentir su mirada como una pesada losa en la espalda. Melinda, ajena a todo cuanto pasaba por su cabeza e ignorante de la identidad de la mujer que acababa de llevar al grupo, sonrió.

—Improvisaremos…

Le cogió de la mano y huyeron sin decir nada entre la multitud. No se dieron cuenta de que Claudia se percató y les siguió con la mirada triste. Herida. Los demás continuaron con la fiesta sin fijarse en ellos.

Cogieron el todoterreno de Hugo y este condujo hasta Jayllihuaya de nuevo. El poblado estaba vacío. Apenas unas pocas personas se habían quedado en sus casas, el resto estaba en la ciudad.

Salieron del coche para meterse en la habitación de Hugo. Era un compartimento parecido al que ella tenía con las chicas, con las diferencias propias del género. La pequeña habitación compartida exudaba inevitablemente el sello de Hugo. Todo estaba ordenado y olía a limpio. Melinda no se sorprendió ante el orden reinante, no era la primera vez que probaba su cama.

Hugo sonrió por primera vez en las últimas horas, agarró a Melinda Moon por el cuello suavemente y presionó hasta hacerla caer de espaldas en el colchón. Ella rio divertida y excitada a la vez.

Hugo se quitó la camiseta, revelando los tensos y bronceados músculos de sus brazos, su torso, su vientre plano y definido. A Melinda Moon se le hizo la boca agua. Sin dejar de mirarle y sin apartar del todo su cuerpo de la cama, se arqueó y se desprendió del top.

Él bajó lentamente la cremallera de sus vaqueros. El leve surco de vello oscuro que bajaba por su piel desde el ombligo hasta perderse entre su ropa interior entretuvo la mirada de Melinda... se moría de ganas por tener aquel cuerpo cubriendo el suyo y adentrándose en su interior hasta desfallecer. Se quitó la ropa y los zapatos.

Hugo la observaba excitado y embriagado por las deliciosas vistas que ella le proporcionaba. Contempló su ropa interior de encaje negro. Sus generosos senos sobresalían por la parte de arriba de la copa del sujetador. Subían y bajaban apetitosos al compás de su trémula respiración.

Ella gimió arqueándose de nuevo. Esta vez le pedía que acortaran distancias. Él se acercó rápidamente, también la necesitaba. Se arrodilló en la cama para ascender hasta sus labios. Los cubrió con energía y penetró su boca con la lengua.

Algún vecino enchufó una radio donde retransmitían el carnaval de Puno. El débil sonido de una cumbia llegó hasta ellos. Hugo agarró las caderas de Melinda y presionó contra su henchido miembro.

—Mel... Quiero estar siempre contigo. Prométeme que esto no será sólo un sueño temporal.

—¿Un sueño temporal?

—Sí –Él apretó de nuevo sus caderas contra su erección lo que provocó un gemido de los dos.

—Tú para mí eres un sueño...

—¿Un sueño?

La cumbia surtía un efecto afrodisiaco en sus cuerpos que, movidos por la lujuria, danzaban al compás de la música queriendo atajar la distancia que les separaba de la fusión. La barrera de la ropa interior. Hugo le quitó el sujetador y apretó sus pechos para comenzar a jugar con ellos con la boca. Por un momento, Melinda se olvidó de la inoportuna conversación… Hasta que Hugo dejó de lamer sus endurecidos pezones e insistió. Ella protestó pero intentó contestar:

—Es un sueño maravilloso… el lugar, la gente, tú… ¿Qué más quieres que te diga? —Y rio al sentir las cosquillas de la lengua de Hugo que bajaba peligrosamente por su estómago. Su aliento le quemó el ombligo:

—Pero los sueños se acaban. Siempre te terminas despertando y la realidad te atrapa con sus garras…

—Mi realidad es esto. —La mano de Melinda Moon recorrió su cuerpo hasta llegar al centro de su masculinidad. Duro, grande y dispuesto a todo. Acarició la superficie de su miembro con impaciencia. Hugo no pudo más. Le arrancó el tanga y se deshizo de los calzoncillos. Colocó a Melinda Moon de lado y agarrando sus pechos con suavidad, se colocó detrás de ella para penetrarla con lentitud. Un escalofrío recorrió el cuerpo de ambos. Otra cumbia sonaba. La música continuaba. Hugo empujó más adentro. El placer recorrió desde las terminaciones nerviosas que compartían hasta el último rincón del cuerpo de Melinda Moon. Abrió los ojos mientras disfrutaba de aquella sensación y contempló la luna menguante, testigo de los febriles envites de su amante.

Hugo paseó su aliento por su cuello y Melinda siguió observando la luna, que parecía moverse al mismo ritmo que ellos en aquel baile frenético de placer.

Salió de ella para darle la vuelta y colocarse encima. Colocó sus piernas alrededor de su cintura, dejando suspendidas las caderas femeninas. La contempló tan hermosa… con su pelo negro esparcido por la colcha, deshecho como a él le gustaba. Su boca enrojecida por los besos, estaba entreabierta. Sus ojos verdes, empañados por la pasión, le devolvían la mirada. Hugo rugió para sus adentros. No entendía qué había venido a hacer Claudia a Perú. Pero nada bueno se le ocurría. Quería decirle a Melinda quién era ella, pero primero necesitaba hablar con Claudia.

Y entonces se dio cuenta de lo poco que ella había significado en su vida al lado de las fuertes emociones que Melinda Moon le provocaba. Estaba más delgada y exhibía unas ojeras poco saludables. Su pelo rubio impecable y su pose escultural seguían siendo los mismos. Sin embargo, a Hugo ya no le producían nada.

Melinda Moon se retorció bajo su cuerpo llevándole casi al éxtasis.

Y Hugo quiso dejar de lado los pensamientos... El rostro de Claudia.

Cerró los ojos y se dejó llevar por un orgasmo compartido que les dejó exhaustos, cayendo en la cama sudorosos y saciados.

La noche, contrariamente a lo que los calores diurnos presagiaban, era más bien fría. Hugo se levantó de la cama que compartía con una Melinda Moon profundamente dormida. Cansado de dar vueltas sin poder conciliar el sueño. Claudia. Ese nombre. Esa cara. Esa voz. Todo lo referido a ella le atormentaba recordándole lo felices que fueron juntos durante cuatro años en su Barcelona natal. Lo infeliz que se volvió todo cuando la falta de entendimiento y el engaño llegaron.

Se acercó a la ventana abierta para sellar aquella sensación terrible de entumecimiento. Frío. Frío desolador cuando intuyes que no es la incomprensión y ni siquiera los cuernos lo que te hace no querer volver atrás pese a lo grandioso vivido.

Es el amor... o más bien la ausencia de este.

Hugo suspiró contemplando la luz de la luna el rostro sereno y feliz de Melinda. Ella había pasado por tantas cosas horribles en su vida que se le encogía el alma sólo de pensarlo. Y no la quería por la tristeza que vio en sus ojos desde el principio, ni siquiera por su belleza discreta pero deslumbrante para él. No. La quería porque, entre otras muchas cosas, de verdad compartía su pasión por dedicarse a los demás. Ella también lo había dejado todo por ir a un lugar desconocido y lejano. Como él. Distintos motivos, idénticos objetivos. Porque, de algún modo, ellos dos también buscaban expiar su alma de los errores cometidos con su vida… con ellos mismos. Y se habían encontrado. Y se necesitaban.

Se vistió en silencio y le dio un beso en la frente. Necesitaba que el aire frío de la noche peruana le calara hasta los huesos para poder pensar con claridad mientras daba un paseo.

Anduvo por el Jayllihuaya desierto de horas intempestivas. Horas de fiesta todavía en Puno, incluso podía llegar a oír el sonido de la música en sus calles, tan quietas estaban las que él mismo pisaba.

Cogió el coche. ¿Por qué abandonaba ahora el poblado? No lo sabía. Unas repentinas ganas de cerveza bien fría para calar también en su estómago.

Condujo hasta la ciudad intranquilo, viendo pasar la oscuridad hasta difuminarse y convertirse en luces de colores, colgadas de casas pintadas para la ocasión. Bares engalanados para exhibir sus mejores copas y su música expuesta a un volumen infernal para algunos, imprescindible para los que festejaban.

La gente se había disipado un poco. Las tres de la mañana. Parejas aprovechando rincones exentos de luz para demostrar su deseo sin dejar huellas en retinas ajenas. Borrachos rendidos a la dulzura del sueño etílico aparcados en alguna acera. Las familias en sus casas. Los niños en sus camas. Los festejadores tomando sus copas al son de la música en el interior de los bares. En la calle hacía frío. Y Hugo estaba plantado en ella, decidiendo si entrar y unirse al sarao. El deseo de esa cerveza aumentó.

Las ganas de mezclarse entre los juerguistas le frenaron. Finalmente, la rubia ganó.

Se sentó en un taburete de la atiborrada barra de aquel bar. El ambiente decadente se comenzaba a notar o quizás era el prisma a través del cual observaba Hugo, que le hacía verlo todo del mismo color que su estado de ánimo.

Debería estar feliz. Hace unas horas estaba haciendo el amor con la mujer de la cual estaba enamorado. Debería estar en la cama junto a ella disfrutando de la suavidad de su cuerpo desnudo rozando el suyo. Si Melinda Moon despertaba y notaba su ausencia se preocuparía.

¿Qué locura le había poseído? Claudia. ¡Maldita fuese! ¿Por qué tenía que haber viajado hasta allí? ¡Tres años! Y ahora, de repente aparecía como si nada y tenía la sangre fría de presentarse a su novia para hacer como que no se conocían. ¿Cuándo había sido Claudia así de calculadora? Sospechó que siempre lo fue. El amor te ciega y te hace no ver lo que hay. También tiene la virtud de hacerte ver lo que tampoco existe.

La voz de Claudia se materializó en su oído de un modo tan real que la creyó a su lado. Un roce en su espalda la convirtió en la realidad que tanto le irritaba. Ladeó la cabeza y dio un salto en su asiento. Ella frunció el ceño levemente. Ofendida.

—¡Ni que hubieses visto a un fantasma! –Dulcificó el gesto–. ¿Es que no te alegras de verme, después de todo?

Hugo dio un largo trago a la cerveza hasta terminarla. Suspiró. De pronto, se sentía muy cansado. Cansado e imbécil. Jamás debió abandonar la cama de Melinda Moon.

Ella le dio un manotazo en el brazo.

—¿Ni siquiera vas a contestarme? No me he recorrido medio mundo para esto, Hugo. Yo…

—Nadie te ha pedido que lo hagas –saltó él por fin–. Dime Claudia, ¿qué has venido a hacer aquí?

Ella se removió en el asiento contiguo. Dudó. Miró hacia los lados como si alguien pudiese oírle u observar sus labios al pronunciar las palabras, hoy día, ya prohibidas:

—No he podido olvidarte.

Lo dijo. Por fin lo dijo. Y Claudia sintió cómo se liberaba de un peso que hacía mucho que no le dejaba dormir por las noches. Ahora sólo cabía esperar el veredicto. No lo tenía todo perdido… La tal Melinda no era ni por asomo tan atractiva como ella, no entendía qué le había visto Hugo. Parecía buena persona y una pequeña parte de su ser sentía remordimientos por estar dispuesta a quitarle el novio a aquella desconocida que le había ofrecido compañía sin ningún motivo ni obligación. Pero el amor no entendía de amistad cuando se trataba de luchar por la felicidad de una misma. Y Hugo fue mucho antes suyo y durante mucho tiempo. Tenía que confiar en que las cenizas no se hubiesen disipado todavía.

Cuando salió de sus pensamientos se percató de que Hugo se agarraba la frente con las manos apoyadas en la barra del bar. Intentó cogerle el brazo para comprobar si lloraba. Él reaccionó rápido apartándola con un movimiento arisco.

—No me toques.

—¿Cuántos años más tienen que pasar para que me perdones? –insistió ella.

Hugo levantó la cabeza. Mirada enrojecida pero no llorosa. De hecho, Claudia observó una gran diferencia en sus ojos, antaño tristes por el desamor; hoy duros y fríos. Él siguió observándola en silencio sin decir nada y, mientras, la música sonaba fuerte, convirtiendo su ansiada declaración en un acto vulgar. Cutre. Se sintió ridícula y desgraciada. Los ojos de Hugo ahora se mostraban indiferentes.

¿Acaso había llegado hacia alguna nueva conclusión mientras no pronunciaba palabra y la castigaba con su silencio?

—La cuestión no es si te perdoné o no, Claudia. Sencillamente el tiempo ha pasado y yo he rehecho mi vida. Hace mucho tiempo que dejé de quererte. Todo quedó en Barcelona.

—¿Qué tiene ella que no tenga yo?

—¡Maldita sea, escúchame por una vez en tu vida! –Dio una palmada en la barra y se inclinó hacia ella aún de pie. Claudia encogió un par de tallas. Jamás le había visto así de enfadado–. Ella tiene muchas cosas que no tengo por qué enumerarte. La quiero y punto. Es la mujer de mi vida. Final. Lo nuestro no tiene nada que ver con ella y no me ha parecido nada bien el numerito de esta tarde... me has hecho sentir como un imbécil y no me gusta tener secretos con Melinda. Mañana le voy a contar quién eres y espero que te des cuenta de que ha sido una estupidez venir en mi busca.

Un silencio tenso. Y, sin embargo, las palabras ya sobraban.

Hugo se alejó de ella tras pagar sus bebidas. Salió sin más del bar, sin despedirse, ni mirar atrás. Claudia, humillada y fuera de sí, fue tras él para gritarle ya en la puerta:

—¡Jamás me he perdonado lo que te hice! –Sin poder evitarlo, se echó a llorar, impotente, ya no tenía nada que perder–. Lo conocí aquella noche... tienes que creerme... nunca te fui infiel mientras fuimos novios. Aquello fue fruto del despecho.

Hugo paró en seco, sin embargo, no dio media vuelta. Siguió dándole la espalda en silencio. ¿Acaso importaba que hubiese conocido a aquel tipo con el que la encontró, ese día, o una semana antes? Se suponía que las relaciones no terminaban tajantemente de un día para otro... Una infidelidad era igual de hiriente de cualquier modo. Ella siguió:

—No he conseguido estar con nadie durante todo este tiempo sin pensar en ti y en lo mucho que me gustaría que las cosas hubiesen sido diferentes. Si pudiera dar marcha atrás… Ya no soy la misma, Hugo. Al final, harta de volverme loca con mis remordimientos y sin poderte quitar de mi cabeza, decidí buscarte. Y aquí estoy —enfatizó sus palabras extendiendo los brazos—, humillándome por un hombre que me desprecia y, lo peor de todo, es que me lo merezco.

Cuando terminó, los brazos de aquel hombre que minutos antes había querido irse sin más, estaban rodeándola. Un abrazo de cariño. Un abrazo de disculpas. Un abrazo sin más.

¿Por qué recordar a la persona que fue lo más importante en tu vida durante años con un mal sabor de boca? Las palabras mágicas. La sinceridad. Eso podía acabar con muchas cosas, incluso con el rencor. Y Claudia, sin proponérselo, había conseguido dejar de ser un fantasma en el recuerdo de Hugo para pasar a convertirse en una mujer que fue la primera y que dejó de serlo… Ya no había más.

—Siento que hayas tenido que hacer este viaje tú sola para decirme algo que no tenías por qué decir ya. No quiero guardarte rencor —Respiró hondo—. Quiero dejar el pasado en su sitio y no recordarte con amargura. Gracias Claudia.

Ella se apartó sólo lo justo para mirarle a los ojos. A pocos centímetros el uno del otro… como antes. No pudo evitarlo. Le besó. Con fuerza, acritud y demasiadas emociones encontradas. Pasión. Anhelo. Frustración. Los labios de Hugo no le respondieron. Él se apartó y el abrazo se quebró. Ella bajó la cabeza en señal de rendición.

—Perdóname, simplemente tenía que hacerlo. Sé feliz con esa chica.

Y las palabras quedaron expuestas en el aire, flotando hacia un presente que ya sería pasado a la mañana siguiente. Creando un futuro diferente para ambos.

Claudia se fue al hotel donde se hospedaba y Hugo volvió a la cama con Melinda Moon. Jamás volverían a verse y con eso bastaba. Las heridas estaban cicatrizadas.

Acurrucado junto a la mujer de su presente, su futuro inmediato y, quién sabe si lejano, vio a la luna caer para dar paso al nuevo día. Y mientras las tímidas luces del alba entraban alegremente por la ventana ahora abierta, Hugo sonrió, dio un beso a Melinda Moon, relajada y ajena a todo lo acontecido en la madrugada; y por fin se durmió.

29

❦

Dos personas durmieron plácidamente aquella madrugada que se tornaba día por momentos. Una de ellas, Melinda Moon, ignorando cuán intensa había sido la noche para Hugo, se removió en la cama abrazando el cuerpo caliente de este. Quietud. Paz. Amor.

La noche ya había dado de sí todo lo que tenía que hacerlo y los tres amigos, Cai, Rosa y Álex, se dirigían con sus bicis a Jayllihuaya. La conversación había menguado, el sueño ya había hecho mella en ellos y las últimas fuerzas de la jornada estaban destinadas al pedaleo que les llevaría derechos a sus camas.

Una pareja delante de uno de los bares que adornaban la calle con sus carteles luminosos. Álex los miró y sonrió. Después, frunció el ceño. ¿Él no era Hugo? La chica les miró fugazmente y le besó. Un beso breve pero intenso. La chica se apartó y a Álex se le encogió el estómago… Era la que habían conocido aquella tarde, Claudia.

—¿Habéis visto a esos dos? ¡Era Hugo!

Tanto Alberto como Rosa miraban hacia atrás sorprendidos.

—¿Estás segura de que era él? Si se fue con Melinda hace horas… —contestó Rosa intentando negar la evidencia.

—¡Estoy segura de que era él con la chica nueva! ¡Claudia!

Alberto se mostró inseguro:

—No creo que Hugo sea de esos…

—¡Ni yo, pero le hemos visto!

—¿Y qué hacemos? —inquirió Rosa.

—No lo sé —reflexionó Álex—, pero si yo fuese Melinda me gustaría que mis amigos me dijesen algo así. ¡Detesto los engaños, joder! —Recordó por unos instantes la triste historia de sus padres… Su madre pilló a su padre *in fraganti* y eso le dolía muchísimo.

Los demás no contestaron y un silencio incómodo les acompañó durante el resto del viaje hacia Jayllihuaya.

Media mañana de un nuevo día festivo. Sin obligaciones. Sin prisas.

Melinda Moon se desperezó feliz en el lecho que compartía con el hombre que había cambiado su oscuro mundo. Contempló el relajado sueño de Hugo y sonrió al percatarse de que tenía el ceño ligeramente fruncido. Le despertó. No quería que estuviese soñando nada feo… ella sabía por experiencia lo que era soñar con cosas tristes y trágicas. Y ahora la realidad era tan maravillosa que sentía que no podían perder ni un segundo de aquel regalo de la vida. Le besó en los párpados hasta que se relajaron y Hugo los abrió soñoliento. También él sonrió.

—No hay nada como abrir los ojos y ver tu cara tan cerca —admitió él.

Melinda le dio un beso rápido en los labios y se levantó, dejándole contemplar su curvilíneo cuerpo desnudo. A Hugo se le hizo la boca agua. En ayunas, sin haber descansado apenas. Aun así, siempre sentía ganas de estrechar a Melinda Moon entre sus brazos y hacerla suya de mil maneras distintas. También advirtió una dolorosa punzada de culpabilidad por haberse marchado sin decirle nada. Por no haberle dicho quién era Claudia en realidad. Que le había robado un beso.

Se levantó y fue tras ella. Melinda rio coqueta mientras aceptaba de buen grado el abrazo de Hugo, que la estrechó con fuerza desde su espalda, acoplando su cuerpo como dos piezas de un puzle hecho a medida. Él emitió un leve siseo en su cuello, dejando que su cálido aliento resbalara por su sensible piel haciéndola estremecer.

—Te quiero tanto…

Y la culpa siguió reconcomiendo en su interior, como un peligroso veneno que ya había hecho mella en una pequeña parte de su alma. No quería ocultarle nada, jamás. Esa misma mañana le contaría todo lo ocurrido.

Al mismo tiempo, a unos metros de la pareja enamorada, se desataba una discusión acerca de aquella escena vista desde otros ojos… El beso. Las cosas se pueden ver desde muchas perspectivas. Las hay que sólo tienen un significado. Aunque no siempre es blanco o negro. Hay situaciones que fuera de contexto pueden dar un giro de ciento ochenta grados. Pero cuando la perspectiva implica una relación emocional fuerte con los implicados, no hay grises. Sólo blanco o negro.

Álex iba y venía de un lado a otro dentro de la pequeña habitación que compartía con Rosa. Alberto y ella estaban recostados en una de las camas, viendo cómo Álex perdía los nervios.

—¡Tenemos que contárselo a Melinda! ¡No es justo que veamos algo así y lo dejemos pasar sin más!

—Álex, cálmate… ¿Es que nunca te han dicho que si te metes en los líos de una pareja eres el primero que sale escaldado? –Alberto Cai tenía muy clara su postura.

—¿Y tú te consideras su amigo? ¡Cómo se nota que entre los tíos os apoyáis en estos casos! ¡Sois todos iguales! –Rugió.

—Oye, oye, déjate de sexismos… –le interrumpió él–. ¡Yo sólo digo que prefiero no meterme y lo haría también si la situación fuese al revés y hubiésemos visto a Melinda!

Rosa escuchaba la discusión con el semblante serio y preocupado.

—Yo no sé qué pensar, chicos… –dijo–. No me puedo creer que Hugo sea así.

—Vosotros haced lo que os dé la gana, pero yo me voy ahora mismo a contarle a Mel lo que vi. No soy partidaria del «ojos que no ven, corazón que no siente». Lo siento mucho, pero no me quedaré de brazos cruzados mientras a una amiga la engañan.

Dicho esto, Álex salió por la puerta como alma que lleva el diablo y Rosa y Cai no pudieron hacer más que seguirla.

Tras desayunar leche con galletas y haber vuelto a la cama, Melinda Moon y Hugo reían sin imaginarse nada de lo que se estaba fraguando en el exterior de su nido de amor. Él entrelazó su mano con la de ella.

—He reservado dos billetes para España –dijo.

Ella se incorporó sorprendida.

—¿Cuándo lo hiciste?

—Los reservé hace unas semanas. Siempre vuelvo a Barcelona a pasar unos días al año… y, bueno, no pensarías que me iba a ir de vacaciones sin ti.

Melinda sonrió pero su rostro se apagó.

—No sé si quiero volver a casa… tengo ganas de ver a mis tíos y a mis amigos pero…

Hugo le acarició la mejilla.

—No me separaré de ti ni un minuto. Y si no quieres dormir en tu casa, siempre podemos hacerlo en un hotel.

Melinda se sentó en la cama dándole la espalda y, cuando habló, lo hizo con determinación:

—No… Creo que ha llegado el momento de hacer frente a mi pasado. A los recuerdos. Y sólo puedo hacerlo volviendo a cruzar esa puerta –Le miró ya con una sonrisa esperanzada–. Te enseñaré mi casa.

Él le cogió la mano y apretó fuerte sin hacer falta que dijese una palabra más. Ahora, quizás, los recuerdos se podían afrontar desde otra mirada. Una más sabia y más fuerte. Llamaron a la puerta y fue Hugo quien abrió. Melinda esperó unos minutos y cuando este volvió, lo hizo con una sonrisa radiante y con un paquete en las manos. Traían los billetes. Partirían rumbo a España en cuatro días.

Cuando Mel había guardado el suyo, de nuevo llamaron a la puerta. La voz amortiguada de Álex les llegó preguntando si Melinda estaba ahí. Ella miró a Hugo feliz.

—Voy a ver que quieren… Métete en la cama y espérame –le miró pícara–. ¡Vuelvo enseguida!

30
❦

Tres días después, Melinda Moon se reencontraba con dos amigas a las cuales no les había dedicado demasiado tiempo últimamente.

Una de ellas era la luna llena, testigo de tantos momentos de su vida. Aquella luz que destellaba magia durante su infancia. Fascinación en su adolescencia. Compañía durante su duelo. Amante que la acariciaba en las noches en vela. Su segundo nombre.

Suspiró entrecortadamente.

No más lágrimas. Estoy harta de llorar. Harta de que todo se trunque en mi vida. ¿Por qué? No entiendo nada. Ellos no tienen por qué mentir...

Miró el billete de avión que sujetaba en la palma de la mano, «¿qué hago?».

Sintió un roce en su hombro derecho. Volteó la cabeza con sobresalto. Miedo y esperanza a la vez por saber quién era el dueño de esa mano.

Pronto respiró en cuanto vio el tamaño y la forma. Dedos cortos, uñas mordidas y piel morena. Manos de niña, de su niña.

—¡Elisabeth! ¿Qué haces fuera de casa a estas horas?

Eran las doce de la noche y en el poblado reinaba la quietud. La mayoría de la gente dormía, ya que era un día laboral. La niña sonrió con aire enigmático y rebelde.

—No podía dormir y pensé en venir aquí por si te encontraba… –Se sentó a su lado, a merced de la fresca brisa nocturna que bailaba entre sus cuerpos al borde del acantilado, su acantilado–. Te echo de menos, mi amiga.

Melinda Moon rodeó con un brazo a Elisabeth y la atrajo hacia su hombro, apoyando su cabeza en la de ella. Pensó.

Las clases habían terminado y se había dejado llevar por el sueño que vivía junto a Hugo. Habían construido una gran burbuja sin darse cuenta y allí dentro no cabía nadie más que ellos dos. Las relaciones cuando empiezan te absorben… Te dejas llevar por esa mezcla de pasión, enamoramiento y adrenalina. Felicidad. Sólo ves a esa persona durante un lapso de tiempo. Los demás están, existen… pero ocupan un segundo plano.

«No debería haberla dejado de lado. Mi mejor amiga en Perú… Mi reflejo. La persona que me ha dado los mejores consejos para superar el peor momento de mi vida, aunque tenga sólo ocho años. Gracias a ella también me lancé a vivir mi juventud de nuevo. Jamás me perdonaría irme de aquí sin aprovechar más el tiempo con ella» se dijo.

—Lo siento.

Elisabeth levantó la cabeza y la miró con curiosidad.

—¿Por qué?

—Por dejarte de lado… –Le acarició el pómulo con ternura–. Quiero que sepas que voy a irme a España dentro de poco.

—¿Cuándo? –Brincó y abrió los ojos como platos. Tragó saliva.

—Mañana.

—¿Mañana? —Se levantó realizando aspavientos—. ¿Cómo te vas así de repente? ¿Por qué no me lo dijiste antes?

Melinda se levantó también para calmarla. Y sin poder terminar lo que había intentado decirle, se vio en la situación de tener que pedir perdón de nuevo.

—Lo siento, Eli. No lo tenía previsto tan pronto, pensaba quedarme hasta decidir qué hacer y que mi tía me pudiese mandar el dinero para el billete... —Bajó la cabeza y la voz—. Me lo regaló Hugo hace dos días para irnos juntos.

La expresión de la niña cambió: sus ojos húmedos se iluminaron de alegría.

—¿Os casaréis?

Melinda sonrió al oír sus románticas e inocentes palabras. Pero no pudo evitar que la amargura surgiese en su mirada. No se escondió, miró a Elisabeth a los ojos.

—No, cariño. Ha pasado algo estos días... —Respiró hondo—, Hugo y yo no estamos bien.

Elisabeth le cogió la mano sin pensarlo y dejó que las lágrimas de Melinda Moon por fin aflorasen.

—Cuéntame...

Y ella comenzó a hablar. Una mujer española. Casualidad que se convierte en causalidad. Él no se lo contó. Le hizo el amor como si nada y se marchó mientras ella dormía. Pero cuando te besas con alguien en la calle corres el riesgo de ser visto. Sus amigos se lo habían contado. Todo. Hugo había reaccionado poniéndose a la defensiva. De nuevo le vino a la mente todo lo acontecido unos días antes:

—¡Son imbéciles! ¡Voy a ir ahora mismo a hablar con ellos y que me digan en mi cara que me vieron morreándome con ella!

—Dime que no es verdad —casi le rogó.

Él bajó la mirada. Había temor en su gesto. Ocultaba algo.

—Es cierto. Ella me besó.

Y las palabras cayeron como una pesada losa en su estómago. Melinda Moon se mareó, necesitaba oxígeno. Salió corriendo de la habitación y se encontró con un sol de justicia a media tarde que le produjo mayor desasosiego. Él corrió tras ella, la alcanzó del brazo y la sujetó con fuerza.

—¡Escúchame, por favor! ¡Déjame explicarte antes de hacer ninguna tontería! Claudia es mi exnovia. Vino para intentar volver conmigo pero yo la rechacé… ¡Te quiero a ti! Se abalanzó sobre mí, sólo es eso… ¡Maldita la hora en que ellos nos vieron!

—No entiendo qué hacías a aquellas horas en la ciudad. ¡Te fuiste de nuestra cama para encontrarte con ella a mis espaldas! ¡Os la presenté, como una imbécil, sin saber nada!

—Lo siento mucho Mel… todo esto se me ha ido de las manos, pero si me dejas explicarte, si lo hablamos con calma lo entenderás. Es un malentendido.

—Os habéis burlado de mí.

Se soltó de un tirón y se fue. Él gritó su nombre pero no la siguió. Melinda Moon se alejó de Hugo con la terrible sensación de que a cada paso que daba, un océano se interponía entre ellos.

La habitación que había compartido con Rosa y Álex rezumaba tensión y amargura. Las dos observaban a Melinda Moon en silencio, con una nota de culpabilidad y pena en la mirada. Ella sólo sujetaba el billete a España como si fuese un salvavidas.

¿Si volvía a casa así sería el mayor error de su vida? Se alejó de su hogar porque se había convertido en un agujero negro y profundo del cual no sabía salir… la rutina, los recuerdos… pensar en volver a lo mismo que hacía un año le provocaba náuseas. Pero, ¿qué podía hacer? Una parte de ella quería coger ese vuelo y huir. He ahí la ironía de su vida: siempre huyendo de un lado a otro. Una voz le decía en su mente que era una cobarde.

—No sé qué ha pasado chicas… no entiendo nada. Es como si esto no fuese real… no puedo creer que Hugo me haya sido infiel. Es como si fuese otra persona. Siento que no le conozco.

Álex intentó consolarla:

—Mel, siento mucho que tengas que pasar por esto, de verdad. Pero te juro que les vimos y nosotros tampoco dimos crédito. Sólo puedo decirte que no podíamos ocultarte algo así. A mí no me parecía justo.

—Y yo os doy las gracias –Sorbió la nariz–. Prefiero saberlo antes de que esto vaya a más y... –Se echó a llorar–. ¡Es que le quiero! Y una parte de mi quiere ignorar que esto ha pasado pero no puedo... me siento humillada.

Durmió con ellas. Supo que Hugo había intentado ponerse en contacto con ella pero no le dejaron entrar. Les oyó discutir en la calle. Hugo les reprochaba que le hubiesen ido con el cuento sin saber en realidad lo que había pasado. Una imagen vale más que mil palabras, le decía Álex. Las apariencias engañan, dijo él. Melinda Moon no estaba para escuchar frases hechas. Sólo quería dormir. Curioso. Antes dormir era lo último que deseaba... odiaba soñar porque sus sueños se convertían en pesadillas. Y ahora, quería hundirse en el colchón y ver con los ojos cerrados a aquellas personas que jamás le habrían traicionado y ya no estaban para consolarla. Incluso pensó en Luis... ¿Alguna vez le habría sido infiel él también? Su corazón le dijo que no y ella quiso creerle esta vez.

Elisabeth sopesó sus palabras con detenimiento, una expresión seria y reflexiva que le causó fascinación a Melinda Moon. Esa mujer con cuerpo de niña siempre la sorprendía. Por fin habló y sólo dijo unas pocas palabras... antes de una breve introducción, eso sí:

—Mañana me espera una buena chamba porque hoy tuvimos visita y tendré que ayudar en la limpieza de la casa, así que voy a ser rápida: no seas tonta y habla con Hugo. ¿Vas a dejar que el orgullo te impida casarte con él?

Y dale...

—Que no me voy a casar con él, Elisabeth.

—Bueno –Ella no hizo apenas caso del comentario–, tienes que hablar con él.

—¿Despúes de todo lo que te he contado vas a decirme sólo eso?

Melinda Moon. Enfadada con la vida, con Hugo, con la niña. Pero más consigo misma por confiar sus problemas adultos a alguien de su edad… era patética. Quizá, ahora era cuando había abierto los ojos de verdad y cuando más lúcida estaba emocionalmente, a pesar de este revés, comenzaba a ver con claridad.

Sólo es eso, una niña. No la culpes por ello. Habrá vivido experiencias peores que las tuyas a su edad, habrá madurado de muchas maneras e incluso te podrá aconsejar con éxito acerca de cómo hablar en sueños con tus familiares muertos y sentirlo de verdad. Pero no sabe nada del amor todavía.

Un golpe en el hombro. Elisabeth parecía molesta, cualquiera diría que podía escuchar sus pensamientos.

—Mira Moon, sé que piensas que no sé nada de asuntos amorosos porque soy muy joven y esas cosas… y puede que tengas razón. No tengo experiencia en amores todavía, pero si algo sé es que Hugo es un buen hombre, él te quiere y no te engañaría.

—Le vieron. Nuestros amigos no tienen por qué mentir.

—Sí, le vieron. Pero no has dejado que Hugo te explique, te fuiste sin más. ¿Acaso no deseas escuchar una razón convincente?

Melinda no pudo evitar sonreír. Elisabeth le había sacado partido a las muchas horas que a lo largo de aquel año habían pasado leyendo libros juntas en voz alta. Dejó que siguiese hablando:

—Si te vas sin escucharle, me enfadaré mucho. —Se cruzó de brazos—. Te dejaré de hablar.

—¿Serías capaz?

—Ojalá no tenga que adivinarlo… ¿Lo harás, Moon?

Ella respiró hondo. Se sentó de nuevo al borde del acantilado, cruzó las piernas al tiempo que se guardaba el billete de avión en el bolsillo de sus pantalones cortos y apoyó las plantas de las manos en el suelo.

Era patética de verdad, pero por haber subestimado a Elisabeth. Jamás volvería a dudar de su sabiduría.

—Lo haré, te lo prometo.

Y una parte de ella gritó por dentro, porque quería ver a Hugo… porque quería escucharle. Porque se odiaba por haberse ido sin darle la oportunidad… porque quería tener la posibilidad de volver a tomar un desayuno de leche y galletas en su regazo.

Elisabeth se sentó de nuevo a su lado y apoyó la cabeza en su hombro.

—Estoy segura de que él es inocente. ¡Y os casaréis!

Melinda Moon arrancó a reír por primera vez en esas cuarenta y ocho horas. Le maravillaba oír sus palabras de esperanza, de inocencia. Era la amiga perfecta para cualquier adulto desencantado con la vida.

Pensó, mientras ambas contemplaban la gran luna llena, en su gran suerte al conocerla. Elisabeth le besó la mejilla y se fue a casa a hurtadillas, tal y como había salido. Llevándose la frescura tras sus silenciosos y cortos pasos.

Melinda se quedó a solas durante un largo rato, disfrutando de la soledad, amiga también en aquellos momentos. Una amiga aquella noche esquiva.

Unos pasos acercándose rompieron la calma. No necesitó darse la vuelta para saber a quién pertenecían. Pasos lentos pero decididos. Reflexivos y heridos. Pero hacia delante.

La brisa trajo consigo además un olor conocido que despertó a las mariposas dormidas en su estómago. Sólo podía ser Hugo. ¿Quién más podía ser si su cuerpo le reconocía como al suyo propio?

Pero un escalofrío en su espalda enturbió el momento. Se percató de que no venía solo. Y la rabia y los celos le invadieron como un veneno mortal, cuando comprobó quién era la acompañante de Hugo. Tampoco podía ser otra. Claudia.

31

Melinda Moon se levantó de golpe, como empujada por una extraña fuerza invisible. Tenía ganas de arrancarle esa hermosa cabellera rubia. Claudia. Su nombre le hacía querer romper algo. Todo iba tan bien con Hugo… Hasta que ella llegó. Pero no quería descargar toda su furia en ella, tenía claro que la mayor parte de culpa era de Hugo. Él era su pareja, quien había escapado en medio de la noche para verse con la otra. Fulminó a Hugo con la mirada.

—¿No os habéis burlado lo suficiente que tenéis que aparecer juntos aquí?

Ese lugar era suyo y de la luna. De Elisabeth y de Hugo. Su acantilado no era para Claudia. Una vez más, sintió que invadían su territorio.

Hugo se acercó a ella despacio:

—Mel escúchame, por favor, he hecho venir a Claudia para que te explique la verdad… No estoy dispuesto a perderte por un estúpido malentendido.

—No necesito que venga nadie a explicarme nada. Después de todo, os podéis haber puesto de acuerdo.

Claudia rompió el silencio dando un paso adelante:

—Melinda, escucha lo que tengo que decirte y, después, decide.

Ella decidió escuchar. No tenía nada que perder al fin y al cabo. Además, tenía que reconocer que necesitaba oír una versión convincente de lo ocurrido… algo a lo que agarrarse como un bote salvavidas. Amaba demasiado a Hugo.

Y Claudia comenzó a explicarse. Una relación de cuatro años. Una ruptura y una infidelidad. Un viaje. Una separación. Un final que para ella no era tal… siempre tuvo la esperanza de recuperarle. Y cuando por fin reunió el valor para encontrar a esa persona, descubrió que había rehecho su vida. Rencor. Finalmente un perdón. Y un último beso fruto de la frustración… Un último intento. Pero falló, él no le correspondió. Ya no. Y lo único que le quedaba era haber sembrado la mentira como último acto de ¿venganza? Sí, podía decirse así… aunque desde el principio se sintió mal por ello, ella no era así.

—Vi a vuestros amigos venir y le besé a propósito. Esa es la historia −Miró a Hugo−. ¿Puedo irme ya? No es plato de buen gusto para mí todo esto −Y volvió la vista de nuevo a Melinda con disgusto−. Lo siento si te he hecho daño, no te conozco y no tengo nada en tu contra. Pero tenía que intentar recuperar al que ha sido el hombre de mi vida… Y he quemado el último cartucho. Él te quiere a ti y yo ya no pinto nada aquí. −Volvió a mirar a Hugo−. Adiós… Sed felices.

Y se fue a paso rápido para no dilatar más aquella situación tan desagradable. Se sentía como una idiota. Melinda y Hugo la observaron marchar. Claudia había aparecido igual que un fantasma que reclama algo pendiente, para irse sin más una vez ha sembrado el caos. ¿Ya estaba? ¿Eso era todo?

Melinda Moon suspiró. Hugo arrancó a hablar ahora que la furia había pasado a ser desconcierto. Confusión.

—Cuando te vi aparecer con Claudia aquella tarde casi me da un ataque al corazón. Y sé que fui un cobarde al no decirte nada... Pero, sinceramente, pensaba hablar con ella para averiguar qué había venido a hacer aquí, porque desde un principio, al ver que Claudia no desveló que me conocía, me olí que tramaba algo —Respiró hondo y se sentó al borde del acantilado, ahora Melinda quedaba a sus espaldas—. Aquella noche, cuando hicimos el amor, me di cuenta de lo mucho que distan mis sentimientos en su día por ella, de los que tengo hoy por ti. Te quiero Melinda. Te quiero más que a ninguna mujer que haya pasado por mi vida. Salí porque necesitaba tomar el aire, pensar. Me sentía intranquilo tras la aparición de Claudia. Terminé en un bar de Puno y ella estaba allí. Hablamos. Quería volver conmigo pero yo le insistí en que ya no era posible, Moon. La última parte de la historia ya la sabes.

Se quedó callado esperando una respuesta. Un reproche. Una palabra de comprensión quizás. Un perdón. Pero las palabras no llegaron de boca de Melinda Moon, sino de los vientos, que comenzaron a golpear con fuerza el rostro de Hugo. Giró su cabeza pero ella ya no estaba. Gimió en voz alta y se echó a llorar. ¿Realmente habría escuchado todas sus palabras o se había marchado antes de su confesión?

A la mañana siguiente, una Melinda Moon ojerosa y apática, terminaba de hacer su maleta. Una lágrima cayó sobre la ropa apilada. La vida era una continua montaña rusa... Pasabas por algunos tramos altos, en los que rozabas las nubes y el sol te quemaba en la cara. Pero después bajabas... y bajabas tan hondo que luego no tenías claro si algún día volverías a rozar las nubes y a cerrar los ojos ante la luz del sol.

Cuando se fue de España rumbo a Jayllihuaya, se sentía de ese mismo modo, aunque unos cuantos peldaños más abajo. No iba a comparar el dolor de la pérdida de su familia con un desamor. Porque Hugo era alguien muy importante para ella y quería estar con él, pero necesitaba despejarse un poco, ver a los suyos y encontrarse de nuevo en su entorno. Donde pudiese reencontrarse consigo misma ahora que su estado de ánimo era más fuerte que antaño. Porque un desamor no era una muerte y no iba a permitir que nada así volviese a hundirla en la miseria. Era muy joven y se negaba a que todo fuese malo en su vida… ¡Ella también tenía derecho a ser feliz!

Iba a volver a España sola y ya había hablado con el director de la fundación para comunicarle su intención de quedarse para el siguiente curso en la escuela Jayllihuaya. La fundación se iba a retirar de la zona para trasladarse a otro lugar del mundo que necesitase ayuda desinteresada. Melinda suponía que Hugo, siendo el coordinador del grupo, partiría hacia un nuevo destino junto a los demás. A Melinda le habían prometido gestionarle una plaza allí y su intención era quedarse por tiempo indefinido. Ya lo tenía todo atado… o casi todo. Le daba un poco de vértigo quedarse sola sin sus compañeros, sin Álex, Rosa… Sin Hugo. Cerró la maleta y más lágrimas empaparon la piel sintética de esta.

Un rato después, esas mismas lágrimas empapaban el vestido rosa de Elisabeth, que abrazaba a una Melinda Moon de rodillas y abatida.

—No entiendo por qué te vas sin él Moon… ¿No te explicó? ¿No te convenció?

—A él le he perdonado. Pero después de lo ocurrido me he dado cuenta de que el amor te ciega tanto que te conviertes en alguien vulnerable y yo estoy harta de serlo. No quiero sufrir más.

—Mi mamá dice que el amor va de la mano con el dolor. El uno no existe sin el otro. Puede que sin amor no sufras, pero tu vida será menos emocionante.

Melinda abrazó más fuerte a Elisabeth apretando los ojos con fuerza. Esa era su manera de decirle que su vida, sin el amor de Hugo estaría vacía en todos los sentidos.

Se apartó de ella y besó su frente con dulzura. Después secó sus lágrimas y agarró la maleta con decisión. O mejor, antes de que esta se quebrara.

—Me voy Beth, mi vuelo sale dentro de una hora.

—¿Te volveré a ver?

—Me verás antes de lo que esperas... Y vendré con más equipaje.

La niña sonrió y observó partir a su amiga y maestra. Pensando en lo difíciles que hacían las cosas los adultos y diciéndose a sí misma que cuando ella encontrase a su amor verdadero, no lo dejaría escapar jamás.

Vuelo Juliaca-Madrid. Melinda Moon embarcó y se acomodó en su asiento. Ventana. Como a ella le gustaba. Le era imposible viajar y no poder contemplar el paisaje y más si se trataba de esas tierras de ensueño que tanta felicidad le habían otorgado.

Contempló, a medida que se alejaba y subía más arriba en los cielos, cómo el Amazonas se volvía pequeño y más pequeño... hasta convertirse en una mancha verde oscuro en medio de un océano que le pareció infinito.

Doce horas más tarde aterrizaba en Madrid y justo cuando en España las agujas del reloj marcaban las cuatro de la madrugada, Melinda Moon llegó a Valencia.

«Ya he vuelto... Se nota el frío que ahora hace aquí, todavía es invierno. Y además es de madrugada. Mi tía estará durmiendo y mis amigos también... ¿Por qué no me siento feliz de volver? Por un lado tengo ganas de volver a mi hogar... De oler la funda de mi almohada y darme un baño largo y relajante. Volver a contemplar la luna desde mi terraza y tomar unas cañas con Sergio. Pero, por otro, desearía haber vuelto con él. ¡Soy imbécil! ¡Quiero sufrir! ¡Quiero querer y ser querida!», pensó abatida.

—Quiero vivir —dijo en voz alta cuando las lágrimas volvieron a aflorar en sus ojos cansados. Apenas había dormido durante el viaje y sus piernas temblaron cuando puso los pies en tierra firme. Se abrochó la chaqueta hasta el cuello y observó el devenir de la gente en el aeropuerto. A aquellas horas no había mucho movimiento y agradeció la tranquilidad. Le dolía la cabeza y siempre había odiado las aglomeraciones.

De pronto una voz masculina la llamó por su nombre gritando.

«¿Será él?»

Lo vio a unos metros delante de ella. Sonriente. Feliz. Un poco más robusto de como le recordaba. Corrió hacia él. La maleta acabó por los suelos pero le dio igual. Se abrazaron muy fuerte y rieron contentos por el reencuentro. Ella le miró con los ojos de nuevo empapados.

—¡Gracias por venir! No me lo esperaba por las horas intempestivas que son…

Él sonrió y le dio un beso en la mejilla.

—Mel, estás guapísima. Me temo que este viaje te ha curado de verdad. ¿Cómo no iba a venir con las ganas que tenía de verte?

Y volvieron a fundirse en un abrazo de sincera amistad.

—Sergio… tengo muchas cosas que contarte.

Dos días después. Comidas con la familia. Meriendas, cañas y cenas con los amigos. Recomponiendo las piezas de su vida, deshaciendo la maleta y llenando la nevera.

Una noche de soledad en su terraza. Las palabras de Sergio todavía en sus oídos.

—Mel, no te dejes llevar por el orgullo. No le conozco, pero sólo con saber que ha conseguido que salgas del pozo en el que te habías metido me basta para tener claro que le quieres. Y sé que en el fondo, eres una luchadora. ¿Vas a tirar la toalla por un malentendido?

Suspiró mientras tomaba un sorbo de vino a merced de la luna. Hacía mucho frío pero su cuerpo se había habituado al invierno de Jayllihuaya y ahora el de Valencia le pareció como una caricia suave.

Un rato más tarde había vaciado la botella y le parecía que el verano no estaba tan lejos... Se moría del calor y estaba borracha como una cuba. Jamás bebía tanto pero aquella noche le apeteció sin más. Se levantó del suelo y bajó para darse una ducha bien fría. Después, se calentaría un plato de macarrones precocinados. Sólo eran las once de la noche al fin y al cabo. Tenía hambre. Ansiedad. Necesitaba ocuparse haciendo algo. No quería pensar. Los pensamientos le dolían.

«Eres una estúpida. Sabes que él es inocente y aun así te has largado sin más. Has puesto tierra de por medio y has hipotecado tu vida en un lugar donde estarás sola... muy sola.

Estará Elisabeth... ¡Pero no es suficiente, idiota! Sólo tiene ocho años, tiene su vida, sus amigos de su edad... se hará mayor y conocerá chicos, se casará joven. Y tú verás cómo llega el otoño de tu vida al mismo tiempo que ella engendrará un niño detrás de otro.

¿Y Hugo? Hugo habrá rehecho su vida junto a alguien que no sea tan tonta como para perderle por cualquier cosa».

Se echó a llorar. Y lloró tan profundamente que cayó al suelo sin fuerzas. La copa y la botella de vino vacía se estrellaron contra el suelo junto a ella, salpicando la superficie de diminutos cristales brillantes. Uno de ellos se clavó en su pierna y cuando vio el profundo corte en su muslo, sólo pudo echarse a llorar más aún. Tanto, que creyó ahogarse. A veces, el peor enemigo era uno mismo.

Hugo no buscó a Melinda la mañana en que ella partió a España. Se encerró en su habitación sin querer saber nada del mundo.

Hacía unos días todo era perfecto. La vida le sonreía: tenía un trabajo maravilloso y a la mujer perfecta a su lado. Apretó los puños conteniéndose de no romper nada. Finalmente Claudia le había destrozado la vida, una vez más. Y le importaba bien poco si se sentía culpable, si estaba arrepentida o fuesen las razones que fuesen las causantes de sus actos. No quería verla nunca más en su vida o cometería alguna locura.

Un golpe en la puerta. Una maldición en voz alta para que, quien quiera que fuese, se abstuviese de cruzar el umbral. La voz de Cai:

—Hugo… ¡Venga, colega, déjame entrar!

—Que te den –La voz le salió ronca y oscura, como su humor en aquellos momentos.

—Sólo queríamos decirte que lo sentimos mucho, colega… Ábrenos, por favor. Es importante.

—Ya habéis hecho suficiente, ¿no creéis? ¡Dejadme en paz!

Esta vez, habló Álex:

—Hugo, tenemos que hablarte de Melinda, te prometo que te interesa saberlo.

—¿No os cansáis de meter las narices donde no os importa? No necesito saber nada, ella ya ha dejado claro todo… y vosotros sois las últimas personas del planeta a las que escucharía.

—¡Está bien, vale! –dijo Rosa mostrándose enfadada–. Nos vamos, pero queríamos que supieras lo mucho que lo sentimos. Se lo dijimos porque la queremos y tú, que tanto la amas, deberías entenderlo. Tú eres nuestro amigo, pero no creíamos justo que ella estuviese siendo engañada.

La puerta se abrió y el rostro hundido de Hugo fulminó a los tres con la mirada. No llevaba camisa, sólo vestía unos pantalones de tela cortos. El pelo largo y alborotado. Barba de varios días y los ojos enrojecidos. Respiró hondo y, tras unos segundos de tenso silencio, habló:

—Entiendo vuestras razones, pero entendedme a mí que soy el damnificado. ¡Me habéis jodido la vida! ¡Esa zorra ha arrasado con todo y se ha ido por donde vino! Me he quedado solo y… Yo sé muy bien lo que es que alguien te sea infiel. Jamás le haría eso a nadie y menos a Mel.

—Tienes que ir a buscarla a España, Hugo —insistió Alberto.

—Ya me ha dejado claro que no quiere saber nada de mí. Ni siquiera me escuchó cuando me sinceré con ella.

—El orgullo a veces no es buen consejero y ella se ha dejado llevar por ello. Pero estoy segura de que estará dándose de cabezazos contra la pared, ahora mismo, por no haberse quedado contigo —dijo Álex.

—Melinda no va a seguir con la fundación, Hugo. Va a quedarse aquí en Jayllihuaya trabajando de maestra —informó Rosa.

«No vas a volver a verla. Ella se quedará en tu amado Perú mientras tú partes a otro destino incierto. La has perdido, imbécil. ¿Por qué no has ido tras ella antes? ¿De verdad seguirá amándote? ¿Qué vas a hacer tú?».

Cuando Melinda dejó de llorar, observó la herida abierta en su pierna derecha. La sangre caía dispersándose en finos hilos a lo largo de su pálida piel, creando un contraste hipnótico. Quedó atrapada viendo cómo su líquido vital salía a flote, tan inofensivo, tan peligroso a la vez. Le pareció que el tiempo quedaba suspendido, paralizado en aquel instante. El silencio penetraba en sus oídos, tan afilado como el cristal que había abierto aquella brecha en su carne.

«¿Vas a dejar que un desamor pueda contigo? ¿De verdad vas a dejarte ir así? Pensaba que eras más inteligente Mel… Has pasado por un verdadero infierno sólo para volver a casa y dejarte llevar por la parte negativa de la vida… Otra vez. Eres una cobarde. ¿Pensabas que habías madurado a lo largo de tu estancia en Jayllihuaya? ¿En serio pensabas eso? ¡Deja que me ría! Si ahora te vas a quedar ahí sentada aceptando una derrota que no es tuya, ya sea renunciando al amor de tu vida o compadeciéndote por no querer estar sola… Entonces es que no has aprendido nada».

Melinda Moon se levantó del suelo y fue al baño para lavarse y curarse la herida. Se duchó largo rato, hasta sentir que el agua limpiaba por completo los efectos del alcohol y aclaraba su mente. El dolor en el corazón seguía ahí, palpitando lenta e insistentemente.

«Quieres volver con él… ¿Qué te lo impide? ¿El miedo? ¿Quizás el orgullo? Haz lo que tengas que hacer, pero haz lo que te haga feliz. Y si tienes que quedarte sola… Sabes muy bien que la vida sigue. Una vez creíste lo contrario y la vida te demostró que se podía salir del túnel más oscuro y profundo… ¿Por qué iba a ser distinto ahora?».

Salió de la ducha y se puso un albornoz. Se miró en el espejo. Su cara mostraba cansancio a través de unas ojeras marcadas. El pelo empapado se pegaba a sus hombros y sus mejillas. Le devolvió firmemente la mirada a su reflejo. Alzó la cara.

—No voy a dar marcha atrás. No ahora. No me rendí antes por vosotros y no lo haré ahora por ningún hombre del mundo.

Sólo ella sabía a quién iban dirigidas sus palabras. Más allá de su propio reflejo.

Sonrió.

Hugo llegó a la puerta de aquel edificio en el centro de la ciudad. Había conseguido encontrar la cafetería donde Melinda Moon le había dicho que trabajaba antes de ir a Perú. Y había dado con su amigo Sergio. Este se había sorprendido al decirle quien era. Melinda Moon había hablado con ambos de cada uno de ellos.

—Está hecha polvo, tío. ¿De verdad me puedo fiar de ti?

—Por favor, dime dónde vive. Necesito verla.

Sergio le había dado la dirección y no le había costado encontrarla, estaba cerca. Ella vivía en un ático. Muy típico, lo más cerca de la luna posible. Vio luces encendidas. Respiró hondo y entró por el portal abierto. Cuando llegó al último piso, intentó calmar su pulso acelerado sin éxito. Tenía tantas ganas de verla y poder volver a abrazarla.

Durante unos segundos, imágenes del pasado golpearon su mente. La misma escena. Claudia abrió la puerta y descubrió que estaba con otro. ¿Melinda sería capaz de algo así por despecho? Tragó saliva. Esperaba no tener que enfrentarse a ello de nuevo, no con ella. Llamó al timbre. Esperó pero nadie abrió. Pasados unos segundos, escuchó algo. Le pareció oír el sonido de cristales rotos. Volvió a llamar al timbre y esta vez, gritó su nombre. Hugo estaba decidido a no irse hasta que pudiese hablar con ella. Esta vez le iba a escuchar de principio a fin y no aceptaba un no por respuesta. Golpeó la puerta con fuerza.

—¡Melinda! ¡Sé que estás ahí!

Y la puerta se abrió. Melinda Moon apareció en el umbral con un albornoz rosa como único atuendo. El pelo oscuro mojado. La mirada serena y clara. Aunque percibió la sorpresa en ella. No le esperaba.

—Has venido… ¿Cómo has sabido donde vivo?

—Un buen amigo tuyo me ayudó.

Ella le invitó a entrar con un gesto de mano. Vio que se agachaba y recogía unos trozos de cristal del suelo. También observó la venda en su muslo.

—¿Estás bien, Mel?

Melinda terminó de limpiar el suelo y se levantó para hacer frente a su pregunta:

—Desde hace días no. Si me hubieses hecho esta pregunta incluso hace una hora… Te hubiese contestado que no estoy bien.

—¿Y ahora? –inquirió él expectante.

Ella respiró hondo y le miró a los ojos. Una ligera sonrisa se formó en su boca.

—Ahora sí.

Se acercó hasta él y le besó. Un beso feroz.

«Elijo arriesgarme… Y si no sale bien…».

Hugo le devolvió el beso con igual ímpetu, sin poder creerse que de nuevo era el dueño de esos labios. Apretó fuerte los párpados. No quería abrir los ojos nunca más.

«…Si no sale bien la vida seguirá su curso… Como siempre ha sido».

Cayeron arrodillados en el suelo sin dejar de besarse y de abrazarse con fuerza, como si temiesen que el otro desapareciese igual que una ilusión óptica en medio de un desierto.

—Mel, te necesito —confesó él con los ojos brillantes por el deseo—. Estaba destrozado pensando que te había perdido... No te vayas nunca más, por favor.

Ella apoyó su frente en la de él y susurró:

—Te prometo que no volveré a marcharme así... Estaba confusa y sentí mucho miedo de pasarlo mal otra vez.

—Nunca te haría daño, ¿comprendes? Eres demasiado importante, Melinda Moon.

Sonrió. Le encantaba cuando Hugo pronunciaba su nombre completo. Volvió a adueñarse de los labios masculinos con ímpetu. Los succionó y entrelazó su lengua con la de él mientras notaba cómo Hugo le abría el albornoz desesperado por tocar su piel desnuda. Ambos jadeaban y, sin dejar de besarse, se despojaron de las prendas que cubrían sus cuerpos. Melinda Moon quedó rápidamente expuesta ante lo escueto de su atuendo. Todavía se afanaba en arrancarle los pantalones a Hugo cuando él ya se deleitaba acariciando sus pezones con los pulgares, rodeando con las palmas de sus grandes manos sus pechos, en una caricia ardiente que le provocaba escalofríos de placer por todo el cuerpo.

Frenética, dejó los pantalones a medio bajar, pues estando de rodillas, si él no colaboraba era tarea inútil, y paseó las manos por su vientre duro hasta llegar a sus marcados pectorales. Hugo soltó un gruñido de satisfacción al sentir las manos femeninas recorrer su piel desnuda. Abandonó la boca de Melinda para saborear su tersa piel, recorriendo su cuello con besos húmedos, paseando la lengua por cada centímetro hasta llegar a sus generosos pechos.

Gimió al notar que ella había metido la mano por dentro de su calzoncillo y rodeaba su miembro con firmeza. Melinda también gimió al disfrutar de la lengua de Hugo saboreando sus pezones enhiestos. Ambos se dejaron caer al suelo. La joven aprovechó para quitarle los pantalones y la ropa interior para quedar tan expuesto como ella.

Melinda se relamió los labios. Era tan guapo y lo mejor de todo era el modo en que la miraba mientras la esperaba expectante y totalmente excitado. Estaba húmeda y necesitada pero, sobre todo, estaba enamorada.

Gateó por encima del cuerpo masculino hasta colocarse sobre sus caderas. Hugo sonrió con ternura y alzó los brazos para volver a rodear sus pechos con las manos, después dio un golpe de cadera para dejarle claro que ansiaba hundirse en su interior cuanto antes.

Melinda Moon soltó una carcajada y cogió su pene para guiarlo hacia su centro de placer. Cuando Hugo estaba enterrado por completo dentro de ella, comenzaron a moverse de manera frenética. Ya habría tiempo para ser románticos o tomárselo con calma... Ahora apremiaba el hambre acumulada, la frustración de los últimos días, la rabia. Se dejaron llevar por las sensaciones que los envites de sus caderas les proporcionaban, jadeando totalmente al margen del resto del mundo. Sólo existían ellos dos y todo lo que sentían estando juntos.

El intenso orgasmo llegó pronto y ambos quedaron exhaustos en el suelo, todavía unidos por sus sexos, uno encima del otro.

No dijeron nada mientras sus respiraciones se acompasaban, no hacía falta... Sus silencios, sustituidos por el contacto de sus pieles ardientes, eran todas las palabras que necesitaban.

Epílogo

Un mes después…

Melinda estaba terminando de preparar su equipaje. En unas pocas horas, Hugo y ella partirían de nuevo hacia Perú para iniciar el curso escolar en Jayllihuaya. Las vacaciones llegaban a su fin y ambos estaban muy ilusionados ante aquella nueva etapa juntos en una tierra que adoraban, junto con los grandes amigos que habían hecho allí. Pero había otros amigos que ya no compartirían esa etapa con ellos... Álex, Rosa y Cai ya no se encontraban allí al igual que el resto de la ONG, que ya preparaba nuevos proyectos en otros lugares. El móvil sonó y cuando contestó exclamó contentísima:

—¡Eh, Rosa! ¿Qué? ¡No me digas que estás en España! —Melinda sonrió emocionada. Por fin se había reencontrado con su familia... Sintió una breve punzada en el estómago de envidia, pero la reprimió alegrándose por su amiga. La verdad era que lo hacía y muchísimo. La voz alegre de Rosa al otro lado del teléfono emitió una risa aguda.

—¡Sí! La buena de Álex compró un par de billetes y nos vinimos cada una a ver a nuestra familia. ¿No es un amor? En fin, no está tan buena como Hugo pero también se lo curra y está forrada...

Ambas rieron sonoramente.

—¿Y qué sabes de ella? —inquirió Melinda.

—La tengo aquí al lado, ha venido a verme a Madrid para pasar unos días juntas antes de su viaje.

—¿Viaje?

—Sí... Está a la espera de que le digan el destino los de la fundación.

—¿Tú no vas con ella?

—No, Mel... —Rosa suspiró con pesar—. Para mí ha sido una aventura maravillosa de la que he aprendido mucho y he podido aportar algo a la sociedad, pero echo mucho de menos mi casa, mi gente... No quiero vivir tan lejos de ellos siempre. Una prima me ha conseguido un trabajo de dependienta en un estanco y empiezo esta semana. No es de lo mío pero me vendrá bien el dinero para comenzar a preparar la oposición de maestra en una academia.

—¡Oh, eso es genial! —gritó Melinda—. ¡Me alegro muchísimo!

De pronto, Melinda escuchó ruidos al otro lado de la línea y oyó maldecir a Rosa a lo lejos. Unos segundos más tarde, una conocida voz le habló:

—¡Mel, cariño! —Era Álex.

—¡Oye! —exclamó Melinda emocionada—, tenía muchas ganas de hablar contigo... ¿Volveremos a vernos algún día?

Hubo un silencio al otro lado del teléfono que se prolongó unos segundos.

—Ya vuelves a Perú, ¿verdad? El curso va a comenzar... —dijo Álex con voz triste.

—Sí, Hugo y yo nos quedamos en Jayllihuaya indefinidamente —Quedaron de nuevo en silencio unos segundos más, después, Melinda no pudo evitar confesar—: Álex, os voy a echar mucho de menos... No tienes ni idea de lo mucho que vuestra amistad me ha ayudado a salir a flote.

—¡Espera! —le interrumpió ella—. Voy poner el manos libres para que Rosita te pueda escuchar, que la tengo aquí poniendo al oreja...

—De acuerdo —Mel sonrió con un nudo en la garganta—. Quiero que sepáis que vuestra amistad ha significado y significa mucho para mí... Que la manera en que me tratasteis desde el principio, cuando más desubicada estaba... No lo olvidaré jamás. Gracias por todo, chicas. Prometedme que volveremos a vernos.

La puerta de su habitación, donde había estado terminando de arreglar sus maletas —esta vez se llevaba más— se abrió de golpe y se giró pensando que sería Hugo pero se quedó boquiabierta:

—¡Prometido! —Álex entró con el móvil en la mano sonriendo feliz con Rosa a la zaga con la misma expresión ilusionada.

Melinda soltó el móvil, que rebotó en la cama y las tres gritaron al unísono al tiempo que se abrazaban llorando de la emoción.

Cuando Mel levantó la vista contempló con los ojos llorosos a Hugo, que estaba apoyado en el marco de la puerta cruzado de brazos y mirándolas con un brillo en la mirada y una media sonrisa.

—Falta Cai... —dijo él.

Las tres se soltaron y se secaron los ojos. Rosa habló:

—Alberto está en su tierra y pronto se unirá Álex... Él también ha decidido seguir con la fundación.

Los cuatro estuvieron charlando un par de horas mientras tomaban algo en la cafetería donde Melinda había trabajado con Sergio antes de partir a Perú.

Hablaron de sus futuros, de sus proyectos y metas... Y hablaron de reunirse siempre que pudiesen, aquella amistad debía perdurar en el tiempo.

Cuando llegó el momento de partir de nuevo, Melinda Moon y Hugo se despidieron de los tíos de ella, de Álex y Rosa y se montaron en el coche con Sergio, que les llevaría al aeropuerto. Este sonrió cuando las dos puertas de atrás se cerraron y sus ocupantes se acomodaron.

—¡Hoy soy vuestro taxista particular!

Melinda y Hugo se miraron y rieron.

—Muchas gracias por todo Sergio, eres un amigo de verdad –contestó Melinda apretando fuerte la mano de Hugo.

—Espero que pronto podáis venir a vernos. Os echaremos de menos.

—Nos escaparemos siempre que podamos, eso está más que hecho –dijo Hugo.

La hora de coger el vuelo llegó y, tras la despedida, Melinda Moon y Hugo embarcaron rumbo a tierras lejanas… de nuevo.

Ahora tocaba comenzar otra etapa, una que sería mucho mejor que la anterior. Melinda se moría de ganas de ver a Elisabeth y de volver a disfrutar de los paisajes de Puno.

Mientras contemplaba cómo se alejaban una vez más de España, Melinda deseó llegar cuanto antes a la tierra mágica que les había unido y en donde asentarían su rumbo de momento. La luna les esperaba al otro lado del mundo, justo encima de su acantilado.

—¿De verdad estás seguro de lo que has hecho?

—¿Abandonar mi puesto de coordinador en la fundación para quedarme con la mujer a la que quiero en un lugar al cual considero mi segunda casa?

Ella no pudo evitar reír.

—Sí, a eso me refería.

Entonces, él la besó en los labios con ternura y cuando se separaron ambos vieron su propio reflejo en los ojos del otro.

—Creo que es la mejor decisión que he tomado en mi vida.

Y, después, el silencio se instaló entre ellos de un modo cálido y tranquilo. Entonces, la vida fue aquel instante. El primero de muchos...

El avión salió de tierras ibéricas y se adentró de lleno en el océano azul oscuro, que les llevaría rumbo a la siguiente parte de su vida juntos.

Agradecimientos

⟨◦⟩

¿Por dónde empezar? Tengo tanto que agradecer a tantas personas a lo largo del camino... Desde que empecé a juntar letras de muy joven, cuando descubrí que me apasionaba crear historias e imaginar mil mundos fantásticos, hubo muchas personas que me decían que tenía talento y me hicieron creer que de verdad había nacido para hacer esto.

Pasamos por muchas etapas en la vida en las que nos afanamos en dar rienda suelta a nuestro talento especial, o bien, lo dejamos de lado por falta de motivación o por enfocar nuestra atención en otros menesteres.

Recuerdo cuando escribía historias en el colegio y, más tarde, en el instituto. Aprovechaba las tareas de literatura, cuando tocaba realizar narraciones, para disfrutar creando relatos que luego leía a mis compañeros. Algunos me decían: «¿Serás escritora de mayor?». Yo siempre soñaba con ello pero no lo veía como algo real, como cuando sueñas con ser cantante y cosas así.

Sin embargo, la vida me llevó a retomar la escritura ya adulta, cuando hacía años que había dejado de lado las letras; era una lectora voraz con la creatividad dormida. Un día despertó de nuevo y de pronto me vi embarcada en un mar de historias que me apasionaba contar, en un constante reto por aprender cosas nuevas, por mejorar mi técnica y sacar de dentro de mí todo lo que sentía que bullía en mi interior. Y, cuando me quise dar cuenta, estaba luchando para convertir en realidad aquel sueño olvidado: ser escritora.

Hoy en día, después de varios años tras comenzar mi andadura, soy muchas cosas en mi vida laboral por circunstancias de la vida. No me importa decir que soy mujer de la limpieza en ocasiones o camarera en un restaurante de comida rápida en otras. Pero en mi corazón y en mi mente, soy escritora y siempre lo seré. Y me siento orgullosa de haber conseguido que gente maravillosa del mundo literario confíe en mí y apueste por mi labor.

Comenzaré los agradecimientos haciendo mención a aquellos profesores de mi instituto en Benaguacil que siempre me animaron y valoraron pese a aguantarme en mi época más loca de la adolescencia. Aquellos que vieron algo especial en mí y me hicieron darme cuenta de que si algo se te da bien, debes luchar por mejorar y conseguir los frutos a base de esfuerzo.

Pepa y Miquel, han pasado muchos años y siempre os he tenido en mi mente porque me hicisteis sentir especial y eso os hace especiales a mis ojos. Todo el mundo debería tener profesores como vosotros. Este libro es el resultado de vuestras enseñanzas.

A lo largo de las diferentes etapas en las que trabajé en esta historia, pasaron por mi vida muchas personas que me animaron a seguir con la historia de Melinda y Hugo; personas que me apoyaron y motivaron para que escribiera una novela que es muy diferente a lo que siempre había escrito. Los géneros en los que me desenvuelvo están relacionados con lo paranormal, la fantasía y el erotismo. Por tanto, escribir *Bajo la luna del Amazonas*, fue un completo reto para mí.

Mis compañeros de Libro de Arena son esas personas. Me vieron crecer como autora, fueron testigos de mi vuelta al mundo de las letras y me hicieron evadirme y recuperar la ilusión en la etapa más difícil de mi vida. Algunos se han quedado por el camino; con otros, continúo teniendo contacto; pero todos, pese a las diferencias y demás, han sido importantes para mí y me han dado muchas cosas buenas que han influido decisivamente a la hora de crear esta historia.

A todos ellos, gracias de corazón.

A mi marido David, que siempre me apoya en todo y es una gran fuente de inspiración. Si soy capaz de hablar de amor es gracias a él, sin duda.

A mi madre, que comparte conmigo la pasión por la lectura y se lee todo lo que escribo con mucha ilusión y orgullo. Mamá, gracias por estar ahí.

A Elena Montagud, por ser una amiga maravillosa y por acompañarme de la mano en este duro camino de las letras compartiendo miedos, sueños y alegrías. Su éxito es el mío y agradezco que nos hayamos conocido, pues tener a tu lado a alguien que comparte todas tus inquietudes es reconfortante. Te quiero, tentadora.

A todas mis compañeras de *Pandora Magazine*: Beatriz, Aitziber, Mariona, María José, Lourdes, María Jesús. Por formar un equipo humano maravilloso y por apoyarme en todo. *Pandora Magazine* nació con humildad e ilusión. Creció con la aportación de quienes colaboramos en ella y ahí seguimos. Este libro va por vosotras también.

A mis agentes María Jesús Romero y Neo Coslado. Fui muy afortunada el día en que mi compañero Javier Núñez me dio la idea de presentar mi novela a una agencia literaria y os conocí. Después de unos meses, nació la agencia MJ Romero Agencia Literaria y con ella mis sueños convertidos en realidad. Chus, gracias por tu confianza, por tus palabras de aliento cuando me siento desmotivada, por tus esfuerzos y por tus sonrisas. No tengo palabras para describir lo mucho que os aprecio y lo mucho que os agradezco que hayáis formado parte de este duro camino para que se fijen en mis escritos. Gracias.

A Lidia Siquier, por ser una gran amiga y por ser uno de los mayores apoyos que siempre he tenido en el mundo de las letras. Gracias por leerme, por animarme y transmitirme toda tu ilusión. Te quiero mucho y espero poder darte un abrazo dentro de poco.

A Rubén Serrano por ser el primero que me ofreció participar en antologías con las que aprendí mucho y comencé a conocer el mundo literario desde dentro. Por regalarme las experiencias únicas de firmar por primera vez un libro y de participar en una presentación como protagonista. Gracias, compañero, por todo.

A todas las mujeres maravillosas que leen mis relatos y me apoyan en Facebook: gracias por seguirme, por animarme y hacerme sentir que lo que escribo llega al alma. Sí, es a vosotras, precios@s. ¡Gracias!

A mis amigas Vane, Monty, Lucía y Luisa: os quiero.

A toda mi familia. A mis suegros. A Óscar, a Alejandra, a Nathan, a Lorena, a Laura. A todos.

A los seres queridos que ya no están pero sé que me observan desde la luna: papá, la abuela Vicenta, mi querido hermano Vicente, Simba; mi corazón es vuestro por siempre.

Y para terminar he dejado el agradecimiento más especial para la persona sin la cual esta historia no hubiese existido jamás, mi hermana Vanesa. Gracias por darme la idea de crear a Melinda y a Hugo, por descubrirme Jayllihuaya, por tu apoyo incondicional, por darme tantos años de felicidad y amor, por ser como eres, simplemente. Gracias. Te quiero muchísimo.

Lyns

Si quieres contactar con la autora:

Facebook
https://www.facebook.com/
lydia.alfarosubiela?ref=ts&fref=ts

Blog de la autora:
http://www.lynsalfaro.blogspot.com.es/

Twitter:
https://twitter.com/Lynsalfaro